RÉVÉLATION : JAXSON

AIGLE TACTIQUE LIVRE 1

WILLOW FOX

SLOWBURN
PUBLISHING

Révélation : Jaxson

Aigle Tactique Livre Un

Willow Fox

Publié par Slow Burn Publishing

© 2022

Traduction par sarahlrnt

Relecture par marie_frcy

V2

CHAPITRE UN

J'ai fui pour ma vie, et c'était entièrement de sa faute. Les secrets m'ont amené à plus de 1600 kilomètres de chez moi. J'ai fui avec une seule idée en tête : une seconde chance. Recommencer à zéro était ma seule option pour survivre.

Je plisse les yeux à travers mes lunettes de soleil et les jette sur le siège passager vide, car j'ai du mal à voir. Ma vision s'ajuste, mais la nuit s'installe rapidement alors que le jour tombe à l'horizon.

Je lutte pour voir la route étroite et enneigée devant moi.

Les rues au pied de la montagne ont été fraîchement déneigées et salées. Les phares de ma voiture sont orientés à des intervalles bizarres, projetant des ombres sur la route couverte de nids de poule sous la neige fondue.

Mon pied sur l'accélérateur, la voiture tressaute et rebondit, faisant jaillir mon café brûlant qui est dans porte-gobelet.

Mes yeux brulent et rougissent.

— Merde !

Les larmes menacent de faire surface, mais je ne veux pas pleurer. Ce n'est pas la piqûre du liquide brûlant qui fait mal. Je me suis fait ça tout seule. Je lui en veux à lui, mais c'est tout autant ma faute.

Des secrets entourent mon passé, et Benjamin Ryan fait partie de ces secrets, mais il y a plus que ce qu'il sait. Il y a des secrets que je ne pourrais jamais lui dire, même s'il était emmené avec des menottes.

J'ai chargé mes affaires dans ma voiture et quitté l'État de New York en vitesse. Bien sûr, pas avant d'avoir trouvé une petite cabane en rondins dans les bois que j'ai pu payer en liquide, sans préavis.

J'ai également décroché un entretien d'embauche dans une station balnéaire voisine, mais je n'ai aucune garantie d'obtenir un poste immédiatement. Mon dernier emploi a ruiné ma vie, et je ne peux même pas le mettre sur mon CV.

Je dois économiser les quelques dollars qui me restent, qui consistent en quelques billets dans mon portefeuille.

Suis-je aigrie ?

Bien sûr que oui, mais je suis passée à autre chose, j'ai recommencé à zéro et j'ai prié pour avoir une seconde chance. Un nouveau départ, c'est ce que j'ai fait, ce que j'ai désiré, et la seule façon de l'obtenir était de partir.

J'ai recommencé à utiliser mon nom de jeune fille : Ariella Cole. Je ne me cache pas en soi. Après tout, je n'ai rien fait de mal ou de criminel.

Je ne peux pas en dire autant pour lui.

Je ne veux pas être mêlée à ses affaires illégales.

J'avais prévu d'arriver à mon nouveau domicile avant la nuit, mais l'entretien a eu lieu dans l'après-midi au Blue Sky Resort, une station de ski située juste à l'extérieur de Breckenridge, dans le Montana.

Il s'agit d'un poste de remplacement, et peu importe qu'il s'agisse d'être serveuse au restaurant, d'effectuer des tâches ménagères ou de s'occuper du matériel de location de skis; je prendrais tout ce qui se présenterait à moi.

L'entretien a eu l'air de bien se passer, mais ils ont demandé à faire une vérification des antécédents. Je ne suis pas très enthousiaste, mais je n'ai pas le choix. Ils verront que mon ex-mari, Ben, nous a endetté. Ils ne peuvent pas me refuser un travail à cause de ça, si ?

Il purge une peine dans une prison fédérale pour plusieurs crimes. Ça ne peut pas compter contre moi, si ?

Quand j'ai quitté la station, avec mon café brûlant, il faisait nuit. Le réceptionniste m'a donné des indications puisque mon téléphone était déchargé et que le GPS ne fonctionnait pas dans les montagnes.

Je me dirige vers ma nouvelle maison, fatiguée, las et usée après un long entretien et un trajet encore plus long à travers le pays. Je veux découvrir ma nouvelle maison, grimper dans le lit sous les couvertures chaudes et dormir pendant une semaine.

Mon interlocuteur m'a informé qu'ils vérifieront mes références et que je vais devoir me soumettre à une vérification des antécédents.

Tout s'était bien passé, et même si j'espère que le poste est pour moi, il n'y a aucune garantie. Ils ne m'ont encore rien proposé.

Je rétrograde ma voiture, mais j'ai du mal à monter la montagne.

Les pneus dégonflés tournent alors que je serre le volant de toutes mes forces. L'arrière du véhicule zigzague.

Je rétrograde une nouvelle fois et j'appuie sur l'accélérateur pour gravir cette montagne perdue quand la voiture glisse et dévale la pente.

— Merde ! crié-je en appuyant à fond sur les freins, ce qui me fait faire encore plus de cabrioles sur le chemin glacé de la montagne.

Je me préparerais à l'impact si je savais comment faire, mais je veux juste survivre. J'ai besoin de survivre.

Mon estomac me fait mal, je suis terrifiée. J'ai les mains moites et je m'accroche au volant pour tenter de manœuvrer ma voiture hors de danger.

Je n'ai aucun contrôle sur le véhicule, comme s'il avait son propre esprit.

La voiture part en vrille et percute un arbre. La fenêtre se brise. Cela ne suffit pas à l'empêcher de dévaler la montagne, et les roues arrière dérapent sur la route.

Par miracle, le véhicule s'arrête. Les roues arrière vacillent au bord d'un ravin.

L'avant de la voiture semble stable, mais va-t-il me propulser vers le bas et dans l'oubli si je fais le moindre mouvement brusque ?

Je jette un coup d'œil dans le rétroviseur.

Il fait de plus en plus sombre, et je ne peux pas déterminer la profondeur du fossé, mais étant donné que toute la route vers la montagne est en lacets et dangereuse, il ne fait aucun doute que c'est mortel.

J'expire lentement. Je ne peux pas rester dans la voiture. J'ai besoin d'aide.

Je n'ai pas vu de voiture sur la route depuis que j'ai commencé, ou du moins essayé, de gravir cette foutue montagne. Y a-t-il une raison à cela ? Quelqu'un vit-il à Breckenridge, ou suis-je la seule assez folle pour y aller à l'aube de l'hiver ?

J'aurais probablement dû échanger ma voiture contre un véhicule à quatre roues motrices ou un camion, mais ce n'est pas comme si je pouvais me le permettre.

Je suis à court d'argent. J'ai dépensé chaque centime pour me rendre à Breckenridge et payer cash le chalet que j'ai trouvé sur un site immobilier en ligne.

L'endroit ressemble à un bijou, adossé à une rivière magnifique, et à quelques pas de quelques boutiques locales.

Cela doit signifier que je ne suis pas la seule à Breckenridge, mais que les autres sont assez intelligents pour ne pas voyager la nuit dans la montagne.

Mon téléphone est déchargé, et même s'il lui restait un peu de batterie, je sais sans aucun doute qu'il n'y a pas de réseau par ici.

Il n'y avait pas de réseau en bas de la montagne. C'était quand mon téléphone avait encore un tout petit peu de batterie.

Ce n'est pas comme si je n'avais personne à appeler. Ma sœur s'attend à avoir de mes nouvelles, mais nous ne sommes pas en bons termes. Elle est furieuse que je déménage à Breckenridge au lieu de rester à New York avec elle.

Je ne pouvais pas rester. Je devais m'éloigner le plus possible de New York et des ennemis que nous nous sommes faits.

Je jette un coup d'œil à mon sac à dos derrière moi. Je ne peux pas prendre le risque de l'attraper. Pas avant d'être sortie de la voiture.

Avec une lente précision, je déverrouille la porte et ouvre le côté conducteur. Je ne fais aucun mouvement brusque.

Je préférerais rester dans l'habitacle de la voiture qui m'offre un abri, mais elle est au bord d'un ravin. Je ne suis pas prête à affronter la mort.

La voiture grince et gémit alors que je prends soin de déplacer mon poids d'un pied puis de l'autre hors du véhicule.

Le véhicule ne tombe pas de la falaise comme je le craignais. Je frissonne et serre ma veste.

Je ne peux pas facilement ouvrir la porte arrière depuis ma position. La neige est épaisse de plusieurs centimètres et j'ai rangé mes bottes dans le coffre.

Je n'ai aucun moyen de me déplacer pour attraper mes chaussures chaudes et confortables. Mes talons fantaisie doivent suffire, car je ne vais pas partir pieds nus. Ce serait encore plus stupide par ce temps.

— Ok, je peux le faire...

Il n'y a pas une autre âme sur la route, et je ne veux même pas envisager que des animaux sauvages comme les ours ou les loups sortent la nuit. Je n'ai pas la moindre idée s'ils sont nocturnes. J'espère ne pas rencontrer de créatures parce que je n'ai rien d'autre que mes mains pour me protéger, donc je ferais tout aussi bien de m'allonger et faire le mort.

Ok, donc récupérer mon sac sur le siège arrière n'est pas aussi facile que je le pensais. J'expire nerveusement, l'estomac noué, alors que je remonte sur le siège du conducteur et que j'attrape mon sac à dos à l'arrière, ainsi que mon sac à main sur le siège passager.

Je ne fais aucun mouvement brusque, je recule de la voiture, je referme la portière, je mets mon sac à main dans le sac à dos et le fais passer par-dessus mon épaule.

Mes mains tremblent à cause du froid et de l'adrénaline qui coule dans mes veines. Je fouille dans mes poches et récupère une paire de gants en cuir. Ça doit suffire.

La nuit presque tombée, je me dirige vers la route principale de la montagne.

Je reste au centre du chemin enneigé. J'entendrais probablement quelque chose bien avant de voir quoi que ce soit, mais je ne retiens pas mon souffle.

La lune offre une faible lueur qui éclaire la route enneigée.

Je n'ai pas de lampe de poche, et l'obscurité de la nuit s'immisce, ce qui me rappelle qu'il n'y a pas de ville à des kilomètres à la ronde, car il n'y a pas de lumières à proximité.

Je lève les yeux vers le ciel, l'air glacial de la nuit fait place à un scintillement d'étoiles dans le ciel nocturne. Ce serait un beau spectacle s'il ne faisait pas si froid et si je ne craignais pas de mourir d'hypothermie.

Mes poumons me font mal à cause du froid. À chaque inspiration, des milliers de couteaux les poignardent.

Avec ma veste bien fermée, je penche la tête vers le bas. Je dois trouver un abri. Avec le coucher du soleil, la nuit ne fera que se refroidir.

Mes mains tremblent, même avec la chaleur de mes gants. Le bord de la route est difficile à voir sans lumière. Il semble encore plus impossible de déterminer s'il y a des traces d'abri.

Je continue à marcher vers le haut de la montagne. Le seul moyen de savoir que je me dirige dans la bonne direction est le vent qui m'assaille le visage, et mes empreintes de pas sont la preuve de l'endroit où je suis passée.

Je ne peux plus voir ma voiture au loin. Les vitres brisées n'offrent peut-être qu'un faible abri contre le vent, mais j'aurais pu être plus au chaud si j'étais restée à l'intérieur du véhicule. J'aurais également pu être catapultée dans le ravin si j'avais ne serait-ce que déplacé le poids de la voiture.

Il ne sert à rien de remettre en question ma décision. J'espère simplement que la route principale déboucherait sur une allée, une maison, une cabane ou un signe de civilisation.

Le froid glacial me fait monter les larmes aux yeux, gèle mes cils et pique mes joues. Mes mains sont engourdies, et mon sac à dos ne contient aucun vêtement. Je suis gelée autant à l'intérieur qu'à l'extérieur.

Je trébuche sans cesse.

Mes orteils brûlent à cause de l'air glacial qui assaille chaque centimètre de mon corps. La sensation va au-delà de l'engourdissement et du picotement.

CHAPITRE DEUX

JAXSON

J'allume la radio satellite. C'est les seules chaînes qui passent à moins de 150 km de Breckenridge.

Nous sommes littéralement au milieu de nulle part. Et j'adore ça. J'ai vécu toute ma vie dans le Montana, j'ai grandi dans une petite ville à quelques heures de Breckenridge.

Je mets la musique à fond, je la laisse retentir et je prends quelques minutes pour moi après une longue journée à visiter la ville voisine.

Il est tard. La route n'est pas très fréquentée, encore moins entre deux tempêtes. Bien qu'il ne neige pas en ce moment, il y a quelques centimètres de neige provenant de la dernière tempête.

Je n'ai aucun problème avec mon camion pour gravir la montagne car j'ai mis des chaînes pour mes pneus lorsqu'il s'est mis à changer.

Je ralentis et j'aperçois une petite voiture au bord du ravin, je mets mon camion en stationnement et laisse le moteur tourner au ralenti et les lumières allumées.

Je prends une lampe de poche et je sors. J'enfile mon manteau et le ferme, car l'air nocturne est frais.

Je veux être près au cas où quelqu'un aurait besoin de mon aide.

"Bonjour ? Il y a quelqu'un là-dedans ?

Les vitres sont brisées, et les phares éteints. Les feux de détresse ne clignotent pas.

Je braque ma lampe de poche dans la voiture. Il n'y a aucun signe de personne à l'intérieur. Il est probable que quelqu'un se soit arrêté et ait embarqué le conducteur.

Qui de sensé conduirait cette voiture dans la montagne en hiver ?

Il n'est pas nécessaire qu'il y ait une tempête de neige pour savoir que l'on a besoin de quatre roues motrices et de chaînes pour passer dans la neige. C'est sans compter sur les pluies qui inondent la route ou les tempêtes de verglas qui la rendent impraticable.

Je pointe ma lampe de poche vers le sol.

Il y a une série de traces, des empreintes de femmes d'après les talons et la taille des chaussures, et elles se dirigent vers la route principale. Je braque la lumière plus loin. Les empreintes continuent, mais ma lampe de poche n'éclaire pas plus loin que le virage.

Je soupire et me dirige vers le camion, je grimpe dedans et suis reconnaissant pour la chaleur de l'abri. Avec un peu de chance, la personne qui tombée en panne a déjà été pris en charge et est en route pour la ville.

Je mets le camion en marche et allume mes phares.

Le pied sur l'accélérateur, je me glisse dans le col de la montagne, les yeux sur la route principale et sur les traces de pas enfouies dans la neige, en les suivant dans la montagne. Je ne veux pas être distrait et manquer la personne si elle s'était éloignée du sentier.

Heureusement, elle est assez intelligente et est restée au milieu de la route.

J'augmente un peu la vitesse, à la fois impatient et inquiet. La dernière chose que je veux, c'est que quelqu'un meure de froid parce que j'ai pris mon temps.

Encore un kilomètre vers le nord et une silhouette gît sur la route, sombre, recroquevillée et ne bougeant pas.

Je laisse la voiture en marche.

C'est une personne, mais je ne peux pas dire de loin si elle est vivante. Je suppose que c'est une femme d'après ses chaussures.

Je m'approche.

Elle est allongée, frissonnante, sur la route enneigée. La femme est recroquevillée, un sac à dos gris-vert et son manteau violet dans lequel elle s'était enfoncée pour se tenir au chaud.

Je me racle la gorge, ne voulant pas effrayer la femme.

Elle ne bouge pas à mon approche. Ce n'est pas bon signe.

— Bonjour, dis-je en me penchant, posant une main sur son dos.

Au moins, elle est vivante. Son corps tremble contre ma main. Elle est aussi froide que la glace, et ce n'est pas étonnant.

Je l'entends essayer de parler, mais je n'arrive pas à déchiffrer ses mots.

— Je m'appelle Jaxson, lui dis-je, essayant de rassurer la jeune femme et de lui faire comprendre que je n'ai pas l'intention de lui faire du mal. Pouvez-vous vous lever ?

Ses mots sont marmonnés et incompréhensibles.

— Je vais vous porter et vous emmener jusqu'à mon camion.

Elle hoche légèrement la tête, et je pousse un soupir de soulagement en constatant qu'elle est au moins réceptive, même si elle est trop froide pour parler.

Je la prends dans mes bras et la porte jusqu'à mon camion.

Il ne me faut qu'une minute pour ouvrir la porte du côté passager tout en la tenant. Je la pousse à l'intérieur et me précipite vers la porte du conducteur. Je monte dans le camion et je mets encore plus de chauffage vers elle. J'augmente la température pour décongeler la pauvre femme.

Elle grelotte à l'avant de mon camion. Elle a été imprudente en abandonnant sa voiture, en marchant la nuit dans le froid, seule.

Je cherche sur la banquette arrière une couverture supplémentaire que je garde à portée de main en cas d'urgence. Et là, c'est une urgence.

Je déplie l'épaisse couverture et couvre son corps pour l'aider à se réchauffer.

Nous sommes trop loin de l'hôpital le plus proche pour qu'elle puisse être examinée pour des engelures. Cela représente deux bonnes heures de route par temps agréable, et cela signifie passer de l'autre côté de la montagne où le temps est imprévisible.

— Combien de temps êtes-vous restée dehors ?

Je défais la fermeture éclair de mon manteau et le retire de mes épaules. La voiture est déjà chaude et trop chaude pour moi.

Elle ne semble pas avoir trop chaud, alors je laisse le thermostat tranquille et je fais de mon mieux pour me mettre à l'aise.

— Un moment, dit-elle.

C'est la première fois que je peux comprendre les mots qui sortent de ses lèvres. Le tremblement dans sa voix a disparu. Elle est silencieuse, et ses mains tremblent lorsqu'elle les tient devant le radiateur.

J'ai peur de lui suggérer d'enlever ses gants, craignant les engelures.

— Je suis Jaxson Monroe, dis-je en me présentant à nouveau à elle.

Elle ne m'a peut-être pas entendu dehors, ou alors elle m'a entendu mais n'a pas répondu.

— Ariella Cole.

Elle sourit d'un large et brillant sourire. Ses joues sont rouges, mais au moins elles ne sont pas meurtries ou décolorées par le froid.

Il aurait pu faire plus froid dehors si on était en plein hiver. Elle a eu de la chance.

— Comment te sens-tu ? On peut se tutoyer ?

J'ai un million de questions, et plus je la regarde, plus je réalise à quel point elle est belle, dans le genre fille d'à côté.

Sauf qu'il n'y a pas de filles à côté, et que le nombre de femmes à Breckenridge est trop faible à mon goût.

Honnêtement, je n'ai besoin que d'une seule femme à chérir, de qui m'occuper et qui prendra soin de moi pour le reste de ma vie. Bien sûr, ce n'est pas si simple, rien ne l'a jamais été.

Est-ce le fait de l'avoir sauvée qui m'a donné envie de la protéger ? Non, je devais le faire, c'est tout. Je ne peux pas expliquer ce sentiment.

— Un peu plus chaud, dit-elle en me regardant et en me faisant un léger sourire.

La flamme rouge de ses joues semble provenir d'un doux rougissement plutôt que du froid cette fois-ci.

Je ne peux pas m'empêcher de me demander pourquoi.

— Bien. Je suis content d'avoir pu te réchauffer un peu. Si tu peux t'attacher, je vais nous remettre en route et nous serons en ville en un rien de temps.

Je ne vais nulle part sans que nous soyons tous les deux attachés dans le camion. Même avec seulement quelques centimètres de neige sur la route, c'est toujours dangereux. Il y a des animaux sauvages qui peuvent traverser la route à n'importe quel moment.

Ariella hoche la tête, ses mains tremblent, mais elle boucle sa ceinture de sécurité. Je fais de même et je mets le camion en marche.

Nous prenons la direction de Breckenridge.

Je ne lui ai pas demandé si c'est là qu'elle allait. Si elle loge ailleurs, je lui trouverai une chambre pour la nuit et je m'occuperai de sa situation demain.

— En ville ?

Sa voix dépasse à peine un murmure.

— Oui, Breckenridge. S'il te plaît, dis-moi que c'est là que tu allais.

Je ne voulais pas penser qu'elle s'était trompée de chemin et qu'elle avait parcouru ce chemin dangereux pour rien.

— C'est bien là. Je viens d'acheter une maison le long de la rivière. Bien que j'imagine qu'à cette époque de l'année, elle doit être gelée.

— Aucune chance que tu l'aies acheté à Mason Reid ?

— Si, comment tu sais ? demande Ariella.

— C'est un de mes anciens copains militaires, c'est comme mon frère. Je vois exactement où c'est. C'est un bel endroit, petit, qui a été nettoyé et rénové par mes soins. Enfin, par Aiden et moi.

Ses yeux se plissent alors qu'elle me fixe.

— Qui est Aiden ?

— Un autre de mes potes de l'armée. Declan, Mason, Aiden et moi avons créé une société de sécurité « Tactique de l'aigle », il y a quelques années.

Je ne peux pas expliquer pourquoi je suis si ouvert à cette femme, prêt à divulguer n'importe quel secret si elle le demandait. Il y a quelque chose en elle. Est-ce le fait qu'elle soit de la viande fraîche, et que je n'ai pas encore goûté à elle ?

— Vous avez tous servi ensemble ? demande Ariella.

Elle sourit et me regarde fixement.

Mon cœur palpite dans ma poitrine, demandant à être libéré. Cela faisait longtemps que personne ne m'avait regardé d'une manière aussi...spéciale.

Je ris, espérant qu'elle ne remarque pas la tension sexuelle qui se développe dans le camion. Même si j'ai envie de passer à l'acte, j'ai une certaine maîtrise de moi-même. Nous venons de nous rencontrer.

— Nous étions tous des forces spéciales de l'armée.

Les yeux écarquillés, elle fait la grimace en enlevant ses gants.

— Ouah ! Une ville de héros.

Je jette un coup d'œil à ses longs et fins doigts. Ils ont l'air en bon état, bien qu'un peu rouges, mais il n'y a aucune trace d'engelure, ce qui est une bonne nouvelle.

— C'est notre devise, dit-je en plaisantant avec elle.

Je reporte mon attention sur la route enneigée alors que nous nous dirigeons plus au nord en direction de Breckenridge.

— Nous n'avons plus beaucoup de chemin à parcourir.

— Ok, dit-elle. C'est bien. Y a-t-il un endroit dans le coin pour dîner ? Je meurs de faim, et je ne pourrai pas faire de courses tant que ma voiture ne sera pas sortie du fossé.

Sa voix est douce, presque mélancolique.

— Je peux t'emmener au Lumberjack Shack. Ils ont de la bonne nourriture.

C'est aussi le seul endroit où on peut entrer à presque huit heures. Il est tard pour la ville, le bar est le seul endroit ouvert, et ils ne servent pas de nourriture décente.

— Lumberjack Shack ? J'espère que la nourriture est meilleure que le nom.

— C'est le restaurant de mon pote.

— Merde. Je suis désolée, dit-elle, prompte à s'excuser. Ce serait super, j'en ai vraiment besoin.

Elle semble se détendre sur le siège avant et retire la couverture enroulée autour de son corps.

— Tu as chaud ?

C'est bon signe après le froid et l'absence de sensation qu'elle avait eus plus tôt.

— Oui. Ça te dérangerait de baisser un peu le chauffage ?

J'ajuste le thermostat du camion, dans l'espoir de la mettre un peu plus à l'aise.

Il fait chaud. Assez chaud pour me donner envie de me mettre en caleçon et rien d'autre. Je ne peux pas faire ça, pas en conduisant et avec une jeune femme dans le camion.

— Merci.

Je dirige le camion vers une route de gravier et à travers l'épaisse forêt d'arbres avant que nous ne ralentissions pour avancer au ralenti.

— Nous sommes presque arrivés.

Elle attrape son sac et le dézippe pour récupérer son sac à main.

Je me gare devant. Le restaurant est normalement fermé le lundi soir, mais j'ai une clé. J'aide Lincoln de temps en temps, pas pour la cuisine mais pour le bar. Lincoln vit à l'étage au-dessus du restaurant. Il va m'aider, et s'il ne peut pas, je suis sûr que je pourrai quand-même lui préparer quelque chose à manger.

— Ça à l'air fermé, dit-elle.

Les lumières à l'intérieur sont faibles, et il n'y a pas d'autres véhicules garés devant.

— Il est neuf heures passées. Tout est fermé à cette heure-ci. J'ai une clé qui peut nous faire entrer. Ne t'inquiète pas. Ce n'est pas comme s'il y avait un système d'alarme ou quelque chose à pirater.

— Tant mieux, parce que je n'avais pas envie de passer ma première nuit à Breckenridge en cellule.

— Viens.

Je sors du camion, je monte les escaliers du porche et j'entre. J'essaye d'abord d'ouvrir la porte, mais elle est fermée. Je sors ma clé pour cette occasion et déverrouille la porte. Je lui fais signe d'entrer.

— Les dames d'abord.

Elle me jette un coup d'œil, fronce les sourcils et fait un sourire en coin. Un instant plus tard, elle hausse les épaules et entre.

— C'est magnifique, dit-elle en jetant un coup d'œil au décor. Je suis désolée pour ce que j'ai dit tout à l'heure. Je suis grincheuse quand j'ai faim.

Je me mords la langue pour ne pas faire de commentaire.

— J'aime le fait que cet endroit soit une cabane en rondins. Ça fait penser à la cabane d'un bûcheron.

Il est évident qu'elle essaye de se rattraper pour l'insulte qu'elle a lancée dans la voiture.

— Je ressens l'atmosphère très Paul Bunyan de cet endroit. Je parie que la nourriture est incroyable aussi.

— C'est l'une des meilleures cuisines du Montana. Un vrai repas fait maison par l'un des meilleurs chefs de la région. S'il n'était pas propriétaire de l'endroit, j'aurais peur que quelqu'un d'autre le lui vole.

Pour être honnête, j'ai essayé de le faire partir pour qu'il vienne travailler à plein temps avec les garçons de Tactique de l'Aigle, mais il ne voulait pas. Il aime trop cuisiner pour retourner sur le terrain de façon permanente.

Des pas lourds frappent les escaliers, et un moment plus tard, Lincoln entre dans le restaurant.

— Jaxson, qu'est-ce que tu fais là ? demande Lincoln.

J'avais peut-être faim, mais l'expression du visage d'Ariella me disait qu'elle était carrément affamée.

— Je suis venu chercher à dîner. Nous n'avons pas encore mangé, et j'espérais que tu pourrais nous préparer quelque chose dans la cuisine.

— La cuisine est fermée, mais pour toi et la jolie dame, je peux faire une exception, dit Lincoln en souriant. Où est Isabella ? Tu ne devrais pas rentrer chez toi pour la rejoindre ? Il est tard.

Essaye-t-il de tuer toutes mes chances avec Ariella ? Je n'ai jamais eu de chance, mais j'espère toujours en avoir.

— A la maison, endormie.

Je ne donne pas plus de détails. Pourquoi mon frère militaire à la tête d'œuf doit-il parler d'Isabella ?

— Vous avez un menu ? demande Ariella à Lincoln.

La façon dont ses yeux parcourent son corps fait battre mon cœur à tout rompre dans ma poitrine.

Je veux qu'elle me regarde comme ça, pas lui.

Je suis du genre jaloux ? Je n'y ai jamais vraiment pensé, vu qu'il n'y avait pas beaucoup de femmes à draguer en ville.

Lincoln sourit et roule des yeux.

— Tu n'es pas du genre végétarien, n'est-ce pas ?

Il se penche plus près d'elle et murmure :

— Je peux faire une salade d'enfer, mais l'ours par ici est très savoureux et à tomber par terre.

Elle écarquille les yeux d'horreur et j''essaye de ne pas rire de la blague de Lincoln. D'habitude, il n'est pas si drôle, mais il semble qu'Ariella n'est pas du coin ou même de l'État.

— Je vais prendre une salade, chuchote Ariella. Elle a l'air desséchée.

Je ne peux pas m'empêcher de la fixer, complètement subjugué par sa beauté. Sous la chaude lueur ambrée de l'éclairage du restaurant, je peux enfin regarder longuement son teint rosé et les taches de rousseur qui saupoudrent son nez et ses joues. Ses cheveux sont foncés et ses yeux olive me coupent le souffle.

Elle est magnifique et pas seulement parce qu'elle est la plus récente résidente de Breckenridge, et que nous n'avions pas beaucoup de dames en ville, encore moins de célibataires.

Enfin, je pense qu'elle est célibataire. Je n'en ai aucune idée.

J'espère juste qu'elle n'est pas prise, vu qu'elle ne porte pas d'alliance. Mais bon, ça ne veut rien dire. Elle peut être en train de la faire ajuster.

Mais encore une fois, si elle est mariée, où est le bâtard qui l'a laissée conduire jusqu'à Breckenridge dans cette voiture de merde qui ne pouvait pas monter la montagne en hiver ? Je le tuerais s'il touchait ne serait-ce qu'un cheveu d'Ariella.

J'e pousse un gros soupir, ne réalisant pas à quel point je suis devenu protecteur envers une inconnue. C'est tout ce qu'elle est, une jeune femme que j'ai sauvé dans le froid. Le fait est que je veux en savoir plus sur elle. Je veux découvrir qui elle est, pourquoi elle est là, et si elle est célibataire et cherche un lit chaud dans lequel se glisser.

Je ne peux pas jeter toute prudence au vent et coucher avec elle juste parce que j'ai des besoins. Non. Cette époque est révolue.

— Lincoln plaisante sur le fait de manger de l'ours. Il fait de très bons sandwichs, et son ragoût est à tomber par terre.

— Du ragoût, alors. Ça a l'air délicieux, dit Ariella.

Elle pose ses mains sur la table en bois lorsque nous nous asseyons. Elle enlève son manteau et l'accroche sur la chaise derrière elle.

— Ok, très bien. Je vais vous préparer quelque chose dans la cuisine. Reste assise et essaie de ne pas être victime des tentatives de drague boiteuses de Jaxson, dit Lincoln en me désignant du doigt.

J'ai envie de le frapper.

— Qu'est-ce qui t'amène à Breckenridge ? demandé-je, en la regardant tandis que mon cœur bat la chamade dans ma poitrine.

Je sais qu'elle a acheté une cabane le long de la rivière, mais je ne sais pas pourquoi. Mason m'a seulement dit qu'il l'avait vendu à un étranger, rien de plus.

— Nouveau départ. J'aime camper et je me suis dit qu'il n'y avait pas de meilleur endroit pour vivre qu'au milieu de nulle part.

Je ris, et même si je doute que ce soit toute l'histoire, si elle ne veut pas me le dire, je ne vais pas insister non plus.

— Tu as choisi le coin le plus éloigné du monde, n'est-ce pas ? la taquiné-je. D'où viens-tu, Ariella ?

— New York, mais j'ai grandi dans le Nebraska, dit-elle en levant la main. Pas de blagues sur les Cornhusker, s'il te plaît.

— Je ne suis pas sûre d'en connaître.

Il est clair qu'elle n'est pas fan du Nebraska, pas que je puisse lui en vouloir. Je n'aurais probablement pas aimé non plus. J'aime Breckenridge, et même si l'hiver peut être brutal, c'est aussi très beau ici.

— Bien, dit-elle en riant.

Ses yeux rencontrent la table avant de remonter vers les miens.

— Je peux te poser une question ?

J'hausse les épaules.

— Vas-y.

— Isabella est ta femme, ou petite-amie ?

Elle jette un coup d'œil à ma main sur la table.

Je ne porte pas non plus d'alliance, et je vois très bien qu'elle la regarde longuement et intensément.

— Non, c'est ma fille.

CHAPITRE TROIS

ARIELLA

J'avais envie de lui demander qui était Isabella depuis que Lincoln avait prononcé son nom. Je ne savais pas comment lui demander sans être indiscrète ou avoir l'air curieuse.

Ça doit être parce qu'il m'a sauvé du froid, et que j'ai déjà un sentiment d'attachement envers lui. Y a-t-il un nom pour ça ?

— Tu as une fille ?

Cela m'a surpris. Ça n'aurait pas dû, puisqu'il est assez grand pour avoir des enfants. Moi aussi d'ailleurs.

— Oui, elle a trois ans.

Son expression semble peinée. Ses yeux se plissent légèrement avant de continuer à parler.

— Sa mère voulait la mettre à l'adoption et est venue me voir car elle avait besoin de ma signature pour renoncer à mes droits de père. Je ne pouvais pas le faire. J'ai refusé.

Sa respiration s'approfondie et ses oreilles rougissent pendant qu'il parle.

J'hoche la tête en l'écoutant me raconter ce qui s'est passé.

— Mes options étaient la garde complète ou l'abandonner complètement.

Lincoln apporte deux verres d'eau sur la table, en jetant un regard à Jaxson.

— Le dîner sera bientôt prêt.

— Merci, dit-je en jetant un coup d'œil à Lincoln avant de reporter mon attention sur Jaxson. — Elle est à la maison, en ce moment ?

— Oui. Je dois dépendre de mes frères bien plus que je ne le voudrais pour élever Isabella, mais ça ne semble pas les déranger.

Il rit.

J'ai raté la chute ? Je ne vois pas ce qui est si drôle.

— Qu'est-ce qu'il y a ?

Il sourit en secouant la tête.

— Oublie. Ce n'est pas important."

Je ne comprends pas bien ce qu'il veut que j'oublie puisque je ne sais pas de quoi il parle.

— D'accord, dis-je, soulagée que Lincoln apporte notre nourriture à la table.

La délicieuse odeur du ragoût flotte dans l'air alors qu'il apporte deux grands bols sur la table, un pour chacun de nous.

— Merci.

— Je peux vous apporter autre chose ? demande Lincoln en me regardant dans les yeux.

Est-ce qu'il me reconnaît ? L'air est aspiré hors de mes poumons.

Jaxson ouvre la bouche.

— On aurait besoin de cuillères.

— Je vais chercher une cuillère pour la dame. Tu peux aller chercher tes couverts. Il pointe Jaxson du doigt. Ne laisse pas ce gars te donner des ordres.

Je feins un sourire. C'est probablement mon imagination.

— Oh, très bien. Merci pour le conseil, dis-je.

Lincoln se dirige vers la cuisine, prend deux couverts et les apporte à la table.

— Merci, dit Jaxson avant même que je puisse exprimer le même sentiment.

— Faites-moi savoir si vous avez besoin d'autre chose, dit Lincoln avant de disparaître dans la cuisine.

— Il sait comment se faire discret, dis-je.

J'attrape la cuillère alors que la vapeur s'échappe du bol de soupe. Je prends une gorgée, et mes yeux se ferment. Je savoure le goût, la chaleur, la nourriture dans mon estomac.

Je ne me souviens pas de la dernière fois où j'ai mangé aujourd'hui. Le café brûlant que j'ai pris à la station était amer et ne compte pas comme un repas.

— Ouais. Lincoln est un bon gars. Il est un peu dur sur les bords, et Isabella était terrifiée par lui, mais maintenant ils sont les meilleurs amis du monde. Declan vient juste après Lincoln, ce qui est drôle car il passe plus de temps avec elle. Je jure qu'il est prêt à être père et à se ranger.

Je prends une autre bouchée de ragoût, reconnaissante pour ce repas chaud et réconfortant après une soirée désastreuse plus tôt.

— Est-ce que Declan la surveille en ce moment ?

Jaxson hoche la tête entre deux bouchées.

— Oui. Mes frères se relaient pour la surveiller quand elle n'est pas à la crèche. Ils sont formidables. Je ne pourrais pas le faire sans eux.

Il sirote son eau et lève les yeux vers moi.

— Donc, tu as déménagé ici pour t'éloigner, changer de décor ?

J'hoche la tête, sans rien dévoiler d'autre.

Il ne doit pas savoir pourquoi je suis venue à Breckenridge. Je ne peux pas risquer de le mettre en danger, lui ou sa petite fille.

— Des enfants ? demande-t-il.

— Pas que je sache.

Je le fixe, essayant de ne pas rire.

Il sourit d'abord et hoche la tête.

— Pas mal, pas mal. Tu sais ce que je fais dans la vie. Et toi alors ?

— Il y a combien de question ? demandé-je, en essayant de me détendre, mais ce n'est pas la tâche la plus facile sous son regard. Je ne peux pas lui dire ce que je fais dans la vie, ou plutôt ce que je faisais avant.

Actuellement, je suis au chômage. Je sais qu'il n'essaye pas d'être impoli. C'est probablement la façon dont les gens des petites villes font la conversation.

Le fait est que je suis peut-être de New York, mais mon travail m'amenait à voyager dans le monde entier. Il y a des dangers à ce qu'il sache pour qui je travaillais et ce que je faisais. Bon sang, même Benjamin, mon ex-mari, ne savait pas à qui il était marié.

Je vis avec mes secrets, je dors avec eux, et je veux qu'ils soient à moi et à moi seule.

— Désolé. Entre mes frères et un enfant en bas âge, je n'ai pas beaucoup d'occasions de m'entretenir avec une belle jeune femme.

La pièce se réchauffe. Suis-je en train de rougir ? Je jette un coup d'œil au bol de soupe et pousse une mèche de cheveux derrière mon oreille.

— Je parie que tu es un dragueur. Tu es un ancien militaire, ça se voit.

Il est magnifique, avec des muscles épais en dessous de sa chemise. J'ai travaillé avec quelques gars qui avaient un sacré physique, mais à la façon dont lui me fixe, il est clair que je retiens son attention. C'est très flatteur.

— Crois-le ou non, la plupart des habitants de la ville sont soit mariés, soit sont mes frères.

— Ça ne peut pas être vrai.

Il y a près de neuf cents habitants à Breckenridge, du moins d'après internet.

J'ai fait des recherches approfondies sur la ville avant de m'y installer.

— Tu verras, dit-il avec un sourire entendu.

Je ris.

J'espère qu'il y a d'autres perspectives dans cette ville, non pas que Jaxson ne soit pas beau à voir et n'ait pas un physique incroyable, mais je ne veux pas non plus me jeter sur le premier mec sympa que je rencontre.

Ça faisait longtemps que je n'avais pas rencontré de gars sympas.

Ben, mon ex-mari, est un salaud. L'idée du mariage est maintenant pour moi comme du lait gâté. Je ne veux pas m'en approcher. Je ne suis pas là pour draguer ou me marier.

Je n'ai d'ailleurs jamais voulu me remarier. Une fois suffit. Je ne suis même pas intéressée par les rendez-vous, mais avec son regard sur moi, mon estomac noué, je dois repousser ces pensées.

Nous terminons notre ragoût, et Lincoln sort de la cuisine pour faire la vaisselle.

— C'était comment ? me demande-t-il.

—Délicieux ! Est-ce toi qui cuisines à chaque fois ? demandé-je.

Il est peut-être propriétaire du restaurant, mais ça ne veut pas dire qu'il dirige la cuisine.

— Oui, dit Lincoln, une lueur dans les yeux. Il semble heureux du compliment.

— Je prendrai l'addition quand tu seras prêt, dis-je, ne voulant pas retenir Jaxson plus longtemps, surtout sachant qu'il a une fille à la maison et un frère qui veille sur elle.

J'ai l'intention de payer sa part du repas aussi. Après tout, il m'a sauvé la vie plus tôt dans la journée. Même si je n'ai pas les moyens de payer, je me débrouillerai.

— Ton argent n'est pas le bienvenu ici.

— Quoi ? demandé-je, confuse.

Lincoln sourit.

— C'est la maison qui offre. Tous les amis de Jaxson mangent gratuitement. Au moins la première fois. Après ça, on verra ce qui se passe.

— Allez. Laisse-moi payer. Ce type m'a sauvé la vie ce soir. Je ne peux pas partir en sachant que je vous suis redevable à tous les deux pour votre gentillesse.

Jaxson couvre sa bouche avec sa main. Il sourit comme un idiot, essayant de retenir son rire.

— Quoi ? demandé-je, en regardant fixement Jaxson.

— Tu ne le feras pas changer d'avis. Lincoln est le plus têtu de tous. Dis juste merci et finis-en avec ça, ou nous ne partirons jamais.

Je jette un coup d'œil à Lincoln, le fixant de l'endroit où je suis assise à la table. Il me domine. — Merci, dis-je, avec une sincère reconnaissance.

Lincoln acquiesce sèchement.

— Je suis sûr que je vous reverrai dans le coin. Jaxson, ferme la porte en partant. Je vais nettoyer la cuisine et je monte à l'étage.

— Ce sera fait, patron, dit Jaxson, en posant sa main sur la table, en souriant. Tu es prête à partir ?

Je me lève et j'attrape mon manteau. Il ne fait aucun doute que j'en aurai besoin à l'extérieur.

Je remets ma veste, ferme la fermeture éclair, puis enfonce mes mains dans mes gants.

Je n'ai pas hâte d'affronter le vent glacial ou la fraîcheur de l'air dehors, mais ce ne sera pas pour longtemps. Nous serons rapidement dans le camion de Jaxson, puis à la cabane.

Jaxson me conduit dehors, sa main sur le bas de mon dos. J'essaie de cacher le sourire qui brille à travers moi. Peut-il le voir aussi ? Est-ce si évident que le fait d'être près de lui me rend à l'aise et libre ?

Il m'accompagne jusqu'à la porte du passager de son camion et l'ouvre, avant de me donner la main pour entrer. Le camion est bien plus grand que moi et atteindre les marchepieds me demande un petit effort.

— Merci.

— Tout le plaisir est pour moi, dit Jaxson.

Il attend que je m'attache avant de fermer la porte et de faire le tour du camion pour monter du côté conducteur. Il allume le moteur.

Un souffle accueillant d'air chaud frappe mon visage. Je repousse les bouches d'aération, reconnaissante que le camion n'ait pas refroidi depuis notre arrêt pour le dîner.

Il quitte le parking et s'éloigne du restaurant.

— Tu as besoin de t'arrêter pour récupérer la clé de la cabine ?

J'avais déjà oublié les clés.

— Oui ! Le propriétaire a dit qu'il avait laissé les clés dans la boîte aux lettres mais que c'était au bout de l'allée. Il a dit que c'était plutôt loin, comme si je devais conduire pour les récupérer.

— Nous la prendrons sur le chemin de la cabane, dit Jaxson.

— Merci. Tu penses à tout, n'est-ce pas ?

Il sourit et rit dans son souffle. Ses mains restent sur le volant, et son attention sur la route.

Il prend son temps alors que nous nous dirigeons plus au nord sur la face de la montagne.

J'agrippe le côté de la porte alors que les lacets deviennent plus raides et plus difficiles à voir à chaque virage.

Les phares du camion rebondissent alors qu'une fine couche de brouillard flotte dans l'air.

— Détends-toi. Je gère. Je prends cette route tous les jours.

— Je sais.

Je ne le savais pas, mais je ne veux pas qu'il voit que je suis morte de peur. C'est évident ?

— D'accord, stalkeuse, plaisante-t-il, en souriant et en posant une main sur mon bras.

— J'ai traversé pire en voiture. Ne t'inquiète pas. Tu vas t'y habituer. Surtout quand tu échangeras ta voiture contre quelque chose d'un peu plus pratique.

— Echanger ma voiture ? Tu crois que je l'ai bousillée ?

Je ne l'ai pas arrangé, c'est clair, en brisant les vitres et en cabossant la carrosserie lorsque j'ai percuté l'arbre.

Il a raison, et je dois penser à un véhicule plus fiable pour les routes de Breckenridge, mais comment puis-je me le permettre ?

Jaxson ramène sa main sur le volant.

— Même si tu la répares, elle ne te permettra pas de gravir la montagne en cas de blizzard.

— Et si ma voiture avait ces trucs en métal sur les roues ? demandé-je, en essayant de me rappeler comment ça s'appelait.

— Des chaînes ?

— Oui, ça.

Je voudrais pouvoir acheter un jeu de chaînes et réparer la voiture, pour pouvoir repousser l'achat d'un nouveau véhicule.

Mes revenus sont serrés. J'ai dépensé chaque centime pour cette propriété et pour traverser le pays jusqu'au Montana. Je n'ai pas d'emploi en vue, et mon portefeuille est presque vide.

Il se lamente avant de répondre.

— Je n'ai jamais vu une voiture comme la tienne par ici.

Je regarde par la fenêtre, hypnotisée par la beauté de la nuit.

Le brouillard s'est dissipé, ce qui semble étrange puisque nous sommes plus haut, mais il semble n'être qu'une petite tache le long de la montagne.

Au loin, des lumières scintillent à la base de la montagne. Une petite ville agglomérée.

— C'est magnifique ici, dis-je alors que Jaxson ralentit.

Il baisse sa vitre en s'approchant de la boîte aux lettres et récupère un jeu de clés de maison. — Voilà, dit-il, en me tendant le métal froid.

— Merci.

Je prends les clés avec mes mains gantées. Aussi vite qu'il ouvre la fenêtre, Jaxson la referme et met le camion en marche, descendant l'étroite route de gravier et traversant la forêt.

Je ne peux rien voir, sauf à quelques mètres devant nous grâce aux phares. Il n'y a aucun signe d'une cabane.

— C'est encore loin ?

— Encore un ou deux kilomètres.

La neige crisse sous les pneus alors que nous ralentissons enfin à l'approche de l'endroit. Les lumières sont éteintes, la cabane aussi sombre que la nuit.

— Je suppose que personne n'a laissé la lumière du porche allumée.

Il rit.

— Qu'est-ce qu'il y a de si drôle ? demandé-je, ne voyant rien qui vaille la peine de plaisanter.

De l'extérieur, le cabane en bois semble joli, bien entretenu et rustique. C'est bien une cabane en rondins, de plain-pied et petite, mais de taille parfaite pour une personne. Je n'ai pas besoin de quelque chose de grand ou de coûteux.

D'ailleurs, je ne peux pas me permettre autre chose.

Il coupe le moteur de son camion et sort dans l'air froid.

Jaxson ne me répond pas. Je sors du camion, mes chaussures heurtant la neige fraîche qui s'était accumulée et qui n'avait pas été déblayée. Son véhicule l'avait traversée sans problème.

Je piétine dans la neige fondue et monte les marches du porche couvertes de glace.

— Fais attention, me prévient Jaxson, son souffle sur mon cou alors qu'il me suit sur les marches, une main sur le bas de mon dos.

Essaye-il de s'assurer que je ne tombe pas, ou la proximité est-elle quelque chose de bien plus intime ?

J'aime déjà être près de lui, mais c'est dangereux. Je connais à peine le gars, et il a un enfant.

Tu parles d'une situation compliquée.

C'est sans compter le fait que ma tête est mise à prix.

Il y a plusieurs personnes qui veulent me tuer. Vivre au milieu de nulle part est censé me protéger, mais est-ce le cas ?

— Tu as la clé ?

— Oui, dit-je, en essayant la clé de la porte d'entrée que Jaxson a récupérée plus tôt dans la boîte aux lettres. Elle glisse dans la serrure facilement et tourne.

Je pousse la porte, m'attendant à ce que la cabane soit chaude et accueillante. Il ne fait clairement pas chaud.

Je frissonne et m'approche du mur, à la recherche d'un interrupteur. Rien.

— Il fait glacial.

— La cabane est chauffée par un poêle à bois.

Il se dirige vers le poêle et se baisse. Il attrape quelques bûches gardées au sec dans la neige et tente d'allumer le feu. Jaxson empile le bois et craque une allumette, qui s'enflamme lentement.

— Tu connais ton métier, dis-je, en le regardant avec curiosité.

Cela fait des années que je n'ai pas allumé un tel feu. La dernière maison avait une cheminée à gaz qui nécessitait d'appuyer sur un interrupteur. Je n'ai pas cette chance ici. Cependant, le poêle à bois sera beaucoup plus chaud.

— Et les lumières ?

Il se dirige vers le lit, à quelques mètres du feu qui s'anime.

Le plan d'étage ouvert n'offre pas de réelle intimité, mais j'ose espérer que cela aiderait à chauffer l'espace de manière uniforme.

La cabane est entièrement meublée, ce qui est bien puisque j'ai peu de choses avec moi. La plupart des objets ont été vendus à New York. Tout le reste de mes affaires est rangé dans le coffre de ma voiture.

— Voilà.

Jaxson attrape une lanterne de style lampe de poche et me la tend.

— Garde quelques jeux de piles supplémentaires à portée de main.

Le sourire s'efface de mon visage.

— Tu plaisantes ?

Il doit se moquer de moi.

La cabane a de l'électricité, non ?

Je voulais vivre hors réseau, mais je n'avais pas vraiment l'intention de vivre de façon primitive.

— A propos de quoi ?

— Il n'y a sérieusement pas d'électricité dans cet endroit ?

Je n'arrive pas à y croire ! Comment son ami a-t-il pu me vendre une maison sans électricité ? Ça n'avait pas été mentionné - d'une manière ou d'une autre - sur la liste en ligne.

— Tu as acheté une cabane dans les bois. Tu as de la chance qu'elle ait une plomberie intérieure.

CHAPITRE QUATRE

JAXSON

Je ne connais peut-être pas très bien Ariella, mais il ne faut pas être devin pour voir qu'elle est énervée.

Elle a les mains en boule sur les côtés, la mâchoire serrée et les sourcils froncés. Elle respire lourdement et bruyamment, bien que cela puisse être dû au fait qu'il fait froid dans la cabine et qu'elle est frigorifiée.

Je dois rentrer chez moi pour retrouver Isabella, mais je ne veux pas non plus laisser Ariella seule, dans le froid et l'obscurité. Si j'avais su plus tôt dans la journée qu'elle arrivait, je me serais arrêté et j'aurais allumé le feu dans le poêle.

La cabine est glaciale, et il faudrait des heures pour la réchauffer à une température décente.

— Je n'arrive pas à y croire, dit-elle en faisant les cent pas dans la pièce, les pieds lourds sur le parquet. Je n'aurais jamais déménagé ici si j'avais su qu'il n'y avait pas d'électricité. Comment suis-je censée survivre sans réfrigérateur ?

J'ai envie de lui dire de se détendre. Est-ce la mauvaise réponse ? Je déteste quand les gars me disent de me détendre.

— J'apporterai mon générateur, et nous pourrons le brancher à un réfrigérateur. Nous devrons aller en ville dans la matinée et en choisir un.

Elle gémit.

— Tu n'as pas remarqué l'absence de réfrigérateur sur les photos ?

Ses lèvres se pincent, et ses yeux se rétrécissent.

— J'étais peut-être pressé de l'acheter, vu le prix. Maintenant je vois pourquoi elle était abordable.

Elle se frotte le front et retire lentement ses gants.

— Écoute, pourquoi ne rentrerais-tu pas avec moi ce soir ? Reste chez moi quelques heures jusqu'à ce que ta cabine soit bien chaude. Ensuite, je peux te ramener en voiture, ou tu peux rentrer à pied. Ce n'est pas loin.

Il y a un pont qui passe au-dessus de la rivière. Je vis juste de l'autre côté.

Elle expire un souffle lourd, et sa langue sort, léchant ses lèvres.

— Nous sommes voisins ?

— Absolument, dis-je. Qu'est-ce que tu en dis ? Je peux apporter le générateur demain matin, et nous pouvons aller en ville acheter un nouveau réfrigérateur.

Elle déplace son poids sur ses pieds qu'elle fait trainer.

Y a-t-il une autre option que je n'ai pas envisagée ? Je ne connais personne qui donne un réfrigérateur gratuit, et la friperie la plus proche est à des heures de route et ne vend jamais d'appareils électroménagers. Il est peu probable que quelqu'un ait un réfrigérateur de rechange, bien que les congélateurs soient plus faciles à trouver car beaucoup de citadins sont des chasseurs et stockent la viande dans les congélateurs.

— Je vais me débrouiller ce soir. La journée a été longue. Je devrais probablement juste me glisser sous les couvertures et aller au lit.

— Si tu es sûre.

Je ne veux pas la forcer.

— Il y a des couvertures supplémentaires dans le placard si tu as froid. Tu as un téléphone ? Je peux te donner mon numéro au cas où tu aurais besoin de quelque chose.

Elle dézippe lentement son manteau.

— Il est déchargé. Je dois le recharger, mais cela semble être une tâche impossible.

Ariella baille et porte sa main à ses lèvres comme si elle pouvait cacher ce geste.

— Je t'apporterai un chargeur solaire dans la matinée. J'en ai un de rechange.

Je fais un pas en arrière vers la porte, ne voulant pas abuser de mon accueil.

Il est tard. Ma fille est à la maison et a besoin de moi.

— Merci.

Je me dirige vers la porte.

— Si tu as besoin de quelque chose, je suis juste de l'autre côté du pont. Ce n'est pas trop loin à pied.

— Ça ira, mais j'apprécie.

— Ferme la porte après mon départ. La plupart des gens ne ferment pas leur porte à Breckenridge, mais il ne faut pas en faire une habitude. J'ai vu trop de choses dans ma vie pour laisser une porte non verrouillée.

Elle fronce un sourcil.

— Y a-t-il quelque chose que je devrais savoir ?

Ses yeux sont brillants et larges, d'un olive profond assorti à son pull. J'ai envie de m'approcher, de me pencher pour toucher son épaule et la rassurer en lui disant que tout ira bien, mais nous nous connaissons à peine et je ne suis pas du genre à faire des promesses en l'air.

— Mieux vaut prévenir que guérir, dit-je.

Ce n'est pas quelque chose de spécifique ou quelqu'un qui cause des problèmes.

Au milieu de nulle part, être dans les bois a conduit à ce que quelques individus au passé sombre se cachent et restent hors réseau. Bien qu'ils ne m'aient jamais dérangé, je ne peux pas en dire autant d'une jolie jeune fille, toute seule.

Je dois garder un œil sur elle et m'assurer qu'elle est en sécurité.

— On se voit demain.

Je me dirige vers l'extérieur et j'attends d'entendre le clic de la serrure avant de dévaler les escaliers du porche et de me précipiter vers mon camion.

De la neige fraîche tombe, je grimpe dans mon camion et repars par où je suis venu, sur la même route étroite qui mène à sa maison. Je dois revenir à la route principale, puis parcourir un autre kilomètre vers le nord avant la prochaine bifurcation. Même si nos maisons sont proches, la distance et le trajet pour y arriver sont beaucoup plus longs qu'à pied.

Plus je me dirige vers le nord, plus la neige semble tomber. Il fait un froid de canard.

Je me précipite à l'intérieur de ma maison, une cabane en rondins à deux étages, et j'enlève mon manteau et mes chaussures. L'âtre est allumé, offrant de la chaleur et une lueur ambiante au salon où Declan est endormi.

Il ronfle doucement. Une couverture de flanelle à carreaux le recouvre. Il est allongé sur le canapé, l'occupant sur toute sa longueur.

Je n'ai pas le courage de le réveiller.

Declan est un bon ami, il m'aide avec Isabella. Bien qu'il n'ait pas d'enfants à lui, il est évident qu'il en veut et qu'il fera un bon père un jour.

Les lumières étant déjà éteintes, je ferme la maison à clé et monte tranquillement les escaliers pour voir comment va Izzie.

Pelotonnée dans son lit, elle remue lorsque j'entre dans la pièce.

Je retiens ma respiration, ne voulant pas réveiller ma petite fille. Je la surveille pendant un long moment avant de sortir sur la pointe des pieds de sa chambre et d'entrer dans la mienne.

Épuisé, je m'effondre sur le matelas, sans prendre la peine de me déshabiller davantage.

Au moins, mes chaussures sont en bas, près de la porte d'entrée. Il n'y a pas moyen de faire grand chose d'autre.

Je ferme les yeux, prêt à laisser le sommeil gagner quand un grand fracas vibre dans la maison. Il vient d'en bas.

— Declan ?

En état d'alerte, je me précipite hors du lit et j'attrape mon arme dans le coffre.

Je ferais tout ce qui est nécessaire pour protéger ma petite fille.

En silence, je descends les escaliers, une marche après l'autre, pour m'assurer que l'intrus ne puisse pas m'entendre.

L'arme dégainée, je reste dos au mur de la cage d'escalier.

Dans le coin, Declan sursaute et lève les mains en signe de reddition.

— Attention, Jax. Ne tire pas.

— C'était quoi ce bordel ? demandé-je, en abaissant le canon de l'arme et en mettant la sécurité.

— Avalanche. Tremblement de terre. Qui sait ? dit Declan en se frottant les yeux et en passant une main dans ses cheveux noirs coupés court. Ça m'a réveillé, et visiblement, toi aussi.

Je doute que ce soit une avalanche ou un tremblement de terre d'après le son.

— Je ne dormais pas.

— Tu es rentré tard, dit Declan.

— Tu as reçu mon message du restaurant ?

— Oui. Lincoln a appelé et m'a tout dit sur la jolie fille avec qui tu dînais. Alors, c'est qui ?

Declan se dirige vers le réfrigérateur et prend une bière, qu'il apporte sur le canapé pour s'asseoir. Il est réveillé et s'attend à ce qu'on discute.

Je ne suis pas d'humeur à boire un verre.

Je pose l'arme sur la table basse et m'assieds sur le canapé avec mon frère.

— Ariella. C'est la nouvelle acheteuse de la cabane sur la rivière, ma voisine de palier.

Declan souriait, et son sourire s'élargit.

— Elle est aussi sexy que Lincoln l'a décrite ?

Je fait de mon mieux pour ne pas grimacer, mais c'est difficile de ne pas révéler au premier coup d'œil ce qu'elle me fait ressentir. Être près d'elle faisait s'envoler mon cœur comme un ballon au-dessus des nuages.

— Tu es sous le charme, dit Declan en riant sous cape.

Je n'ai pas besoin que mes amis se liguent contre moi et me taquinent à propos d'Ariella. Il est probable que je la revoie, et pas seulement demain matin.

— J'ai juste été amical et j'ai aidé une voisine, dis-je, faisant de mon mieux pour changer de sujet. Au fait, elle n'avait aucune idée que la cabane n'avait pas d'électricité.

— Merde, dit Declan en sirotant sa bière. Je parie qu'elle était furieuse quand elle l'a découvert.

C'est un euphémisme.

— Ouais. Je lui ai proposé mon générateur, et je vais aller en ville avec elle dans la matinée pour lui ramener un réfrigérateur. Elle va devoir faire quelque chose si elle veut vivre ici toute l'année.

— Tu n'as pas à t'occuper d'elle, Jax. C'est un adulte.

Je le sais, mais je m'en fiche. C'est en partie ma responsabilité. Je suis le genre de mec qui a toujours nettoyé après que mes copains aient mis le bazar.

Je suis le responsable.

— Je le sais, dis-je en me levant.

Je n'ai pas besoin d'une conférence de Declan. Il est plus jeune que moi, d'un an seulement, mais ça m'agace toujours quand il essaye de me donner des conseils.

— Qui, selon toi, allait acheter cet endroit ? demande Declan.

— Honnêtement, je pensais que ce serait des gens riches de Californie. Des citadins fastueux qui voulaient une résidence secondaire isolée, hors réseau, où ils pourraient passer quelques semaines par an au grand air.

— C'était un vœu pieux. Personne ne vient ici juste pour l'été. Enfin, presque personne.

Je soupire.

Le nom tacite auquel il fait référence est la mère de ma petite fille.

Emma était un flirt d'été, une femme qui était venue à Breckenridge pour s'éloigner de sa vie urbaine sauvage et se détendre pour la saison.

Elle a fait plus que se détendre. Elle s'est retrouvée dans mon lit et a fini enceinte.

— Désolé, je ne voulais pas en parler, dit Declan.

Il sait que je déteste parler d'elle. Ce n'est pas que j'étais amoureux d'elle, il s'agissait sans doute d'une aventure d'été pour nous deux, mais je n'avais pas apprécié d'apprendre qu'elle prévoyait de faire adopter Isabella. Si elle s'est présentée sur le pas de ma porte, ce n'était pas pour m'annoncer qu'elle était enceinte ou me demander si j'étais impliqué.

Non.

Elle s'était présentée ce jour-là pour me demander de renoncer à mes droits parentaux, ce que j'ai refusé de faire.

— Je vais y aller, et dormir quelques heures avant de travailler, dit Declan. Tu as besoin de moi pour autre chose avant que je parte ?

— Demain, en descendant le col, la voiture d'Ariella a fini dans un fossé. Tu peux la sortir et la remorquer jusqu'au magasin ? Je ne suis pas sûr qu'elle soit en bon état, mais elle aura besoin de quelque chose pour se déplacer en ville. Trouve-lui aussi une paire de chaînes d'occasion qu'elle pourra mettre sur ses pneus pour grimper la montagne. Dis-moi ce qu'elles coûtent et je m'en occupe.

— Ne t'inquiète pas pour ça.

Declan possède le magasin de remorquage en ville.

Quand nous avons décidé de lancer Tactique de l'Aigle, il a embauché de l'aide et fait venir un mécanicien et une équipe pour le soutenir.

— Tu peux rester et t'écraser sur le canapé. Il neige dehors, mais je sais que ça ne t'a jamais arrêté avant.

Il est tard, et bien que la neige ait commencé à tomber au cours de la dernière heure, elle n'a probablement pas diminué.

Declan attrape son bonnet et sa veste, passant l'épaisse matière sur ses épaules avant de fermer son manteau. Il enfile une paire de bottes, puis ses gants.

— Amuse-toi bien demain avec la nouvelle fille.

Il me fait un clin d'œil.

— Elle s'appelle Ariella, dis-je en le corrigeant.

— Peu importe. Lincoln m'a dit qu'elle était mignonne, et le rougissement de tes oreilles montre bien qu'elle te plaît. J'ai hâte de la rencontrer. Si tu ne te jettes pas sur elle, je vais peut-être devoir le faire.

— Il est temps pour toi d'y aller.

Je le pousse vers la sortie et je ferme la porte derrière lui. Je passe une main dans mes cheveux, le souffle coupé.

Rien que l'idée que Declan essaie de me la voler me fait mal.

Pourquoi ça ?

Elle n'est pas à moi. Elle n'est à personne, enfin, autant que je sache. Elle ne m'a pas vraiment raconté son histoire, pourquoi elle est à Breckenridge, et si oui ou non elle est célibataire - non pas que je veuille savoir.

Je suis un père, ce qui passe avant tout.

Je ramène le pistolet à l'étage et le range dans le coffre-fort avant de me mettre en caleçon pour aller au lit.

Je me glisse sous les couvertures ; le matin viendra bien assez tôt, et ma petite fille me réveillera à l'aube.

Pendant quelques heures, je pourrai rêver d'Ariella, de son sourire et de son rire, et laisser les cauchemars qui me hantent s'évanouir dans la nuit.

CHAPITRE CINQ

ARIELLA

J'ai du mal à dormir. Au début, c'était l'air froid et le fait d'être dans un endroit inconnu. Même si c'est ma maison, elle n'est pas chaude et douillette.

Mes doigts et mes orteils sont glacés sous les épaisses couvertures, et j'ai déniché tous les édredons et couettes supplémentaires que je pouvais trouver dans la lingerie.

Au milieu de la nuit, je jette le reste du bois dans le feu, l'alimentant pour garder la cabine chaude.

Un peu plus tard, je n'ai plus besoin des couvertures et je m'endors dans l'âtre flamboyant.

Je me réveille en entendant le crissement des pneus dehors et le ralenti d'un moteur. Quelle heure est-il ?

Il frappe d'un coup sec.

— Ariella !

— Juste une seconde, dis-je depuis le lit.

Les couvertures sont emmêlées, et la moitié sont sur le sol. La chambre est étouffante.

Je me pousse hors du lit et je ne tressaille pas comme je m'y attendais lorsque mes pieds nus touchent le parquet. La cabine est plus chaude que la nuit précédente.

Je déverrouille la porte et l'ouvre. Un souffle d'air froid me frappe au visage et me force à faire un pas en arrière.

— Bon sang, il fait chaud ici, dit Jaxson.

Il se précipite vers le poêle à bois et montre du doigt l'endroit vide où le bois de chauffage a été empilé la nuit précédente.

— Tu as brûlé tout le bois ?

— Je n'étais pas censé le faire ?

Nous sommes dans la forêt, il doit y en avoir d'autre qui traîne.

— Il doit faire une centaine de degrés ici.

La sueur coule sur son front, et il retire son chapeau et ses gants. Ses yeux parcourent mon corps, me rappelant que j'ai dormi dans mes vêtements de la nuit précédente.

Je n'ai pas de vêtements de rechange dans mon sac à dos. Mes affaires sont dans le coffre de la voiture, abandonnée à mi-chemin de la montagne.

Il exagère.

— Il ne fait pas si chaud.

Il fait un pas de plus à l'intérieur de la cabine, montrant le thermomètre fixé au mur.

— Regarde ça.

Je n'ai pas envie de le regarder et de voir qu'il a raison.

— C'est difficile à dire, vu qu'il n'y a pas d'électricité.

Jaxson renifle, se dirige vers la fenêtre de devant et ouvre les rideaux d'un coup sec.

— Maintenant tu peux voir, et tu n'as pas besoin d'une lampe de poche.

Il est en train de m'énerver. Ce n'est pas sa faute pour la cabane, mais ça n'a pas arrangé mon humeur.

Je glisse sur mes chaussures à talons, pas le plus raisonnable par ce temps, mais mes bottes sont dans le véhicule. Grommelant dans mon souffle, j'attrape mon manteau sur le crochet près de la porte.

— Je veux que tu m'emmènes chez ton pote, celui qui m'a vendu la cabane.

J'attrape mes clés et mon sac à main, j'ouvre la porte d'un coup sec et je me retourne.

— Qu'est-ce que tu attends ? demandé-je.

Il pousse un gros soupir avant de me suivre.

Je piétine dans la neige, en partie parce que je porte des talons et aussi parce que je suis énervée. Mes pieds sont gelés.

Je ferme ma veste pour qu'il ne voit pas mon inconfort.

Je me suis fait avoir en pensant avoir fait une bonne affaire alors qu'en réalité, on m'a prise pour une idiote. Je vais donner à son ami la raclée qu'il mérite !

J'attends devant son camion. Le moteur est allumé, mais les portes sont verrouillées.

Encore une minute, et Jaxson arrive au camion, déverrouillant les portes pour me laisser entrer.

— Merci, dis-je, en grimpant dans la chaleur de la cabine.

— Bonjour, grince une petite voix depuis la banquette arrière.

J'écarquille les yeux et je me retourne pour voir qui est dans le camion.

— Tu vois, papa n'a pas mis trop de temps, dit Jaxson à l'enfant sur la banquette arrière. Ariella, j'aimerais te présenter ma fille, Isabella.

— Salut, Isabella, dis-je, en lui donnant un sourire forcé.

Elle est mignonne, avec les yeux de son père et des cheveux acajou.

Je n'ai pas envie de sourire. Je ne suis pas heureuse. La colère m'envahit alors que j'essaye de boucler ma ceinture de sécurité. Mes mains tremblent.

Le sourire d'Isabella est radieux, sans tenir compte de la tension qui règne entre nous dans le camion.

— Tu m'emmènes chez Mason ? demandé-je.

— Il est au travail en ce moment, dit Jaxson.

Il repose ses mains sur le volant mais ne met pas la marche arrière.

Nous stationnons dans l'allée, devant la cabane. C'est gênant.

Je sais pourquoi je suis en colère. Ca a tout à voir avec son ami. Mais pourquoi Jaxson semble-il déstabilisé ?

— Alors, emmène-moi à son travail.

C'est la solution la plus simple. Je lui dirai ce que je pense, et je pourrai peut-être régler les problèmes de la cabane.

Même si je ne suis pas sûr de savoir comment ça se passera. Même s'il me rend l'argent et reprend possession de la propriété, je n'ai nulle part où vivre. Un hôtel serait coûteux, et une autre propriété à ce prix-là, c'est du jamais vu.

J'aurais dû savoir que le prix était trop beau pour être vrai, mais j'étais impatiente de déménager, et optimiste.

Je suis une poire.

Isabella fait des cliquetis avec sa langue sur la banquette arrière du camion. Ses pieds se balancent, et de temps en temps, le bout de ses orteils touche mon siège.

Jaxson se retourne, sa main tombe sur sa jambe.

— Ne donne pas de coup de pied dans le siège, Izzie.

Il est doux mais ferme avec sa fille. La façon dont il lui prête attention me fait chaud au cœur.

Intérieurement, je gémis. Je ne veux pas le remarquer de cette façon.

Oui, il est beau et a probablement un corps impressionnant sous sa veste et son jean, mais je suis fraîchement divorcée. Je ne cherche pas l'amour ni même une aventure.

De plus, il a une fille, ce qui complique sans doute encore les choses, sans parler de mon passé.

Il souffle avant de mettre le camion en marche arrière.

— Très bien. Si tu veux que je t'emmène chez Mason, je vais t'y conduire.

— C'est tout ce que je demande, dis-je. Je m'assieds tranquillement, en regardant par la fenêtre latérale et en faisant attention à l'itinéraire. Je ne sais pas où se trouve quoi que ce soit, et alors que Jaxson nous conduit dans la direction d'où nous venons, il bifurque de la route quelques kilomètres plus bas.

Si je me souviens bien, nous allons dans la direction opposée du restaurant, mais il est tout près.

Jaxson s'arrête devant un grand complexe de briques.

De la fumée s'échappe en vagues de la cheminée. Il met le camion en stationnement et jette un coup d'œil à sa fille.

— Papa revient tout de suite.

Il laisse le moteur tourner et a verrouille les portes, en mettant ses clés dans sa poche.

Je suis envieuse de son entrée sans clé et de son démarrage à distance. Mon véhicule est merdique comparé à l'énorme camion qu'il conduit.

— Ok. Allons-y, dis-je en montant les escaliers du petit bâtiment. Un panneau juste à l'extérieur de la porte indiquait « Tactique de l'Aigle ».

Donc, c'est ici que Jaxson travaille.

J'ouvre la porte et entre dans le bâtiment. Une jeune femme est assise à un bureau près de l'entrée.

— Puis-je vous aider ? demande-t-elle, d'un ton pétillant et avec un sourire en coin. Elle a l'air fausse.

— Je suis ici pour parler avec Mason, dis-je, sans m'étendre sur la raison de ma visite.

Elle fronce les sourcils et ouvre son agenda. Elle jette un coup d'œil sur les différents créneaux et pages. Je ne lui ai pas donné mon nom. Cherche-t-elle un nom qu'elle ne reconnait pas sur l'agenda ?

Jaxson arrive par derrière. Elle n'a pas dû le voir quand il est entré dans le bâtiment.

— Bonjour, Lucy.

— M. Monroe, je ne vous ai pas vu entrer, dit Lucy. Comment va la petite Isabella ?

— Elle va bien. Merci. Mason est-il dans son bureau ? Ariella aimerait lui parler.

Lucy se lève et file dans le couloir. Elle frappe avant d'ouvrir une porte et de passer la tête à l'intérieur, sans doute pour lui transmettre le message.

Je bouge sur mes pieds, la neige dégouline et fait des dégâts sur le parquet. Je ne me suis pas bien essuyé les pieds en entrant.

Elle s'éclaircie et nous fait signe de la suivre dans le couloir.

Je passe la première, mes pieds claquant fort contre le parquet à chaque pas. Jaxson est juste quelques mètres derrière moi sur mon talon.

Le couloir est fraîchement peint couleur avoine grillé, mais les planches en dessous sont en bois. Le bâtiment a l'air d'avoir été rénové récemment.

— Je peux vous aider ? demande Mason.

Il est assis derrière son bureau, enfoui derrière un fouillis de paperasse, son attention sur son ordinateur et pas le moins du monde sur moi.

— Je suis Ariella Cole. Vous m'avez vendu la cabane juste en haut de la route.

Je suppose qu'il connait l'adresse et qu'il n'a pas l'habitude d'acheter et de vendre des propriétés louches.

— C'est vrai, un vrai bijou.

Ses sourcils se froncent, et il jette un coup d'œil devant moi.

— Bonjour, Jaxson.

Il repousse la chaise du bureau et se lève.

— La propriété que vous m'avez vendue a été mal décrite. Il n'y a pas d'électricité, et vous avez omis de le faire savoir avant de signer les papiers.

Je fais un pas de plus dans le petit bureau surpeuplé. Un affreux classeur vert et cabossé est niché sous la fenêtre. Au-dessus, il y a une autre pile de dossiers en papier kraft qui attendent d'être classés.

— Jaxson, tu veux me donner un coup de main ? demande Mason, en faisant un geste vers moi.

— Pardon ? demandé-je.

Je n'ai pas besoin d'être manipulé.

— Je ne suis pas le problème, dis-je, les mains en poings sur les côtés de mon corps.

Je dois contrôler la colère qui fait rage en moi avant de faire quelque chose que je vais regretter.

— Votre annonce a omis de préciser qu'il n'y avait ni électricité ni chauffage sur la propriété.

Mason fait un pas de plus vers moi.

— Attends un peu, la miss. La cabane a du chauffage. Si tu ne sais pas comment couper du bois ou apporter des bûches et que tu as besoin d'un homme pour le faire à ta place, ce n'est pas mon problème.

Je lève mon poing pour porter un coup à la joue de Mason, mais Jaxson attrape mon bras et le ramène à mon côté avec force.

— Lâche-moi, dis-je, en me dégageant de son emprise. Je n'ai pas besoin d'être manipulé par un homme.

— Tu dois prendre ta petite amie et partir, dit Mason en pointant la porte du doigt.

Comment ose-t-il ?

— Je ne suis pas sa petite amie.

Je n'ai pas besoin d'expliquer à Mason comment on s'est rencontrés.

En plus, ils sont collègues et frères militaires. Il le découvrira probablement bien assez tôt.

Les petites villes ne sont-elles pas pleines de ragots ?

— Tu me dois une faveur pour avoir menti sur la cabane.

Je reste sur mes positions, les pieds plantés devant lui. Je ne vais pas partir.

— Je ne vous dois rien du tout, madame, dit Mason. L'annonce disait que l'endroit était « calme, rustique ». Il n'y a pas de mensonge dans cette phrase, et le fait que vous ayez négligé de vérifier s'il y avait de l'électricité n'est pas ma faute. Beaucoup de cabanes dans les bois par ici sont utilisées comme deuxième propriété pour une escapade de week-end. D'ailleurs, si quelqu'un est à blâmer, c'est Jaxson qui s'est occupé de la liste. Je l'ai seulement approuvé.

— Pardon ? Je suis prise au dépourvu.

Qu'est-ce qu'il veut dire, Jaxson s'est occupé de la liste ?

Il est aussi agent immobilier ? Il ne travaille pas ici, à Tactique de l'Aigle?

— Tu as toujours aimé me jeter aux loups, dit Jaxson.

Il croise ses bras sur sa poitrine, les yeux étroits en regardant Mason.

Je tourne sur mon talon, la bouche ouverte en fixant Jaxson.

— Tu me traites de loup ?

— Ca te va plutôt bien, chérie, dit Mason derrière moi.

Je veux tuer ce bâtard. J'ignore Mason pendant une seconde et j'essaye de retrouver mon calme.

Jaxson me surplombe. Ses yeux sont fixés sur les miens, et je réalise qu'il n'a jamais répondu à la question. Il l'évite.

Bon sang, c'est probablement ce que j'aurais fait aussi si j'étais à sa place.

— Es-tu responsable de la liste ?

Il se racle la gorge, mais il ne me répond pas, il me regarde seulement dans les yeux. J'avalé la boule qui se forme dans ma gorge.

— Nous devrions retourner à la voiture. J'ai laissé Izzie à l'intérieur, et ça a duré assez longtemps, dit Jaxson en se précipitant dans le couloir comme un ouragan, me laissant là avec Mason.

Essaye-il de s'éloigner de moi ou d'éviter de répondre à la question ? Peut-être est-il enclin à faire les deux. Je gémis et entends Mason glousser derrière moi.

— Tu ferais mieux d'aller l'attraper avant qu'il ne te laisse dans le froid et la poussière. C'est ce que j'aurais fait.

— Mon Dieu, t'es vraiment un con, marmonné-je en sortant de son bureau et en me précipitant vers la voiture.

Jaxson est assis dans la cabine du camion et m'attend. Je grimpe du côté passager et je boucle ma ceinture. Je lui lance un regard qui dit « va te faire foutre ».

Je ne suis plus d'humeur à parler. Cela n'aide pas que son adorable petite fille soit assise derrière nous, chantant des chansons de princesse Disney.

— Tu es en colère. Laisse-moi t'expliquer, dit Jaxson.

— Tu peux ? Tu vas me dire que ce n'était pas intentionnel ?

J'ai du mal à croire qu'il a simplement oublié d'inclure ce petit détail dans la liste.

Même s'il a l'air d'un type sympa, c'est un con, tout comme Mason.

Il me répond calmement en se tournant vers moi, le camion toujours en stationnement.

— J'ai proposé à Mason de l'aider à lister la cabane. C'était mon erreur, et les quelques dollars qu'il m'a donnés pour son aide, je jure qu'ils sont à toi.

Essaye-t-il de me faire sentir mal ? Je suis à court d'argent, vraiment à court, mon compte en banque est vidé et il ne me reste que quelques billets dans mon portefeuille.

Je dois encore réparer ma voiture et maintenant installer l'électricité dans la cabane. Ça doit coûter une fortune ! Je ne suis pas riche, et ce n'est pas ma résidence secondaire.

— Je ne veux pas de ton argent.

J'en aurais besoin, mais je ne suis pas prête à lui dire ce détail.

Il a une fille, et les enfants coûtent cher. Je ne veux pas prendre son argent.

Par contre, j'aurais volontiers arraché l'argent des petites paumes avides de ce crétin de Mason, mais ça ne semble pas être un scénario probable.

Jaxson me fixe, son regard est inébranlable.

— Ok. Et si je t'emmenais en ville pour t'acheter un frigo et un générateur ?

— Tu es sérieux ? Je n'ai pas besoin de l'aumône.

C'est précisément ce dont j'avais besoin pour survivre et vivre dans cette cabane rustique, mais je ne veux pas avoir l'air désespéré.

CHAPITRE SIX

JAXSON

Elle me déteste, non pas que je lui en veuille. J'ai été complètement incompétent en listant la cabane.

Ariella a raison.

J'ai négligé de mettre qu'il n'y a pas d'électricité mais seulement parce que ça ne m'a jamais traversé l'esprit. Je dois me rattraper, et le moyen le plus logique est de l'aider avec le réfrigérateur et le générateur.

Même si j'ai l'intention de lui en prêter un à court terme, la vérité est qu'elle en a besoin jusqu'à ce que l'endroit soit raccordé au réseau.

— Je te promets que ce que j'offre n'est pas une aumône. C'est juste un geste de bon voisinage, dis-je en essayant de la raisonner. Nous sommes voisins, Ariella.

Je vais te voir beaucoup plus souvent, que tu le veuilles ou non.

Elle gémit et passe une main dans ses longs cheveux bruns.

Je garde mon attention sur la route tandis que je nous conduis en bas de la montagne et en ville. Ce sera l'événement de la journée, et je ne prends même pas la peine de lui demander si elle a d'autres plans. Je suppose qu'elle n'en a pas, à part faire remorquer sa voiture hors du ravin et la réparer.

Ariella regarde par la fenêtre, sa voix douce et à peine audible par rapport au chant d'Isabella.

— Merci, chuchota-t-elle.

— C'est normal, dis-je. Je veux la faire parler, apprendre à la connaître, savoir ce qu'elle fait à Breckenridge. J'espère que je ne t'empêche pas de faire d'autres projets pour aujourd'hui.

— Juste un peu de déballage et récupérer ma voiture. J'ai besoin d'appeler une dépanneuse, mais mon téléphone est toujours déchargé. Il n'y a pas de téléphone dans la maison, donc je vais avoir besoin d'une autre faveur.

— Une autre faveur ? plaisanté-je avec elle. Tu vas m'être redevable très bientôt.

Elle gémit dans son souffle.

— Ce n'est pas si grave, dis-je. De plus, j'ai parlé à Declan hier soir en rentrant. Il devrait l'avoir au magasin plus tard cet après-midi.

— Merci.

Elle n'est jamais venue ici avant et essaye probablement d'échapper à quelque chose ou quelqu'un.

La plupart des gens qui s'aventurent au milieu de nulle part le font parce qu'ils ont des secrets à cacher.

Je réfléchis trop.

J'ai été dans l'armée dans mes jeunes années et j'ai vu beaucoup de choses qui m'ont marqué.

Dans mon travail quotidien pour Tactique de l'Aigle, je m'occupe de tout, des enlèvements aux rançons en passant par le trafic d'êtres humains. Nous travaillons en étroite collaboration avec le service de police local et le shérif du comté.

— Tu ne m'as jamais dit ce que tu faisais dans la vie.

Je n'essaye pas d'être indiscret, mais je suis tout de même curieux. Ça fait partie du métier, de fouiller dans la vie des gens.

— Oui, on peut dire que je suis au chômage pour le moment. J'ai eu un entretien hier après-midi au Blue Sky Resort, mais je ne sais pas quand j'aurai des nouvelles. Y a-t-il une chance que Lincoln cherche à embaucher une serveuse ?

Lincoln garde les frais de son restaurant aussi bas que possible, ce qui signifie qu'il n'est généralement pas ouvert aux nouvelles embauches.

— Je peux lui demander, mais tu auras plus de chance au Blue Sky, surtout à cette période de l'année.

— Tu connais le propriétaire par hasard ? demande-t-elle. Tu pourrais peut-être lui glisser un mot en ma faveur ?

— Papa, j'ai faim, gémit Isabella sur la banquette arrière.

Je lui jette un coup d'œil par-dessus mon épaule, puis à Ariella.

— Tu peux ouvrir la boîte à gants ?

— Oui, bien sûr.

Elle se penche en avant et ouvre la boîte à gants, révélant un sac de bretzels.

— Ils sont là depuis quand ? rit Ariella, en sortant le sachet.

— Une semaine ou deux, maximum. C'est bon.

Je prends le sachet à Ariella, l'ouvre et le donne à Isabella.

— Voilà pour toi. On va déjeuner dans un moment, Izzie.

Elle mange bruyamment ses bretzels sur la banquette arrière. Ses pieds donnent des coups de pieds et manquent de peu le siège.

Je lui jette un regard en arrière. Sans doute s'ennuie-t-elle d'être dans le camion et a-t-elle besoin de temps pour courir partout.

— Nous sommes bientôt arrivé, dis-je, en essayant de lui assurer que ce ne sera pas trop long dans le camion.

Ariella jette un coup d'œil par la fenêtre latérale, silencieuse et perdue dans ses pensées.

— Je suis désolé. Tu disais ?

Je déteste la rapidité avec laquelle je peux être distrait.

Ariella bouge sur son siège, me fixant, son attention entièrement focalisée sur moi.

— Je me demandais juste si tu connais les propriétaires de Blue Sky Resort. J'ai vraiment besoin d'un travail.

L'accent mis sur *vraiment* me fait serrer l'estomac.

A quel point est-elle mal en point ?

Je n'ai pas vu ses affaires, et je suppose que tout ce qu'elle possède est dans sa voiture puisqu'elle a acheté le chalet tout meublé.

Une autre raison pour laquelle j'ai cru qu'elle cherchait une maison secondaire, une escapade temporaire pour des vacances.

— Je ne sais pas, mais s'ils ne t'engagent pas, fais-le moi savoir, et je me renseignerai.

Elle ne restera pas longtemps sans emploi. La communauté de Breckenridge est petite mais soudée et s'entraide.

— Merci.

— Papa, je m'ennuie, dit Isabella. Elle jette le sac vide sur le plancher du camion, les miettes se répandant avec lui.

— Je sais, ma petite fille.

Je m'arrête devant la grande quincaillerie et je gare le camion avant d'aider Izzie à sortir de son siège auto et de la porter sur ma hanche. Tous les trois, nous nous dirigeons à l'intérieur et à l'abri du froid.

— Ils vendent des réfrigérateurs ici ? demande Ariella, en suivant à côté de moi.

Je peux voir qu'elle se dépêchait pour suivre.

— Tous les gros appareils, dis-je, en l'entraînant dans une allée et vers le fond du magasin.

Ça ne devrait pas être trop long, on pourra déjeuner et rentrer à la maison.

— Tu connais bien cet endroit ?

— Nous faisons assez d'achats ici pour garder l'endroit ouvert, plaisanté-je, en la conduisant vers le rayon électroménager.

Ce n'est pas difficile de trouver les réfrigérateurs, et nous parcourons l'allée deux fois.

— Tu vois quelque chose qui te plaît ?

Elle traîne les pieds, et chaque fois que nous passons devant un appareil plus beau que le précédent, ses yeux s'écarquillent tandis qu'elle rechigne devant l'autocollant.

— Je pourrais acheter une nouvelle voiture à ce prix !

J'essaye de ne pas rire.

Je comprends sa situation difficile. Elle est sans emploi et s'inquiète de l'aspect financier de l'achat d'un nouvel appareil ménager. Il n'y a aucune chance qu'elle puisse acheter un véhicule décent qui lui permettra de grimper la montagne et de se déplacer en toute sécurité en ville pour le prix d'un réfrigérateur.

Je tiens ma langue, essayant de penser à un autre magasin, un endroit différent qui pourrait être plus abordable, avec moins de cloches et de sifflets, pour ainsi dire.

Elle arpente l'allée une fois, deux fois, et à la troisième fois, elle s'arrête devant un mini-frigo.

— Je peux probablement m'offrir celui-là, dit-elle. Si je le mets sur ma carte de crédit.

Elle semble se parler à elle-même, ou bien elle me parle à moi, mais sa voix a tellement baissé que j'ai à peine entendu sa remarque, mais je l'ai entendue.

Je m'approche d'elle, Izzie s'agitant sur ma hanche. J'hésite à la poser, je ne veux pas qu'elle s'enfuie et qu'elle se mette à courir dans le magasin pour s'attirer des ennuis. Elle est rapide et vive.

— Ecoute, dis-je à Ariella. J'ai proposé de couvrir le coût de ton réfrigérateur, et je le pensais.

— Tu ne devrais pas avoir à faire ça, dit-elle en croisant les bras sur sa poitrine. C'est pas ta faute si j'ai merdé.

— Merdé, merdé, merdé, répète Izzie.

Les yeux olivâtres d'Ariella s'agrandissent, horrifiés.

— Oh, mon Dieu ! Je suis vraiment désolée.

Il est clair qu'elle n'est pas habituée à être entourée d'enfants.

— Tu ne devrais pas dire ça, Isabella.

Ariella a l'air horrifiée, et pour une bonne raison, mais je laisse échapper un gros soupir.

— Elle a entendu pire de la part des garçons.

Pourtant, je leur fais vivre l'enfer quand ils jurent devant ma petite fille.

Je n'ai pas le courage de faire la même chose avec elle.

— Ce n'est pas une raison, dit-elle. Encore une fois, je suis vraiment désolée.

— Excuses acceptées.

Je ne veux pas qu'elle stresse sur ce qu'elle a fait. Les erreurs arrivent. On en a tous fait, et Izzie va entendre des choses bien pires dans sa vie.

— Retour au réfrigérateur, dis-je, en faisant un signe de tête vers les appareils. Tu veux en choisir un, ou je dois le faire pour toi ?

Elle se mordille la lèvre inférieure, les yeux remplis d'inquiétude. De quoi s'inquiète-elle ?

J'ai proposé de payer et j'ai l'intention de tenir ma promesse. Mason lui a peut-être vendu la cabane, mais j'aurais dû être plus prudent dans son annonce. Elle aurait dû comprendre qu'il n'y avait pas de frigo, mais j'ai négligé d'inclure des détails sur l'électricité. Si les rôles été inversés, j'aurais aussi paniqué.

— Bien sûr, si tu veux m'acheter un réfrigérateur, tu peux m'acheter celui-là, dit-elle en montrant le mini-frigo qui ne peut même pas contenir une bouteille d'eau. Il n'est pas cher, certainement dans mon budget aussi, mais il ne lui permettra pas de stocker ses courses.

Je me dirige vers le bas de l'allée, jetant un autre coup d'œil aux appareils avant de m'arrêter à l'extrémité et d'examiner un modèle de sol.

Son autocollant jaune vif indique un prix abordable et offre une garantie de 60 jours. Avec un peu de chance, ce sera suffisant.

— Et celui-là ?

Il est plus cher que son mini-frigo, mais elle peut probablement se le permettre si elle ne me laissait pas payer. Bien que j'ai l'intention d'acheter le frigo pour elle.

— Ça fera l'affaire.

On trouve un caissier et on fait sonner l'article.

Je sors ma carte de crédit et la tend à la caissière avant qu'Ariella ne puisse proposer son propre moyen de paiement.

— Merci, me dit-elle alors que nous chargeons le tout dans la benne du camion, que nous l'attachons et que nous allons déjeuner en ville.

Izzie se comporte incroyablement bien pendant l'après-midi. Je sais qu'elle s'ennuie, mais elle semble tout à fait hypnotisée par Ariella.

Izzie s'assoit à côté de moi dans la cabine. Pendant que nous attendons que notre nourriture arrive, elle grimpe sous la table et se faufile pour s'asseoir à côté d'Ariella.

— Salut toi, dit Ariella en souriant à Izzie. Tu veux me tenir compagnie ?

Izzie secoue la tête, les yeux brillants et écarquillés.

Elle grimpe sur le siège et s'assoit sur ses genoux, pour avoir un peu plus de hauteur. Ses mains sont tendues, jouant avec les cheveux d'Ariella, la touchant.

— Izzie, dis-je, en lui demandant de bien se tenir.

Tout le monde n'aime pas être touché par un enfant en bas âge.

— Tout va bien, dit Ariella avec un sourire, en me regardant.

Elle ne semble pas s'en soucier, ou si c'est le cas, elle fait semblant que ça ne la dérange pas. — Quel âge as-tu ? demande-t-elle à Izzie, bien que je lui aie déjà dit hier.

— Trois ans, dit-elle, en tendant fièrement trois doigts pour annoncer son âge. Et toi ?

— Izzie !

Je ris et essaye de la gronder, mais c'est difficile quand elle a cet adorable regard dans les yeux, ce clin d'œil à la fois espiègle et délicieux qui la rend encore plus adorable.

— On ne demande pas leur âge aux adultes.

— Ok, dit Izzie en roulant des yeux.

— Oh, mon Dieu. Elle se comporte déjà comme une adolescente, dis-je.

Je n'arrive pas à croire à ce roulement de yeux. Elle a dû l'apprendre de quelqu'un, mais je ne sais pas trop où elle l'a appris. Elle a passé pas mal de temps avec Declan, et il a quelques mauvaises habitudes, mais je n'ai pas été témoin de celle-ci auparavant.

Izzie fronce le nez tout en souriant.

— Est-ce que tu as un petit ami ? demande-t-elle à Ariella.

— Je n'ai pas de petit ami, répond celle-ci, sans détour, avant même que je puisse dire à Izzie de se calmer. Et toi ? Est-ce que tu as un petit ami ?

Izzie secoue violemment la tête.

— Dégueu ! Les garçons sont dégoûtants !

Je ris dans mon souffle. Au moins, cette réponse calme mes nerfs.

— Bien, continue à dire ça.

Je ne veux pas qu'elle pense aux garçons et aux petits amis, ou aux petites amies. Elle est bien trop jeune pour penser aux béguins et à ce qui va avec.

— Et toi ? demande Ariella, en fronçant son nez et en souriant, tout comme Izzie l'a fait un peu plus tôt. Tu as une petite amie ?

Je sais qu'elle joue à des jeux et qu'elle amuse ma fille, ce dont je suis extrêmement reconnaissant, mais demande-t-elle aussi parce qu'elle est intéressée, ou est-ce que je me fais des idées ? Je veux qu'elle me demande parce qu'elle m'aime bien, pas parce qu'elle me met juste dans l'embarras. Mais pourquoi devrais-je m'en soucier ? On se connait à peine.

— Tu veux être sa petite amie ? demande Izzie.

— Je ne pense pas que ça marche comme ça, dis-je en regardant Izzie.

Elle n'a pas l'air de comprendre l'allusion. Elle ouvre bouche pour dire quelque chose d'autre qui va inévitablement m'embarrasser davantage.

— Bien sûr que si, dit Ariella.

Elle arbore un sourire à 100 watts, ses yeux brillent et elle ne semblent pas vouloir me quitter du regard.

Lincoln sort trois assiettes de la cuisine, interrompant le moment. Je ne sais pas si je dois l'embrasser ou le tuer.

Izzie se faufile sous la table et grimpe sur le siège à côté de moi pour manger. Je découpe son déjeuner en petits morceaux et je la regarde prendre chaque bouchée avec les mains, sans fourchette. Nous devrons travailler sur ce point à un moment donné.

— Sauvé par le gong, dit Ariella, le sourire plus discret.

Elle semble à l'aise, plus heureuse, insouciante. Ses épaules sont détendues et la tension semble s'échapper de son corps tandis qu'elle mange sa salade.

J'aide Izzie avec son repas avant de m'attaquer à mon hamburger. Je n'avais pas réalisé à quel point j'avais faim ni à quel point l'après-midi s'était prolongé.

C'est étonnant qu'Izzie n'ait pas encore commencé à se plaindre.

Quand l'addition arrive, je ne laisse pas Ariella payer, bien qu'elle le propose. Sachant qu'elle n'a pas de travail, quel que soit l'argent qu'elle a, elle en a probablement plus besoin que moi en ce moment.

— Tu paieras quand tu seras embauchée à la station, dis-je.

J'espère que le travail se concrétisera pour elle.

— Bien, mais alors tu paies les boissons. Tu as dit qu'il y avait un bar en ville, non ?

Ca fait des années que je ne suis pas sorti avec une fille. Cependant, elle n'appelle pas vraiment notre sortie un rendez-vous. Je lis trop dans ses intentions. Nous sommes des amis, des voisins, et je suis censé l'aider, pas essayer de la mettre dans mon lit.

— Jaxson ?

— Oh, désolé.

Je n'ai pas entendu ce qu'elle a dit après avoir parlé du bar.

— C'est rien, dit-elle en agitant dédaigneusement la main. Nous devrions retourner à la cabine et brancher le réfrigérateur à ton générateur. En supposant que ça ne te dérange pas que je l'emprunte. Je te promets que c'est juste jusqu'à ce que je trouve un travail et que je puisse acheter le mien.

Mon téléphone portable sonne dans ma poche. Je le prends et lui tends un doigt pour qu'elle attende une seconde. C'est Declan.

— Hey, quoi de neuf ?

Il a promis de remorquer sa voiture pour moi, et alors qu'il est censé être à Tactique de l'Aigle cet après-midi, je n'ai pas entendu parler d'appels ou d'opérations importantes.

D'habitude, l'équipe m'envoie un SMS si quelque chose d'important se passe, un gros client ou une mission dangereuse si je ne suis pas au bureau.

— J'ai sorti la voiture de ta copine du ravin. Ses pneus sont complètement dégonflés. La vitre a été brisée, et le pare-chocs cabossé. Le pare-chocs n'est pas un gros problème, mais le coffre a été écrasé et le loquet est cassé et ne pourra pas être réparé. Ça va lui coûter quelques milliers de dollars pour rendre la voiture carrossable, et ça n'inclut pas de la remettre en état pour l'hiver à Breckenridge. Que veux-tu que je fasse ?

Je pousse un gros soupir. Ariella ne va pas être heureuse de cette nouvelle. Déjà, le sourire s'efface de son visage alors que je la fixe, comme si elle savait déjà.

— Laisse-moi te rappeler, dis-je à Declan avant de raccrocher. Ariella, as-tu assuré ta voiture ?

Sans mot dire, elle secoue la tête. Je me doutais déjà que c'était le cas.

— Declan dit que ça va coûter plusieurs milliers de dollars, et ça ne met pas ta voiture dans un état sûr pour grimper la montagne. On peut te trouver un jeu de chaînes d'occasion, mais je n'aime pas trop que tu montes avec cette voiture. Tu as besoin de quatre roues motrices ou au moins d'une traction intégrale sur un véhicule si tu vas travailler dans une autre ville et devoir monter et descendre le col de la montagne tous les jours.

— Merde, dit-elle dans son souffle.

— Merde. Merde. Merde, répète Isabella en fixant Ariella.

CHAPITRE SEPT

ARIELLA

Je ne peux pas me permettre plusieurs milliers de dollars de réparations sur ma voiture, encore moins un nouveau réfrigérateur.

— Y a-t-il une chance qu'il y ait un bus qui m'emmène en ville ?

Dois-je abandonner la voiture ? C'est tout ce à quoi elle servait de toute façon.

De plus, mon passé est lié à ce véhicule. N'est-il pas préférable que je la laisse derrière moi, ainsi que toute la ville de New York ?

— Il n'y a pas de bus à Breckenridge, mais je suis sûr qu'on peut trouver quelqu'un qui peut te déposer, qui vit en ville et travaille en ville.

— Attends, tu considères cet endroit comme une ville ?

La population est de moins de 10 000 personnes. On peut difficilement classer Breckenridge comme une ville.

Nous sortons du Lumberjack Shack et retournons au camion de Jaxson. Il démarre le moteur et fait chauffer le véhicule pour nous avant que nous montions à l'intérieur.

Je grimpe du côté passager et j'attends pendant qu'il installe Isabella dans le siège auto.

Il a l'air d'un pro, sachant exactement quoi faire en un minimum de temps pour pouvoir monter rapidement dans le camion.

— Tu es doué pour ça.

C'est un commentaire stupide à faire, mais je suis impressionnée. Ma sœur a deux enfants, et lorsqu'elle était enceinte du second et en travail à l'hôpital, j'avais été déléguée pour surveiller le plus petit des garçons. Il m'avait fallu une heure pour le mettre dans son siège auto, et même là, je n'étais pas satisfaite avec la façon dont il était attaché. Ça n'avait pas l'air sûr.

— Merci, dit-il en montant sur le siège du conducteur.

En claquant la porte, il met la marche arrière avant de sortir du parking et de s'engager sur la route principale.

— Prochain arrêt, ta maison, pour déposer le réfrigérateur. Tu vas avoir besoin de provisions aussi, mais ça peut attendre.

— Ça peut attendre ?

Je suis presque soulagée par sa suggestion d'attendre.

— Oui. Nous allons devoir couper du bois avant la tombée de la nuit. Rappelle-toi, tu as brûlé tout ce qui était sec.

— Je ne peux pas en commander et me le faire livrer ?

— Bien sûr, mais ça coute trop cher, dit Jaxson.

Je le sais, mais je ne suis pas une fille d'extérieur qui coupe du bois de cheminée.

Je ne connais rien à la fente du bois, et je ne suis pas non plus incroyablement musclée. Je ne m'attends pas à ce que Jaxson le fasse pour moi. Je pense juste que la cabane n'a pas besoin de bois pour rester chaude.

Je dois arrêter de blâmer Mason pour le listing. J'aurais dû venir à Breckenridge et visiter la cabane avant de la payer avec chaque dollar que je possédais.

— Papa ! crie Isabella de la banquette arrière.

— Oui, ma puce ?

— Je m'ennuie, annonce-t-elle, en pleurnichant et en gémissant alors qu'elle essaye de se libérer de son siège de voiture. Heureusement, il semble trop serré pour qu'elle puisse se détacher toute seule.

Je me retourne et lui offre toute mon attention tandis que Jaxson se concentre sur la route étroite et enneigée. Il semble que les routes restent couvertes de neige tout l'hiver, et ce n'est même pas les mois les plus froids de l'année.

— Quelle est ta couleur préférée ? demandé-je, en essayant de la garder occupée pour le reste du trajet.

— Violet, crie-t-elle de joie en souriant fièrement, le nez froncé. Toi ?

— C'est une question difficile. Je pencherais pour un turquoise qui brille, comme la queue d'une sirène.

— Tu es très spécifique, dit Jaxson tout en gardant son attention sur la route.

Alors que je suis tournée vers Isabella, la voiture quitte la route principale et remonte la longue allée étroite qui mène à ma maison. Nous sommes presque de retour.

— J'aime aussi les sirènes ! crie Isabella en tapant dans ses mains.

— Vraiment ?

C'est assez évident avec sa chemise de sirène, son bandeau dans les cheveux et ses baskets.

— Je ne l'aurais jamais deviné.

Il s'arrête devant la cabane et gare le camion.

— Merci.

Il garde sa voix basse et douce, et je ne sais pas s'il essaye d'empêcher Isabella d'entendre ou si c'est censé être un moment privé entre nous.

Je me déplace sur le siège avant et je frôle son manteau.

— Tout le plaisir est pour moi, dis-je.

Après tout ce qu'il a fait pour m'aider, alors que nous nous connaissions à peine, c'était le moins que je puisse faire.

Il éteint le camion et sort dans le froid avant de détacher Isabella et de la porter dans ses bras.

Je me précipite vers la porte d'entrée, je déverrouille l'entrée et lui fait signe d'amener sa fille à l'intérieur. Bien qu'il ne fasse pas aussi chaud que ce matin, la maison est encore très confortable.

La température va baisser ce soir. Laisser la porte ouverte pour faire entrer le réfrigérateur permettra également de rafraîchir l'endroit.

— Izzie, tu restes ici, dit-il en la plaçant sur le canapé.

— Mais, papa, je veux être avec toi et Ella, dit-elle en s'efforçant de prononcer mon nom. C'était doux et attachant.

Il se penche, accroupi à son niveau, déboutonne sa veste et la fait glisser de ses épaules.

— Ariella, dit Jaxson, la corrigeant en prononçant lentement mon nom pour qu'elle le répète.

La petite fille roule les yeux vers son papa.

— Ella. C'est ce que j'ai dit.

— C'est bon, dis-je, en posant une main douce sur l'épaule de Jaxson.

Il se lève et je fais un pas en arrière, pour faire de la place. Il n'y a pas beaucoup d'espace entre le canapé et la table basse pour nous deux avec Isabella sur le canapé.

— Izzie, j'ai besoin que tu restes sur le canapé, d'accord ?

— Oui, papa autoritaire, dit Isabella.

— Je te le dis, j'élève déjà une adolescente.

Jaxson me fait signe de le suivre à l'extérieur.

— Tu penses que tu peux me donner un coup de main avec le frigo, ou c'est trop pour toi ?

Je ne suis peut-être pas aussi forte que Jaxson, mais je ne veux pas être obligée de m'asseoir sur le canapé et de regarder.

— Je peux aider.

— Ok, bien.

Il défait les cordes, et ensemble nous guidons le réfrigérateur hors du camion et dans la maison.

Jaxson fait la plupart travail. Je guide le frigo et m'assure qu'il ne l'écrase pas.

En vingt minute, le réfrigérateur est dans la cuisine, et le cordon électrique est laissé accessible pour quand le générateur sera apporté.

— Merci encore pour tout.

Je déteste avoir une dette envers lui, mais il m'a aidé plus d'une fois, et je ne l'oublierai pas.

— C'est rien. Je vais faire rouler le générateur. Tu peux rester ici et garder un œil sur Izzie ?

— Bien sûr.

Je ne connais rien aux enfants.

Elle est assise sur le canapé, les pieds en l'air, essayant probablement d'atteindre la table basse, mais ses jambes sont trop courtes. Il ne sera pas parti si longtemps.

Il se glisse par la porte d'entrée et laisse son camion. Je fronce les sourcils, regarde par la fenêtre, curieuse de savoir pourquoi il n'apporte pas son véhicule avec lui.

— Où est allé papa ? demande Isabella.

— Il va revenir tout de suite.

Mon estomac se crispe. Je ne peux pas m'occuper d'un bambin qui pleure.

Je me précipite sur le canapé pour m'asseoir à côté d'elle, tentant une autre distraction pour l'empêcher de s'énerver. Je veux savoir s'il y a une petite amie ou un partenaire sur la photo, mais je ne sais pas comment poser délicatement cette question à un enfant de trois ans.

— Quelle est ta chose préférée à faire avec ton papa ?

— La bataille de chatouilles ! proclame-t-elle en se mettant debout sur mon canapé et en soulevant sa chemise pour me montrer son ventre.

— Tu veux que je te chatouille ? lui demandé-je.

Isabella sourit et hoche la tête vigoureusement. Mes doigts font semblant de la chatouiller, mais je ne la touche même pas quand elle pousse un cri et glousse, en sautant en arrière.

— Je ne t'ai même pas chatouillé !

Elle fera une superbe actrice un jour. Jaxson a raison quand il dit qu'elle est pratiquement adolescente, et mélodramatique.

— Chatouille ! crie-t-elle en essayant de me chatouiller le cou. Ses doigts sont frileux et s'agitent, mais ça ne me fait pas rire le moins du monde.

Je fais semblant de ricaner et je chatouille ses hanches. Elle se tortille avec de véritables crises de fou rire. Ses jambes donnent des coups de pied, et son menton se penche vers le bas alors qu'elle crie.

Je lâche prise pendant une seconde, lui permettant de reprendre son souffle. Je ne veux pas qu'elle soit en larmes ou contrariée.

— Encore ! Encore des chatouilles.

Elle saute dans mes bras.

Je la chatouille un peu plus, la regardant se débattre en gloussant, les joues roses.

— Est-ce que ton papa a une petite amie ? demandé-je, pas tout à fait sûre qu'elle puisse répondre entre ses éclats de rire.

Je n'aurais probablement pas dû poser des questions sur lui, mais je n'ai pas pu m'en empêcher, la curiosité a pris le dessus.

— Papa aime jouer avec les garçons.

Elle glousse et échappe à mon emprise. Mes mains s'arrêtent.

— Oh.

Ce n'est pas ce que je m'attendais à entendre. Bien que je ne devrais pas être déçue, mon cœur coule comme une enclume dans la mer.

Jaxson entre dans la maison, une paire de bottes supplémentaire à la main.

— Qu'est-ce que tu racontes sur moi, Izzie ?

Elle s'éloigne de moi, grimpe sur le canapé et court vers son père.

— Tu aimes jouer avec Declan et Aiden.

CHAPITRE HUIT

JAXSON

Merde.

Est-ce que ma fille est en train de dire à Ariella que je suis gay ?

Je suis persuadé qu'Izzie ne sait même pas ce que ça veut dire, et que ce n'est pas ce qu'elle était en train de dire. J'aime beaucoup les femmes.

Même si je n'en ramène pas à la maison à cause d'Izzie, ça ne veut pas dire que je n'apprécie pas leur compagnie.

Je pose les bottes d'hiver sur le sol et je me penche au niveau d'Izzie, la serrant dans mes bras. — Je travaille avec Declan et Aiden, Izzie. Je ne pense pas que le terme exact soit « jouer avec eux ».

Les sourcils d'Isabella se froncent. Elle n'a aucune idée de ce que je dis, et ça n'a pas d'importance.

Je jette un coup d'œil à Ariella sur le canapé en espérant qu'elle a compris.

— Je t'ai apporté ça, lui dis-je en lui montrant les bottes fourrées.

C'est un cadeau que je n'avais jamais offert, qui se trouvait au fond de mon placard, non ouvert et non porté.

— J'espère qu'elles t'iront, je ne suis pas sûr de ta taille et je n'ai pas beaucoup de bottes pour femmes qui traînent.

Je lui tends les chaussures, et elle les enfile pour voir si elles lui vont bien.

— Je dois être Cendrillon, plaisante-t-elle en remuant les pieds. Elles sont super confortables. Je ne vais pas demander pourquoi elles étaient chez toi. Honnêtement, je m'en fiche. Je suis juste heureuse d'avoir à nouveau une paire de bottes chaudes, et je promets de les rendre dès que j'aurai récupéré les miennes dans la voiture.

— Ne t'inquiète pas pour ça. Elles ne me manqueront pas, retorqué-je.

— Où est le générateur ? demande Ariella.

Je pointe du doigt la fenêtre sur le côté opposé de la cabine.

— Derrière. Il doit rester dehors, mais je vais brancher une rallonge et le faire passer par la porte arrière. Je scotcherai le cordon si nécessaire, pour être sûr que tu puisses bien fermer la porte.

— Merci, dit-elle en se levant et en venant vers moi. Je peux t'aider ?

— Tu m'as assez aidé.

Je n'ai pas l'intention d'être dur, mais il est clair qu'elle pose des questions à Izzie sur moi. Sinon, pourquoi ma fille aurait-elle dit que j'aimais jouer avec les garçons ?

Je me gratte la nuque et je me dirige vers le réfrigérateur, je branche la rallonge avant de la sortir.

Ariella se tient dans le couloir et me regarde.

— Je suis désolée si j'ai dépassé les bornes.

Elle baisse le ton pour que je sois le seul à l'entendre, ce que j'apprécié beaucoup. Je ne veux pas qu'Izzie pose trop de questions plus tard.

— La prochaine fois, si tu veux savoir quelque chose, demande-le moi.

— D'accord. Je ferai ça, dit-elle en pinçant les lèvres.

Je vois déjà qu'elle veut me demander quelque chose, mais je ne suis pas sûr de ce que c'est. A-t-elle demandé à Izzie pendant que j'étais dehors sans obtenir la réponse qu'elle espérait ? Pourquoi pose-t-elle vingt questions sur moi ?

— Tu me fixes, dis-je en sortant. Elle s'approche du cadre de la porte, gardant la porte arrière ouverte tout en me regardant accrocher le générateur à l'extérieur et démarrer le moteur.

— Je te regarde travailler, dit Ariella.

Il y a plus que ça, mais je ne suis pas sûr de ce qu'elle veut dire.

— coute, j'aime les femmes. J'essaie juste de garder ma fille loin de celles que je fréquente.

Pourquoi je lui dis ça ? Elle n'a pas demandé. Elle est probablement juste amicale avec Izzie, et j'ai mal interprété ce que j'ai entendu en entrant dans la cabine plus tôt.

— La mère d'Isabella est-elle sur la photo ? demande-t-elle, appuyée contre le cadre de la porte.

Elle s'entoure de ses bras, sa veste abandonnée à l'intérieur de la maison.

Ariella doit être gelée. Je me précipite avec le générateur et le ramène à l'intérieur, où il fait plus chaud.

— Non, elle n'y est pas. C'est juste nous deux.

Je ne développe pas, pas parce que je ne veux pas, mais parce que nous sommes à l'intérieur et qu'Izzie est à portée de voix.

Je ne veux pas qu'elle entende la conversation.

— Je suis heureux d'en parler avec toi, mais ce serait mieux si nous avions cette discussion quand nous ne sommes que tous les deux.

— Bien sûr, dit-elle.

Je ferme la porte et la verrouille, le cordon électrique poussé sur le côté.

— Je fixerai le cordon la prochaine fois que je passerai.

Je pourrais le scotcher, mais j'ai besoin de ruban adhésif et je n'en ai pas sur moi pour le moment. Je sais ce qu'il y a dans la cabine, et je n'en ai pas amené avec moi.

— Je suis sûr que tout ira bien. Merci encore pour toute ton aide aujourd'hui, et je te rembourserai pour tout, dit Ariella.

Je ne m'inquiète pas pour l'argent. Ce n'est pas la question. Il est clair qu'elle est dans une impasse et a besoin d'aide.

Je ne lui ai pas rendu la vie plus facile avec l'histoire de la liste, et la culpabilité me pèse lourdement. Même si ce n'était pas intentionnel, il est clair qu'elle a du mal à joindre les deux bouts.

Je plonge la main dans la poche de mon manteau, oubliant presque l'autre appareil que j'ai apporté de chez moi.

— Pour ton téléphone portable, dis-je, en récupérant un petit appareil de recharge à énergie solaire. Il n'a pas besoin de lumière extérieure. Tu peux le mettre sur le rebord d'une fenêtre.

Je fais quelques pas dans la cuisine et j'installe l'appareil avec le panneau solaire face à la fenêtre, en le gardant sur le rebord intérieur au-dessus de l'évier.

— Tu as ton téléphone à portée de main ?

Je veux m'assurer qu'il est configuré avant de partir.

Elle se dirige vers son lit et récupère son sac à dos qui se trouve sur l'étagère inférieure de la table d'appoint. Accroupie, elle fouille dans le sac un moment avant de trouver son téléphone portable.

Je n'ai pas vu de téléphone à clapet depuis des lustres, surtout avec l'engouement pour les smartphones.

— Ouah, tu es de la vieille école, dis-je en lui prenant l'appareil avant de le brancher sur le chargeur solaire.

— Je ne pense qu'à l'aspect pratique et à ce dont j'ai besoin.

Elle me fait un grand sourire.

Elle cache quelque chose, mais je ne peux pas être certain de ce que c'est.

— Merci pour le chargeur. Je dois appeler ma sœur une fois que mon téléphone sera chargé. Je suis sûre qu'elle se demande si je suis bien arrivée.

Tout le monde que je connais a un smartphone, et toute personne ayant un téléphone à clapet de ce style dans mon secteur d'activité a généralement des choses à cacher. J'essaye de ne pas laisser la suspicion tenace obscurcir mon jugement.

— Tu peux utiliser mon téléphone, dis-je en le sortant de la poche de mon pantalon.

— Ce n'est pas nécessaire.

Elle fait un geste dédaigneux de la main.

— Ça peut attendre jusqu'à ce soir. Je suis sûr que le téléphone sera suffisamment chargé avant la nuit. Je l'espère, en tout cas.

Il faudra quelques heures pour charger la batterie, mais elle sera utilisable dans l'heure. Le chargeur solaire est un produit haut de gamme de qualité commerciale utilisé par notre équipe. Ce n'est pas quelque chose que vous pouvez prendre sur l'étagère d'un magasin. Je l'ai utilisé d'innombrables fois lors de missions de Tactique de l'Aigle lorsque j'étais sur le terrain et que je n'avais pas facilement accès à une prise de courant.

— Utilise mon téléphone, insisté-je en le poussant vers elle.

Elle jette un coup d'œil à l'appareil. Sa langue passe au coin de ses lèvres.

Se demande-t-elle si elle doit appeler sa sœur devant moi ? Veut-elle que l'appel soit privé, et je dépasse ses limites ? Elle ne dit pas un mot, et tient seulement le téléphone dans sa main.

— Je peux m'asseoir avec Izzie et te donner un peu d'intimité.

Il n'y a pas beaucoup d'intimité dans la cabine. C'est une grande pièce, comme un studio.

— Ce n'est pas ça. Je n'ai pas mémorisé son numéro de téléphone, dit-elle, les joues rouges.

Est-elle gênée de ne pas connaître le numéro par cœur ? Je peux me souvenir de tous les numéros de téléphone de mes camarades militaires, ils sont comme une famille pour moi.

Le numéro de sa sœur a-t-il changé récemment, et elle n'a pas eu le temps de le mémoriser ?

Elle me rend mon téléphone portable.

— Je suis sûre qu'elle peut attendre quelques heures de plus. Ça ne fait qu'un jour.

Ariella n'a pas l'air de se soucier d'appeler sa sœur plus tard.

Je tiens ma langue, ne voulant pas faire de scène. Si elle ne se souvient pas du numéro, je peux l'aider, j'ai des ressources et des contacts grâce à Tactique de l'Aigle, mais je ne suis pas sûr que ce soit ce qu'elle veut. Je ne veux pas la pousser et la mettre mal à l'aise.

— Si je n'avais pas de nouvelles de quelqu'un qui m'est cher, je serais inquiet, dis-je.

Je n'ai pas précisé que j'aurais probablement mobilisé toute la force opérationnelle de Tactique de l'Aigle pour rechercher cette personne. Nous sommes différents. Elle a déménagé au milieu de nulle part, sans aucun contact. Est-il possible qu'elle et sa sœur ne soient pas proches ?

— Papa, je dois aller sur le pot ! Izzie se lève du canapé en couinant et monte sur les coussins du canapé.

Je lui lance un regard d'avertissement pour lui dire qu'elle ferait mieux de poser ses fesses ou de se mettre debout. Isabella sait que sauter sur les lits et les canapés n'est pas autorisé.

Mais le petit tyran fait ce qui lui plait la moitié du temps. Être un père célibataire n'est pas facile.

— Je pense que c'est le moment de la ramener à la maison, dis-je.

— Elle peut utiliser les toilettes de bain ici, propose Ariella. J'ai une plomberie intérieure.

— Je t'en prie, plaisanté-je à moitié. J'avais été chargé, avec mes copains militaires, d'installer la plomberie intérieure. Pendant que nous installions la plomberie et le PVC à l'intérieur et sous les planchers, nous avions aussi engagé un plombier agréé qui était également excavateur pour raccorder la ligne d'égout.

— Je vais la ramener à la maison, la laisser utiliser le petit pot pour enfants, puis la coucher pour une sieste.

— Pas de sieste ! s'exclame Izzie en sautant sur le canapé.

— Pose tes fesses ! la grondé-je.

Elle est en train de tester mes limites, ou bien elle se donne en spectacle pour Ariella. Peut-être est-ce un peu des deux.

Elle s'effondrera bientôt si elle ne fait pas sa sieste de l'après-midi. Ce n'est qu'une question de temps. Elle a été sage aujourd'hui, mais je ne peux pas compter sur elle pour tenir jusqu'au dîner.

Izzie passe de la position debout sur le canapé à la position assise en sautant.

— Pot, papa !

— Ça te dérange si on utilise tes toilettes ?

Izzie me suit jusqu'à la petite salle de bain privée, et je l'aide avant qu'elle ne descende des toilettes et passe devant moi en courant avec son pantalon baissé.

— Oh, mon Dieu. Toi, mon enfant, tu vas me tuer, marmonné-je en tirant la chasse d'eau avant de me laver les mains.

Je sors des toilettes et Ariella est penchée au niveau d'Izzie, l'aidant à remonter son pantalon.

— Merci, lui dis-je à voix basse.

Elle sourit et hoche la tête.

— Viens, Izzie.

J'attrape son manteau et je l'aide à mettre ses bras dans les manches pendant qu'elle se trémousse, ne voulant pas rentrer à la maison.

— Pas de sieste ! crie-t-elle.

J'e gémis et essaye de contrôler mon humeur. Isabella est fatiguée, et je n'ai pas respecté sa routine. C'est ma faute si elle se comporte comme un bambin turbulent.

— Nous devons laisser Ariella ici. Dis-lui au revoir.

Je glisse un bras dans sa manche et essaye de faire de même avec l'autre avant qu'elle ne fasse glisser son bras vers l'extérieur.

— Je ne veux pas vous interrompre. Je suis sûre que tu as tout prévu, mais elle pourrait faire une sieste sur mon lit, propose Ariella.

Je lui lance un regard par-dessus mon épaule.

— Je veux dire, j'ai besoin d'apprendre à couper du bois. Si ça ne te dérange pas de me donner un coup de main, elle pourrait rester à l'intérieur et faire la sieste dans mon lit.

Ce n'est pas la pire des idées, et Izzie semble être d'accord, hochant vigoureusement la tête avec des yeux brillants, larges et semblables à ceux d'une biche.

— Ça veut quand même dire que tu as besoin d'une sieste, petite demoiselle, dis-je en désignant Izzie.

Elle enlève son manteau, me dépasse et court vers le grand matelas. Je la mets sous les couvertures pendant qu'Ariella ferme les rideaux, rendant la cabine plus sombre. En silence, je me dirige vers la porte d'entrée et j'attends qu'Ariella mette son manteau et ses chaussures.

Quelques minutes plus tard, nous sommes dehors, juste tous les deux.

— Je suis désolée si j'ai dépassé les bornes, dit Ariella, prompte à s'excuser. Je sais que vous avez une routine, et je pensais juste que je pourrais aider.

Elle a l'air troublé et nerveuse. A-t-elle peur que je lui crie dessus ?

J'expire une longue et lourde respiration que je retenais sans m'en rendre compte.

— C'est rien. Izzie a tendance à s'effondrer quand elle ne fait pas sa sieste l'après-midi, et la moitié du temps, on se dispute car elle ne veut pas se coucher. Si elle ne se repose pas, elle est grincheuse pour le dîner et s'endort parfois avant de manger. C'est un cercle vicieux. Merci de lui offrir ton lit. Elle t'aime bien."

— Je l'aime bien aussi. C'est une bonne petite fille.

Il est évident qu'Izzie s'est déjà attachée à Ariella. Cela ne fait qu'une journée ensemble, et j'ai vu l'étincelle dans l'œil d'Izzie, le sourire qui orne son visage quand elle regarde Ariella.

Il n'y a pas eu de figure féminine dans la vie d'Isabella. C'est ma faute. Les gars sont géniaux, ils me soutiennent et m'aident à m'occuper d'elle, mais il n'y a pas de figure féminine.

Un jour, elle aura besoin de quelqu'un à qui parler des choses dont elle ne veut pas parler avec son père. Cette lueur dans les yeux d'Izzie m'en dit plus que ses mots à ce stade ne pourraient jamais le faire.

J'enfile mes gants alors que nous sommes sous le porche.

— Tu as une cabane derrière, dis-je en changeant de sujet. Il y a une hache à l'intérieur, et derrière il y a une souche où tu peux couper le bois.

— Super. Sa voix dégouline de sarcasme. Sa langue sort de ses lèvres rouge cerise avant de se mordre la lèvre inférieure. Je peux trouver du bois dans la forêt pour éviter de le couper ?

— Ce serait bien, n'est-ce pas ? Il y a probablement des bûches, et je ne te suggère pas d'abattre un arbre à la manière d'un bûcheron. Tu pourrais aussi tomber sur des bûches trop grosses pour ton poêle à bois. Tu dois savoir comment dimensionner ces bûches correctement, ce qui implique l'utilisation d'une hache.

Elle me suit pendant que je me dirige vers l'abri et que j'ouvre les portes. Je récupère une hache à l'intérieur, à l'abri de la neige, puis je ferme les portes pour garder le contenu au sec.

— Il y a un VTT dans la remise. Il est vieux et dépassé, mais il fonctionne. Il devrait t'aider à te déplacer dans les bois et en ville si tu suis la piste avec les triangles orange.

Je montre du doigt l'entrée du sentier sur sa propriété. Il suit le lit de la rivière et est un raccourci vers la ville.

— C'est très bien. Merci.

Ariella me regarde prendre une bûche et la placer sur la grande souche, me préparant à la fendre.

Je fends proprement la bûche en deux morceaux. Je ne suis pas sûr de savoir comment expliquer l'action. C'est plus facile de lui montrer.

— C'est du gâteau. A ton tour, dis-je en lui tendant le manche de la hache, la lame vers le sol.

— Bien.

Elle prend la hache, et j'attrape une bûche que je place sur la souche avant de reculer d'un pas pour lui laisser de l'espace. Elle saisit le manche à deux mains et se balance en arrière avant de poursuivre, avançant d'un seul mouvement rapide.

Elle enfonce la lame de la hache de quelques centimètres dans le morceau de bois avant qu'elle ne se coince.

— Ça ne bougera pas. Je pense que je l'ai cassé.

— Ce n'est pas cassé. Tu dois juste la déloger, dis-je, en prenant la hache et en soulevant la lame, la frappant latéralement contre la souche.

— Tu es sûr que je ne peux pas simplement ramasser du bois de cheminée dans la forêt ? demande-t-elle avec un demi-sourire. Le sourire sur son visage a disparu, et l'éclat dans ses yeux s'est estompé. Je pense que j'ai peut-être exagéré l'idée de vivre dans une petite ville à la montagne.

— Tu vas t'y habituer, lui dis-je, dans l'espoir de la mettre en confiance.

Je n'imagine pas que c'est facile pour elle de déménager au milieu de nulle part. Même si je suis curieux de connaître ses raisons, je ne suis pas du genre à la pousser.

Je pourrais certainement faire quelques recherches avec les outils et les ressources de Tactique de l'Aigle, mais cela ne me semble pas juste. Elle n'est pas la baby-sitter d'Izzie. Si cela avait été le cas, j'aurais entré son nom dans la base de données et j'aurais fouillé dans son passé pour m'assurer qu'Izzie était en sécurité.

— Avec un peu de chance, avant l'été, dit-elle avec un rire franc.

Mon téléphone sonne dans ma poche, je le sors et enlève mes gants pour pouvoir répondre.

— Tactique de l'Aigle, Jaxson à l'appareil, dis-je en m'éloignant de la souche pour avoir un peu d'intimité. D'après l'identité de l'appelant, je peux dire que quelqu'un appelle au sujet de l'entreprise, et que ce n'est pas un appel personnel.

— Salut, Jaxson. C'est Bridget Sanders du Blue Sky Resort. Nous voulons faire vérifier les antécédents d'une nouvelle recrue. Est-ce quelque chose que vous pouvez faire pour nous cette semaine ?

— Oui. Si vous voulez m'envoyer par e-mail le formulaire avec le nom et les informations de l'employé, je peux demander à l'un de nos gars de vérifier ses antécédents et de vous le renvoyer rapidement.

Je lui donne mon adresse électronique avant de raccrocher le téléphone et de retourner vers Ariella qui fend un autre morceau de bois en deux.

J'espère qu'elle est la nouvelle recrue pour laquelle la vérification des antécédents va être faite. Sachant que je suis celui qui va chercher les informations sur son passé et déterrer tous ses sales petits secrets.

CHAPITRE NEUF

ARIELLA

— Tout va bien ? demandé-je.

Il a reçu un appel professionnel, et bien qu'il se soit éloigné pour y répondre en privé, je ne peux m'empêcher de me demander de qui il s'agit et ce qu'il doit faire.

Tactique de l'Aigle.

Il a mentionné le nom de la société.

Je n'en avais jamais entendu parler avant d'arriver à Breckenridge, mais le fait qu'il y travaille m'a intrigué, surtout quand il m'a dit que la société appartenait à d'anciens soldats.

— Juste un truc pour le boulot, dit-il en remettant son téléphone dans sa poche.

Est-ce qu'il cache quelque chose ? Ne peut-il pas parler du travail ? Une partie de moi est curieuse de savoir ce qu'il fait pour vivre, comment il fait face au danger.

— Tu dois aller travailler ? demandé-je.

Je ne sais pas quels sont ses horaires. Ce n'est pas parce que je n'ai pas de travail qu'il ne doit pas travailler.

— Non, j'ai un jour de congé, dit Jaxson, d'un ton direct.

Il se rapproche de moi et prend une inspiration, une pause avant de venir par derrière. Sa main se pose sur ma hanche. J'expulse un souffle doux et nerveux lorsqu'il pose ses mains sur les miennes pour m'aider à guider la hache.

Le moment est intime, et s'il ne faisait pas si froid dehors, j'aurais pu être plus chaleureuse, mais la vérité est que mes doigts sont engourdis et que mon visage picote. Même avec mes gants, mon chapeau, mes bottes et mon épais manteau d'hiver, j'ai toujours froid.

— Tu es gelée, dit Jaxson, son souffle contre ma joue.

Je ne le lui cache pas.

— Oui. Je déteste le froid.

Il rit et me tire plus près de lui et la hache tombe de nos mains sur le sol.

— Attention, me prévient-il. Tu pourrais te blesser en laissant tomber une lame aussi imprudemment.

Nous l'avons tous les deux lâchée sans réfléchir, mais je ne veux pas le faire remarquer.

Je me retourne dans son étreinte, nos vestes sont épaisses et m'empêchent de sentir son corps contre le mien comme je le veux.

Il attrape mon chapeau et le descend un peu plus loin sur ma tête pour me couvrir un peu mieux.

— Nous devrions aller à l'intérieur et nous réchauffer, dit Jaxson.

— Je ne veux pas réveiller Izzie.

— Cet enfant dort en toutes circonstances, dit Jaxson, son souffle chaud contre mes joues gelées.

Il prend ma main gantée et me ramène dans la cabane. La chaleur de la maison me met immédiatement à l'aise, bien qu'elle ne soit pas aussi chaude qu'auparavant.

Jaxson apporte quelques bûches à l'intérieur et ramène le feu à la vie.

— Sais-tu comment allumer un feu ? demande-t-il.

J'enlève mes vêtements d'extérieur froids et humides - mon chapeau, mes gants, mes chaussures et ma veste - et les laisse sécher près du feu.

— Si j'ai de l'essence et un briquet, je peux y arriver.

— Tu n'utilises pas d'essence dans ton poêle à bois, c'est clair ?

Son ton énergique et ses sourcils levés en signe d'alarme, il ne semble pas le moins du monde amusé par mon humour.

— C'était une blague.

C'était à moitié une blague. J'ai déjà fait des feux de joie dehors et je sais comment allumer ce genre de feu.

Il charge le bois dans le poêle, et les cendres chaudes au fond prennent tout de suite. Encore quelques minutes et le feu reprend vie.

Je m'assieds tranquillement sur le canapé, et Jaxson vient une fois qu'il semble satisfait du feu, s'asseoir à côté de moi. Nous ne nous connaissons que depuis deux jours. Je ne suis pas prête pour une relation, même avec le plus bel homme que j'aie jamais rencontré.

S'il n'y avait pas eu d'enfant, j'aurais baissé davantage ma garde et me serais laissée aller à un fantasme l'impliquant, mais c'est hors de question. Nous ne pouvons pas, et en plus, je ne suis pas vraiment sûre de ce qui se passe avec la mère d'Izzie.

— Tu es bien silencieuse, dit Jaxson, en se reposant sur le canapé.

— Je réfléchis, dis-je, évitant son regard alors qu'il continue à m'observer.

— A propos de ?

— Cela fait longtemps que je n'ai pas été en présence d'un autre homme.

Je ne suis pas sûre que j'aurais dû parler de mon ex-mari ou du divorce, mais c'est la vérité.

Je n'ai pas l'habitude de sortir ou de coucher avec quelqu'un d'autre que le salaud auquel j'étais mariée depuis trop longtemps. Il y a plus que ça, mais je ne voulais pas m'y aventurer. Non pas qu'il l'aurait su.

Jaxson soupire, passant une main dans ses cheveux.

— Je connais ce sentiment. Enfin, peut-être pas avec un autre homme. En gloussant, il me donne un coup de coude. As-tu déjà été mariée ?

— Oui. Je jette un coup d'œil à Jaxson, en expirant un souffle lourd. Nous ne sommes plus ensemble. Il est un lointain souvenir, que j'aimerais pouvoir effacer.

— Divorcée ou séparée ?

— Divorcée. Et toi ?

Je ne mentionne pas le fait qu'il est en prison. Je ne suis pas prête à parler de ça avec qui que ce soit.

— Je n'ai jamais été marié. Après avoir pris la garde complète d'Izzie, elle est devenue toute ma vie.

Je pousse une mèche de cheveux derrière mon oreille. La façon dont il me regarde fixement me donne un frisson et me fait fondre de l'intérieur.

— Je peux le voir. Il est clair que tu es un bon père.

— Merci, dit Jaxson, les yeux brillants.

— C'est vrai.

Je me déplace sur le canapé et nos jambes se touchent brièvement.

— Je dois te le demander, et j'espère que cela ne te dérange pas, mais beaucoup de gens qui viennent dans les montagnes, une petite ville au milieu de nulle part, fuient quelque chose ou quelqu'un. Est-ce que tu fuis, Ariella ?

La façon dont il prononce mon nom me fait frissonner.

Peut-il connaître mes secrets ? Sait-il qui je suis et ce qu'on m'accuse d'avoir fait ?

Je n'ai pas changé de prénom, et Ariella n'est pas un nom très courant, comme Mary ou Jennifer. Je pensais que me cacher avait été à mon avantage, mais j'ai eu tort.

CHAPITRE DIX

JAXSON

— Non, murmure-t-elle, son regard rencontrant le mien, nos yeux se verrouillent.

J'essaye de lire son expression, d'observer son visage et son langage corporel pour déterminer si elle me ment. J'ai assisté à suffisamment d'interrogatoires dans l'armée, des deux côtés, pour voir clair dans un menteur.

Que cache-t-elle ?

Cela a-t-il plus à voir avec son passé et son ex-mari qu'avec autre chose ? Je ne veux pas la harceler de questions ou vérifier ses antécédents uniquement par curiosité. C'est mal, et je ne veux pas être cette personne qui remet en question chacun de ses gestes, sans lui faire confiance.

Bien que je doive me rappeler que nous nous connaissons à peine.

Je veux apprendre à la connaître.

Il n'y a pas beaucoup de femmes célibataires à Breckenridge, et celles qui le sont, je les connais toutes. Certaines m'ont approché, demandé de sortir, ou m'ont poursuivi un nombre incalculable de fois. Je les ai repoussées, et c'était devenu encore plus facile une fois qu'Izzie était dans le tableau.

— Tu recommences juste à zéro ? offré-je en guise d'explication.

— C'est exact, dit-elle alors que le soulagement inonde ses traits.

Ses épaules se détendent, et ses yeux ne sont plus des yeux de biche.

Elle cache quelque chose. Je devrais laisser à Ariella sa vie privée et ses secrets, mais je ne peux pas la protéger si je ne sais pas ce qui se passe.

Est-ce que je réagis de façon excessive à cause de mon travail et qu'elle n'a pas besoin de protection ?

J'ai déjà vu ça auparavant, des femmes dans des mariages abusifs fuyant leurs maris. C'est ce que j'ai pensé lorsqu'elle m'a dit qu'elle avait été mariée et qu'elle était venue vivre ici. Je soupçonne qu'il y a plus que ça.

— Eh bien, je suis content que tu aies choisi cette cabine, dis-je, en étirant mes bras avant de tourner mon regard vers le plafond, puis vers elle. C'est bien d'avoir un voisin qui n'est pas Mason.

— Sans blague, dit-elle en riant dans son souffle. Comment tu fais pour travailler avec lui ?

— C'est un bon gars, dis-je. Même si c'est un emmerdeur, il a le cœur sur la main, et il me soutient toujours.

Plus je la regarde, plus j'ai envie de l'embrasser.

Cela fait trois ans que je me concentre sur Izzie et que je ne m'autorise pas à assouvir mes désirs. Je ne veux pas gâcher l'amitié parfaite que nous avons déjà établie, mais cela en vaut-il la peine ?

Mon cœur se serre, mais mon corps se penche en avant, mes lèvres se rapprochent mais s'arrêtent, attendant qu'elle fasse le prochain mouvement pour se pencher sur moi.

Son souffle passe au-dessus de mes lèvres, la chaleur de sa bouche me taquine, rendant mon corps avide de son contact.

Mon cœur bat contre ma cage thoracique alors que mes lèvres s'écartent légèrement.

Ses yeux se baissent sur mes lèvres. La cabine se réchauffe lorsque je glisse ma main vers sa nuque. Mes doigts jouent avec ses cheveux, laissant le moment s'éterniser, nos lèvres ne se touchant pas encore.

Les lèvres d'Ariella s'entrouvrent et une décharge électrique parcoure mon corps lorsqu'elle se penche vers moi, effleurant mes lèvres.

Avide de son contact, je la tire plus près, une main dans sa nuque, l'autre dans le bas de son dos. Je veux que nos corps se fondent ensemble, qu'ils ne fassent plus qu'un.

Elle gémit, et j'en profite pour l'encourager à continuer.

Je l'attire sur mes genoux, ses hanches contre les miennes, nos lèvres fusionnant avec une passion brûlante. Je ne veux rien d'autre que la déshabiller et m'enfoncer en elle, mais je ne peux pas faire ça. Je ne veux pas le faire, pas avec Izzie dans la pièce.

Je dois satisfaire le besoin urgent qui se développe dans mon corps.

— Jaxson, halète-t-elle avant de se retirer, le souffle coupé.

Son front est posé contre le mien, et elle halète fortement.

Je ferme les yeux, appréciant le moment et l'intimité entre nous. Je n'avais pas réalisé à quel point cela me manquait d'être aussi proche de quelqu'un.

— Nous devons prendre les choses lentement, dit Ariella.

Je sais qu'elle a raison, nous venons juste de nous rencontrer, et je dois penser à ma fille avant tout.

— Oui, tu as raison.

Je ne veux pas mentir, mais l'embrasser a déclenché une vague d'émotions refoulées depuis trois ans.

Je veux la porter dans mon lit et la ravir, mais elle a raison.

— Mais je ne peux pas attendre, répond-elle en pressant fermement ses lèvres contre les miennes.

Je gémis, mon corps répondant à son contact, ses baisers, la façon dont elle chuchote. Tout en moi est en feu. Ses hanches se déplacent contre moi.

Je gémis ; elle est en train de me tuer. Je n'arriverai pas à me contrôler si elle continue à me caresser l'entrejambe.

— Ariella, râlé-je, essayant de reprendre mes forces pour arrêter ce que nous avons commencé avant qu'il ne soit trop tard. Doucement.

Il est difficile de dire plus d'un mot à la fois, mais je tente de lui rappeler ce qu'elle a dit plus tôt.

Mon cerveau ne fonctionne plus, mon corps est rempli de désir pour elle.

— Désolée, chuchote-t-elle avant de se détacher de mon corps. Réalise-t-elle ce qu'elle m'a fait ? Peut-elle sentir l'évidence de mon désir pour elle ?

Elle s'assoit sur le canapé et se tourne vers moi. Ses doigts se posent sur ses cuisses.

— Je pense que nous devrions y aller doucement. Tu as une fille qui a besoin de toute ton attention, et je...

— Tu, quoi ? demandé-je, voulant qu'elle soit honnête et ouverte avec moi.

Je pousse une mèche de cheveux derrière son oreille et j'attends qu'elle réponde à ma question.

— Je ne suis pas prête à faire confiance à nouveau, à être dans une relation. J'ai le sentiment que tu ne cherches pas un coup d'un soir, et c'est tout ce que je peux t'offrir.

Mon estomac se noue, et je me recule. Ses mots brûlent mon cœur.

C'est ce qu'elle veut ?

Je ne suis pas intéressé par le fait de coucher avec des femmes au hasard ou même d'avoir un plan cul. J'ai une fille, et toutes les personnes que j'amène avec moi, je les veux pour le long terme, pas pour une nuit.

Bien que je ne sache pas depuis combien de temps elle est divorcée, nous venons juste de nous rencontrer. J'ai besoin de lui donner du temps. Elle a raison. Nous avons besoin de ralentir, de faire une pause dans ce qui se passe entre nous.

— Tu as raison, je ne suis pas intéressé par le sexe vide.

Je me lève.

Rester l'après-midi, laisser Izzie faire une sieste, tout cela était une erreur.

Je lace mes bottes et attrape mon manteau. Je ne veux pas réveiller Isabella, mais je peux tranquillement lui mettre sa veste et la mettre dans le siège de la voiture. Si j'ai de la chance, le court trajet jusqu'à la cabane l'endormira, et elle pourra finir sa sieste à la maison.

CHAPITRE ONZE

ARIELLA

Mes lèvres picotent encore du récent baiser.

Quand je lui ai dit que je voulais y aller doucement, il a semblé d'accord avec l'idée. Je n'avais pas l'intention de le blesser, mais je devais être honnête.

Je ne suis pas prête à m'engager, et je sais qu'il veut une femme. Il a une fille et cherche probablement à compléter sa famille.

Je ne suis pas sûre de pouvoir être ça pour lui un jour.

Je m'assieds sur le canapé, perdue et troublée pendant qu'il rassemble son manteau et ses bottes.

— Tu n'es pas obligé de partir.

— Si, je dois y aller.

Il ferme sa veste, met son bonnet, puis fixe la veste d'Isabella autour de son petit corps avant de la porter jusqu'à la porte. J'appellerai Declan pour qu'il t'emmène chercher ta voiture quand elle sera prête à l'atelier.

Super.

Maintenant il ne veut plus me voir.

— Ok. Merci.

Je me lève et je me dirige vers la cuisine pour vérifier mon téléphone portable qui est posé sur le rebord de la fenêtre. La batterie est presque entièrement chargée.

Je débranche son chargeur solaire.

— Tiens, prends ça.

Il ne reviendra pas pour ça, et je ne suis pas sûre de vouloir l'affronter à nouveau, non plus.

— Je vais te donner mon numéro. Envoie-moi un SMS pour que j'aie ton numéro et que je le transmette à Declan.

— Ok.

Je tapé son numéro et je lui envoie un texto. *C'est Ariella*. Je n'envoie rien de spécial. Je ne sais pas quoi dire. Le moment chaud entre nous est devenu aussi froid que de la glace.

J'ai vraiment merdé.

— Je te verrai dans le coin, dit Jaxson avant de se diriger vers le camion avec Izzie.

Je regarde depuis la porte. Je me tiens maladroitement debout, les bras croisés devant moi. Le vent glacial m'engourdit.

Il fait marche arrière dans l'allée et je ferme la porte.

Comment allais-je me rattraper ? Est-ce que je pourrai réparer ce que j'ai fait ?

Il ne connait pas mes secrets. Il ne sait pas que Ben a volé des millions à des investisseurs à la manière Ponzi, et que nous avions tous deux été accusés de dizaines de crimes. Il a été condamné pour plusieurs crimes. J'ai été jugé, et bien que je m'en sois sorti sans aucune condamnation, j'ai été menacé un nombre incalculable de fois à New York. C'était une des raisons pour lesquelles j'étais partie.

Je veux que ce qui s'est passé soit à jamais dans le passé, enterré. Je n'ai rien fait de mal. Je ne sais pas ce qu'il a fait, mais mon nom était sur les papiers de la société parce que nous étions mariés.

J'avais signé des formulaires que je ne comprenais pas, et ça faisait de moi une complice. J'aurais dû être plus prudente, mais je lui faisais confiance. Je n'étais pas impliqué dans la société. Je n'ai jamais vu les dossiers financiers ou les comptes. C'est comme ça que j'ai pu m'en sortir sans la moindre condamnation.

Je suis vraiment désemparé.

— Je suis désolée, murmuré-je dans l'air frais de l'après-midi alors que Jaxson s'est déjà éloigné et a pris la route hors de vue. Je n'avais pas l'intention de le blesser. Je ne voulais pas qu'il me dévalorise ou qu'il me blâme, comme l'avaient fait tous les investisseurs de Ben.

Même si je n'ai pas été condamnée, je porte toujours le poids de la culpabilité, sale de ses crimes. J'aurais dû savoir ce qui se passait.

Mes yeux brûlent de larmes.

La seule personne dont je me suis rapprochée depuis mon divorce et le procès ne sait rien de mon passé. J'ai tout gâché sans même qu'il sache la vérité.

Aurais-je dû sauter le pas et tenter ma chance avec Jaxson ?

Je ne pouvais pas lui mentir. Après tout ce qu'il a fait pour moi, je ne veux pas le blesser. Du moins, cela n'était pas mon intention.

Avec un soupir résigné, j'appelle ma sœur, Delphine. Je ne m'attends pas à un accueil chaleureux, mais elle a insisté pour que je l'appelle lorsque je serais installée dans ma nouvelle maison.

— Allô ? La douce voix de Delphine résonne dans le téléphone.

— Hey, Delphine, c'est moi, Ariella.

Je m'arrête, ne sachant pas quoi dire. Nous n'avons pas été proches depuis des années.

Elle me reproche ce qui s'est passé avec Ben.

Quand j'ai été accusé et que j'ai cherché un avocat, elle m'a exclu et m'a dit qu'elle ne voulait rien avoir à faire avec moi. Je ne cherchais pas l'aumône ou un laissez-passer. J'avais juste besoin d'aide, et elle m'a tourné le dos.

Elle était auxiliaire juridique et connaissait beaucoup d'avocats de la défense, mais ne voulait pas être associée à moi. Je l'ai détestée pendant un an, mais je l'ai revue au procès quand j'ai été appelé à la barre. Elle était au dernier rang.

Ça a été le début de notre réconciliation.

— Hey, sa voix était douce, et son seul mot de salutation semblait hésitant.

— Est-ce que je te dérange ? demandé-je.

Je m'effondre sur le canapé et j'étire mes pieds pour les poser sur la table basse.

— Ce n'est jamais le bon moment, dit Delphine.

Pourquoi est-ce que je me donne la peine de l'appeler alors qu'elle ne veut rien savoir de moi ? — Eh bien, tu m'avais dit de te prévenir quand j'aurais les pieds plantés à Breckenridge. Je suis là. Tout est génial.

Je serre les dents.

Quand nous étions plus jeunes, elle pouvait voir à travers mes mensonges. Cela a-t-il changé ?

— Bien. Ecoute, Marcus est à la maison. Je ne peux pas parler pour le moment.

Elle garde sa voix basse, à peine plus qu'un murmure. Marcus me déteste, et elle ne lui a pas dit que j'avais appelé. J'aurais fait la même chose si la situation avait été inversée.

Marcus est son mari depuis dix ans. C'est le roi des connards, enfin, peut-être le prince. Il est de peu derrière Benjamin, et même si Marcus n'a pas trompé Delphine ou volé des millions à ses clients, il est plus que snob. Il agit comme s'il était intouchable et ne pouvait faire aucun mal.

— Ok. Bye, dis-je avant de raccrocher le téléphone.

Je ne sais pas pourquoi j'ai pris la peine d'appeler. Alors que je m'attendais à un accueil glacial, une partie de moi espérait qu'on pourrait se reconnecter. Je ne pouvais pas avoir plus tort.

En terminant l'appel, je jette un coup d'œil à ma boite vocale et j'appuie sur play.

— Bonjour, Mme Cole, c'est Bridget Sanders de Blue Sky Resort. Nous nous sommes rencontrées hier à mon bureau. Nous aimerions vous offrir officiellement le poste flexible. Nous voulions vous faire savoir que nous avons commencé la vérification des antécédents, et en supposant que tout se passe bien, nous aimerions que vous commenciez à la première heure lundi matin. N'hésitez pas à nous rappeler si vous avez des questions. Sinon, nous vous contacterons plus tard dans la semaine.

Je raccroche le téléphone, l'estomac noué, attendant de savoir si j'ai passé la vérification des antécédents.

J'envoie un message à Jaxson.

Il ne veut probablement pas avoir de mes nouvelles, mais je ne veux pas qu'il s'inquiète pour moi et qu'il fasse des courses pour le dîner.

Si le VTT dans la remise peut me conduire en ville, je pourrai prendre mon sac à dos et acheter de la nourriture pour la maison. Bien que j'aie peu d'argent, j'ai une carte de crédit qui devrait suffire.

Merci pour l'aide aujourd'hui et pour tout. Je prends le VTT pour aller au magasin, envoyé-je.

N'oublie pas de rester sur la piste orange. Sois prudente.

CHAPITRE DOUZE

JAXSON

Tôt le lendemain matin, je me rends à Tactique de l'Aigle après avoir déposé Izzie à la garderie. J'ai évité mes mails professionnels pendant trop longtemps, mais je dois vérifier ceux du Blue Sky Resort.

Lucy est assise à la réception, une tasse de café à la main.

— Bonjour, dis-je en passant devant son bureau et en me dirigeant vers le mien.

— Les vendredis sont merveilleux, dit Lucy en sirotant son café.

Je m'assieds, fais bouger la souris et j'attends que l'écran s'allume. Il est temps de savoir si Ariella a obtenu le poste.

Je ne devrais pas m'en soucier d'une manière ou d'une autre, mais c'est le cas. Je veux qu'elle soit heureuse, et même si je ne suis pas à court d'argent, j'aurai éventuellement besoin de récupérer mon générateur, ce qui signifie qu'elle devra en acheter un.

J'ouvre mes emails et je m'éloigne de mon bureau le temps de me prendre un café et de laisser tous les emails arriver dans ma boîte de réception.

— Bonjour, dit Mason. Comment ça s'est passé avec la cracheuse de feu ?

Je grogne sous mon souffle.

C'est certainement une façon de décrire Ariella. Je ne pense pas qu'elle soit un problème, si ce n'est qu'elle pourrait très bien me briser le cœur.

Passer le reste de la journée d'hier séparément a été une sage décision. Je ne veux pas m'impliquer émotionnellement avec quelqu'un qui ne peut pas répondre à mes besoins.

J'ai appris ça avec Emma. Elle n'était intéressée que par une seule chose, le sexe, et bien que cela avait été amusant, elle n'était pas intéressée par le fait d'être une mère pour notre petite fille.

— Alors ? demande Mason. Il se met près de la cafetière et se sert une tasse. J'attends qu'il ait fini pour faire de même.

Je ne veux pas l'embrasser ou dire du mal d'elle. Je n'ai aucune raison de le faire, et elle n'a rien fait de mal.

— Tout va bien. Je l'ai déposée hier après lui avoir prêté mon générateur.

Je n'avais pas dit à Mason que j'avais le projet de lui acheter un réfrigérateur et de lui apprendre à couper du bois. Il m'aurait dit des conneries, et je n'en aurais jamais entendu la fin.

Ses yeux se rétrécissent alors qu'il me scrute.

— Tu as le béguin pour la nouvelle fille.

— Oh, la ferme.

Je ne veux pas écouter ses taquineries insistantes. Il ne s'est rien passé. Du moins, c'est ce que je veux qu'il pense.

Je me verse une tasse de café et l'apporte à mon bureau. Je m'assieds et sirote ma boisson chaude, la noirceur du café correspondant à mon humeur.

Mason posa son café sur le coin de mon bureau. Il croise ses bras sur sa poitrine et me regarde.

— Qu'est-ce qu'il y a ? demandé-je.

Mason s'attarde jusqu'à ce qu'il obtienne ce qu'il veut, mais il n'y a rien à dire. Du moins, rien que je ne prévois de partager.

— Bridget Sanders a appelé ce matin et a laissé deux messages. Elle stresse à propos des deux nouvelles recrues et veut que les antécédents soient vérifiés dès que possible.

Je gémis et passe une main dans mes cheveux. Les vérifications d'antécédents et les recherches ne sont pas les aspects les plus excitants de notre travail.

C'est un travail simple, bien payé, et je devrais être reconnaissante pour les revenus supplémentaires que cela apporte à Tactique de l'Aigle, mais je préfère être sur le terrain.

— Elle m'a appelé hier, pendant mon jour de congé. Je lui ai dit de m'envoyer les papiers par courriel, et que je m'en occuperais dès que possible.

Bridget peut bien attendre un jour ou deux.

Mason se déplace pour s'asseoir sur le bord de mon bureau.

— Je pense que Bridget a le béguin pour toi. Pour quelle autre raison aurait-elle appelé sur ton portable alors qu'elle aurait pu te contacter autrement ?

— Tu es fou, dis-je.

La femme a une soixantaine d'années. Elle est sympa, mais ce n'est pas mon genre. J'ai dépassé la quarantaine et je préfère les femmes plus proches de mon âge.

— Elle a toujours été impatiente, elle veut les résultats avant même d'envoyer les noms des employés.

— C'est vrai, dit Mason en se poussant de mon bureau et en récupérant sa tasse de café. Elle me les a mis en copie. Tu as vu les noms ?

C'est pour ça que Mason traîne autour de mon bureau et me harcèle ?

— Laisse-moi deviner, l'une d'entre elles est Ariella.

Je sais savais déjà qu'elle avait postulé pour le poste à Blue Sky Resort. Ça veut dire qu'elle devrait avoir le poste, ce qui est une bonne nouvelle.

— Oui, et l'autre est la personne que tu aimes le moins sur terre.

Je n'ai aucune idée de qui ça peut être.

— Ma mère ? plaisanté-je.

— Wow. Je n'oublierai pas de lui dire ça au prochain dîner auquel elle m'invitera, dit Mason, les lèvres retroussées. Il me donne un coup de coude sur l'épaule. Regarde.

Je roule des yeux avant de trouver l'email et d'ouvrir l'application pour lire les noms des individus. La première candidature est celle d'Ariella Cole, cela n'est pas une surprise. Au moins, elle obtiendra le poste. J'ouvre la deuxième candidature et je tousse, m'étouffant pratiquement.

Mason me tape dans le dos.

— Ne meurs pas pour ça.

— Emma Foster ! dis-je à haute voix. Qu'est-ce qu'elle fait à Breckenridge ?

La mère biologique de ma fille est revenue.

— Je ne sais pas, dit Mason. Je croyais qu'elle vivait à Los Angeles.

— Moi aussi.

C'est là qu'elle vivait il y a trois ans quand Izzie est née.

Mason sirote son café, les yeux fixés sur moi tout le long.

— Tu es en colère. Je peux le voir sur ton visage.

— Eh bien, je ne suis pas heureux qu'elle soit soudainement de retour en ville. Elle a abandonné Izzie.

J'espère qu'Emma n'a pas changé d'avis et veut maintenant faire partie de l'équation. Ce n'est pas une possibilité, pas pour moi. Je ne veux pas non plus embrouiller Isabella.

Et si Emma partait à nouveau ? Je dois protéger ma petite fille, et si cela signifie garder Emma loin d'Izzie, je ferais tout ce qui est nécessaire.

— Tu pourrais t'assurer qu'elle n'obtienne pas le poste au Blue Sky Resort, dit Mason.

Ses yeux se plissent avec un sourire qui illumine son visage.

— Tu es complètement fou si tu crois que je vais manipuler les résultats de la vérification des antécédents.

Ce n'est pas quelque chose que je peux faire. Même si je ne veux pas d'Emma dans les parages, je ne détruirai pas sa vie ou son avenir. J'attrape mon café et prends une autre gorgée.

— Tu veux que je le fasse ? demande Mason.

Une partie de moi veut qu'il fasse tout ce qui est nécessaire pour garder Emma à l'écart et Izzie en sécurité, mais je n'approuverai jamais une telle action ou ne serai jamais impliquée dans une partie de celle-ci.

— Tu sais que je ne peux pas dire oui.

Même si une petite partie de moi veut s'assurer qu'Emma disparaisse de nos vies.

— Tu devrais l'affronter de face, pas éviter la situation. Si elle travaille au Blue Sky Resort, va la voir, dit Mason en s'éloignant de mon bureau et en se dirigeant vers la porte. C'est ce que je ferais. Fais-lui comprendre que vous ne voulez rien avoir à faire avec elle, et que si elle a l'intention de rester en ville, ce ne sera pas pour Isabella ou pour toi.

J'expire un souffle lourd. Mason a raison.

— Ouais, je peux faire ça.

J'ai aussi son adresse temporaire sur son formulaire de vérification des antécédents.

Je jette un coup d'œil sur les informations. Je reconnais ; une petite cabane en dehors de la ville, pas trop loin de la station. Je pourrais lui rendre visite et la prévenir avant d'investir plus de temps et d'énergie dans notre communauté.

Quels que soient les regrets qu'elle a par rapport à Izzie, il est trop tard. Je ne la laisserai pas faire du mal à ma fille.

— Tu peux t'occuper des antécédents pendant que je passe chez Emma ?

— Bien sûr, dit Mason. Tu sais à quel point j'aime creuser dans la vie des gens et découvrir leurs secrets.

————

Je roule vers le Blue Sky Resort. De l'autre côté de la rue, il y a des cabanes en rondins à louer. Je m'arrête devant la cabane n°218 et je descends de mon camion.

Expirant un souffle lourd, l'estomac noué, j'e frappe avec force à la porte. Je ne veux pas être ici, mais cela doit être fait. Je ne la laisserai pas interférer avec ma fille.

La porte s'ouvre en grinçant lentement et sans précipitation. Debout dans son déshabillé de soie, une main sur la porte, elle me regarde de la tête aux pieds.

— Jaxson, je ne m'attendais pas à te voir.

— Sérieusement ? C'est par là que tu veux commencer ?

Je n'arrive pas à croire au culot qu'elle a ! Je piétine devant la porte d'entrée, avant d'entrer dans la propriété de location. La cabane est petite, beaucoup plus petite que celle qu'Ariella a achetée.

— Que fais-tu en ville ? demandé-je, d'une voix forte.

Je ne fais pas semblant d'être ravi de la voir, car je ne suis pas le moins du monde heureux de son retour.

Emma ferme la porte derrière elle et se précipite dans la pièce.

— Je postule pour un emploi. A première vue, tu le sais déjà. Ils ont dû demander à Tactique de l'Aigle de faire la vérification des antécédents, n'est-ce pas ?

— Tu ne devrais pas être ici, Emma. Tu as renoncé à tes droits en tant que mère d'Izzie.

Je ne veux pas la laisser revenir en courant dans nos vies et tout gâcher.

Elle croise ses mains devant elle.

— Je sais, et je n'aurais pas dû faire ça, dit-elle en me fixant de ses yeux bruns perçants. Je n'étais pas prête à être mère à l'époque, mais je le suis maintenant.

— Non. Ma réponse est ferme. Tu avais prévu de la faire adopter. Me céder tes droits parentaux n'est pas différent. Tu n'as pas le droit de t'enfuir et de décider de revenir jouer les parents quand tu en as envie.

Les yeux d'Emma se mettent à briller.

— Jaxson, s'il te plaît.

— Non. Je ne vais pas t'empêcher de prendre ce travail, mais tu ne dois pas avoir de contact avec ma fille.

Je me dirige vers la porte.

— Notre fille, chuchote-t-elle.

Mon téléphone portable sonne, et je profite de ce moment pour partir. Je prends mon téléphone et sors de la cabine, fermant la porte derrière moi. Je ne veux pas qu'Emma entende la conversation ou qu'elle me suive.

— Hey, Mason. Quoi de neuf ?

J'ai reconnu son numéro.

— Tu ne vas pas le croire, mais Ariella Cole, elle était mariée à Benjamin Ryan.

— Le même Benjamin Ryan qui est allé en prison pour avoir volé des millions à des investisseurs ?

Cette journée se passe de plus en plus mal.

Mon estomac tombe alors que mes jambes ne coopèrent plus, comme si elles étaient recouvertes de plomb. Je m'approche de mon camion et monte à l'intérieur, m'asseyant sur le siège avant, essayant de me ressaisir.

J'ai la tête qui tourne.

Je savais qu'une femme comme Ariella n'avait pas déménagé dans les montagnes d'une petite ville au milieu de nulle part parce qu'elle aimait le plein air. Elle voulait être hors réseau.

M'avait-elle pris pour un imbécile par rapport à l'électricité ? Je parierais n'importe quoi qu'elle ne veut pas d'électricité. Elle ne veut pas qu'on la trouve.

— C'est exact. Son nom de femme mariée, Ariella Ryan, est apparu quand j'ai cherché, mais son dossier a été effacé. J'ai creusé un peu plus loin quand j'ai reconnu son nom et celui de son ex-mari. Elle a été arrêtée et inculpée mais acquittée par un tribunal, déclare Mason. En ce qui concerne son passé, elle est suffisamment clean pour avoir le job, mais je me suis dit que tu voudrais savoir.

— Putain.

J'avais perdu beaucoup d'argent à cause de son mari. L'argent que je croyais avoir investi dans l'immobilier avait été utilisé pour payer d'autres investisseurs, jusqu'à ce qu'il se fasse prendre.

Toutes mes économies avaient disparu un jour, et même si Benjamin est allé en prison, je ne crois pas qu'Ariella soit aussi innocente qu'elle le prétend.

CHAPITRE TREIZE

Un coup fort et puissant frappe à ma porte d'entrée. Je n'attends pourtant pas de visiteurs.

— Une seconde ! crié-je, en allant à la porte. Je l'ouvre, surprise de voir Jaxson de l'autre côté. Je ne m'attendais pas à te voir aujourd'hui.

Il était parti hier en colère après les quelques baisers que nous avions partagés.

— Tu m'as menti sur qui tu es. Ton vrai nom est Ariella Ryan.

Ses yeux se rétrécissent et ses mains se crispent en poings. Il a l'air plus qu'énervé. Le bout de ses oreilles est rouge, et il est assorti à ses joues.

Je fais un pas en arrière quand il entre chez moi. Je garde de l'espace entre nous, même si je ne me sens pas en danger physique.

— C'était mon nom d'épouse. J'ai repris mon nom de jeune fille, et je suis légalement Ariella Cole. Je ne t'ai jamais menti.

— Bien sûr que si !

Je frissonne et sursaute à cause de l'intensité de sa rage.

— J'ai été acquittée. Je ne savais pas dans quoi mon ex-mari était impliqué.

Ne me croit-il pas ? Je ne suis pas une voleuse ou un monstre. Je ne suis pas celle qui est derrière les barreaux à purger une peine de prison pour avoir volé des millions.

— Bien sûr que si ! Tu possédais un yacht, un manoir, et une maison de vacances dans le Pacifique Sud !

— Je n'étais pas au courant de ces achats.

C'est la vérité

Je n'étais pas au courant du compte bancaire supplémentaire ou des luxes auxquels Benjamin s'était adonné. Alors que nous étions mariés, il avait utilisé ma signature et l'avait falsifié pour m'impliquer davantage dans ses affaires illégales.

Il se rapproche, planant dans mon espace personnel.

— Je ne te crois pas, s'emporte-t-il.

— Je dis la vérité, chuchoté-je en le fixant dans son regard bleu glacé. Je savais que l'entreprise avait bien marché, mais je ne savais pas d'où venait l'argent. J'étais naïve, et j'ai fait confiance à un homme qui a profité de moi.

Je fais un pas en arrière, la chaleur irradiant de son corps et sur le mien.

— Où est l'argent que tu as volé ?

Il me suit, mon dos contre le mur avec nulle part où aller.

— Je n'ai rien volé, dis-je en restant sur mes positions. Je ne suis pas une voleuse. Mon ex-mari était responsable, et il est en prison pour ce qu'il a fait.

Une main vient se poser contre le mur, me piégeant. Son corps est à quelques centimètres du mien.

— J'étais l'un des clients de ton ex-mari, dit Jaxson, son souffle chaud contre ma joue.

— Je suis désolée, dis-je, prompte à m'excuser. Je ne sais pas ce que tu veux que je fasse.

Ma voix est à peine au-dessus d'un murmure, fixant son regard glacé.

Il ne faut pas être un génie pour voir qu'il est en colère, mais ce n'est pas ma faute. Ne l'a-t-il pas compris ?

— Le gouvernement a gelé tous nos comptes. Ils ont pris l'argent qu'il avait volé et l'ont redistribué.

Du moins, c'est ce que je pense qu'il s'est passé.

Ses narines se dilatent et il souffle. Il est toujours en colère contre moi, mais ne se rend-il pas compte que c'était la raison de mon départ ?

— Dis-moi en quoi c'est mon problème.

J'ouvre la bouche et la referme rapidement. Je dois faire attention pour ne pas le contrarier davantage.

— Ce n'est pas ton problème. C'est le mien. Je vais te trouver l'argent pour le réfrigérateur. Je te jure que je te rembourserai.

Dès que j'aurai trouvé un travail, la première chose que je ferai sera de lui rendre l'argent qu'il m'a prêté.

Il se retire, faisant les cent pas le long de la cabine.

— Ce n'est pas à propos de l'argent pour ce stupide réfrigérateur. C'est le fait que tu m'aies menti, Ariella.

Tu ne vois pas de quoi j'ai l'air ? Il a fallu que Mason me dise que tu es une menteuse.

— Je ne suis pas une menteuse.

J'avais négligé de lui donner des informations sur mon histoire, mais nous venions de nous rencontrer. Pourquoi aurait-il pensé que je me serais confiée à lui sur mon passé ?

Je m'écarte du mur et je croise mes bras sur ma poitrine, venant m'asseoir au bord du matelas.

— Tu es un connard, dis-je en le regardant fixement.

— Excuse moi ?

— Tu m'as entendu.

Mes mains tremblent, mais je les enfonce plus loin dans les manches de ma chemise pour qu'il ne le remarque pas.

La colère m'envahit. Comment ose-t-il ne pas me croire ? A-t-il l'intention de m'empêcher d'obtenir le poste à Blue Sky Resort ? C'est comme ça qu'il a dû l'apprendre, par la vérification des antécédents.

Merde.

Est-ce que c'est une raison suffisante pour qu'il me disqualifie pour le poste ?

— Tout ce que j'ai fait pour toi, et c'est moi le connard.

Sa mâchoire est serrée, et il se dirige vers la porte. Il tire la porte ouverte et laisse une rafale de vent froid souffler dans la cabine.

Je me retiens de frissonner, ne voulant pas qu'il voie mon malaise.

— Bonne chance pour ton nouveau travail et ta nouvelle vie, crie-t-il en claquant la porte en sortant.

— Putain ! crié-je, debout au milieu de la cabine, furieuse.

Je peux le voir dehors, se précipitant dans son camion et filant à toute allure sur la route.

Je ne peux pas continuer à courir, même si c'est difficile.

————

Je commence mon nouveau travail à Blue Sky Resort le lundi matin. Bien que Jaxson connaisse mon passé et mon histoire, mon employeur n'est pas au courant.

Je ne peux pas m'empêcher de me demander s'il n'a pas quelque chose à voir avec cela ou avec le fait que mon dossier ait vraiment été effacé depuis que j'ai été exonéré.

Je ne suis pas le seul nouvelle employée, ce qui est un soulagement. Emma et moi avons passé le premier mois à nous familiariser avec la routine et avons partagé le déjeuner tous les après-midi. C'était agréable d'avoir quelqu'un à qui parler, et qui ne connaissait pas mon passé.

— Tu veux aller boire un verre après le travail ? demande Emma.

Elle travaille à la réception tandis que j'ai passé la majeure partie du premier mois à distribuer des équipements de ski et de snowboard. Ce n'est pas trop mal, sauf pour les chaussures qui sentent mauvais et qui doivent être retournées et aspergées de désinfectant.

J'ai peu d'argent, mais c'est aussi le jour de paie, ce qui signifie que je peux me permettre de faire des folies en buvant un verre. J'ai besoin de me faire des amis et je veux passer du temps ailleurs que dans ma cabine ou au travail.

— Ce serait fantastique, dis-je. Connais-tu de bons bars en ville ?

La journée de travail touche à sa fin, et j'ai hâte de sortir.

— Eh bien, ce n'est pas un bar, mais ils ont de la bonne nourriture et servent des boissons. C'est juste en haut de la rue, le Lumberjack Shack.

Je gémis. Pourquoi doit-elle suggérer le seul endroit où Jaxson m'a emmené lors de ma première nuit à Breckenridge ? Lincoln est propriétaire de l'endroit, et Jaxson est ami avec lui, ce qui signifie qu'on pourrait se croiser.

— Oh, il y a un problème avec cet endroit ?

Je n'avais pas réalisé qu'elle avait entendu mon mécontentement.

— Non.

Je n'ai pas de bonne excuse et ne suis pas prête à lui confier mon passé ou le fait que j'étais anciennement Ariella Ryan. Elle n'a pas besoin de savoir pour mon ex-mari ou les crimes qu'il a commis sous nos deux noms. Je ne suis pas non plus prête à parler de Jaxson avec qui que ce soit.

— Ok, bien. Les sourcils d'Emma se froncent. Je ne connais pas beaucoup d'endroits en ville. Je suis encore nouvelle ici aussi.

Est-ce si évident que je ne suis pas de Breckenridge ou même du Montana ?

— D'où as-tu déménagé ? demandé-je.

Je n'avais pas réalisé qu'elle était nouvelle en ville. Au moins, nous avons autre chose en commun que notre employeur.

— Je suis de Californie. J'ai vécu sur la côte ouest toute ma vie, à Los Angeles.

— Fatiguée de la vie en ville ? deviné-je.

Pourquoi quelqu'un quitterait-il un temps ensoleillé pour venir ici ? A moins qu'elle n'ait un secret ?

— J'avais l'habitude de venir ici avec ma famille, ma sœur et ses enfants, pour les vacances.

Au moins, elle connait la région si elle a l'habitude de passer des vacances à Breckenridge ou dans les environs.

— Tu es venue à la station avec ta famille ?

— On ne logeait pas au Blue Sky, mais ils dévalaient les pistes en snowboard pendant que je visitais d'autres sites.

Emma me fait un clin d'œil. Ses yeux bruns brillent dans la lumière avant qu'elle ne jette un coup d'œil à sa montre.

— Si tu connais le chemin pour aller à Lumberjack Shack, je te retrouverai là-bas.

— Parfait.

J'attrape mon sac à main et me dirige vers ma voiture.

Je suis reconnaissante envers Declan d'avoir réussi à faire quelques réparations minimes et de m'avoir offert un jeu de chaînes pour pneus. Il m'a montré comment mettre les chaînes sur mes pneus et m'a fait comprendre que je ne devais pas conduire avec tout le temps, mais seulement lorsque je conduisais sur les terrains enneigés, en particulier en haut de la montagne.

Je ne me coincerai plus jamais. J'espère.

Declan était venu me chercher avec sa dépanneuse avant le travail le premier jour, tôt. Je m'étais arrangé avec lui pour le paiement et j'avais conduit jusqu'à la station, arrivant juste à temps.

Ma carte de crédit est presque au maximum, et comme je n'ai pas la responsabilité totale de la voiture, je n'aurai pas un centime de l'assurance pour m'aider à payer les dégâts. Declan avait été silencieux pendant le trajet jusqu'à ma voiture, et j'étais reconnaissante qu'il n'ait pas mentionné le nom de Jaxson une seule fois.

En déverrouillant la porte de ma voiture, la chair de poule se forme sur mes bras, et un frisson parcoure ma colonne vertébrale. Quelqu'un m'observe. Je le sais. Je me retourne, les clés à la main pour m'en servir comme arme si je suis en danger.

Personne n'est derrière moi.

Il y a quelques personnes dans le parking. Pourtant, je n'en reconnais aucune : une famille dont le coffre est ouvert et qui récupère du matériel de ski, une femme qui attache sa petite fille dans un siège auto, et un monsieur portant une casquette de baseball et une veste légère qui se tient près de son véhicule.

Le monsieur seul, avec son cuir fin, ne semble pas à sa place. La casquette de baseball pourrait être une ruse, pour que je ne le reconnaisse pas. J'essaye de ne pas le fixer.

Mon esprit me joue des tours. J'ai peur que quelqu'un découvre qui je suis, Ariella Ryan, et s'en prenne à moi pour l'argent que mon ex-mari a volé. C'est déjà arrivé lorsque nous vivions à New York.

Je monte dans ma voiture et quitte le parking pour prendre la route principale vers la ville. La station se trouve à environ 60 km au sud de mon domicile. L'hiver a été étonnamment doux et la neige qui est tombée a commencé à fondre, rendant la route boueuse et humide. Declan a mis un nouveau jeu de pneus sur ma voiture, et même s'ils ont déjà été utilisés, ils sont toujours en meilleur état que les anciens.

Il n'y a pas de musique à la radio, les chaînes étant trop éloignées de l'endroit où je vis. Ma voiture n'a pas de radio satellite, je dois donc insérer un CD pour écouter de la musique. Je remonte la montagne, la neige fondue a été récemment déversée sur le côté, probablement par l'un des habitants de la ville.

Le soleil commence à se coucher, mais pas avant que je m'arrête devant le restaurant de Lincoln.

Je ne vois aucun signe de la voiture d'Emma, mais je suis partie un peu avant elle. Je jette un coup d'œil à mon téléphone portable. Elle n'a pas appelé, ce qui est au moins une bonne nouvelle. Elle n'est pas en train d'annuler.

Je me dirige vers l'entrée principale, la porte en bois est lourde lorsque je l'ouvre. Il n'y a pas d'hôtesse, et personne ne prend de réservations, même en pleine saison, pendant les mois les plus chargés.

Une pancarte près de l'entrée indique « Asseyez-vous vous-même », alors je prends place au bar et pose mon manteau sur le deuxième tabouret pour le garder pour Emma.

Le barman me tourne le dos. Son jean serré et son t-shirt noir foncé pendent à ses courbes. Je lèche mes lèvres sèches et le regarde. Son cul est sacrément beau.

Je n'ai pas eu d'homme sur lequel fantasmer depuis des années. Mon ex-mari n'était pas de le meilleur au pieu. Ses besoins passaient toujours en premier, et quand il avait fini, moi aussi.

— Je peux avoir un leg spreader ? demandé-je avec effronterie.

Le barman se retourne et me fait face.

Le sourire sur mon visage tombe au sol. Mon estomac se tend.

— Jaxson, chuchoté-je avant de me racler la gorge. Ses yeux se fixent sur les miens. Qu'est-ce que tu fais ici ?

J'essaye de paraître confiante dans ma question, comme si le fait de le voir ne déchirait pas mon cœur après la dispute que nous avons eue chez moi.

— Tu ne travailles pas à Tactique de l'Aigle ?

A-t-il changé de carrière récemment ? S'est-il passé quelque chose entre lui et ses copains de l'armée ? Il a été hostile envers moi. Y'a-t-il autre chose que je ne sais pas ?

172 RÉVÉLATION : JAXSON

Il attrape un chiffon et essuie le comptoir en bois, ses yeux m'évitent.

— Je donne juste un coup de main à Lincoln. Les vendredis soirs sont toujours occupés ici, et j'ai quitté le travail tôt.

— Bien sûr.

Je jette un coup d'œil par-dessus mon épaule, espérant qu'Emma sera bientôt là. J'ai besoin de son soutien en ce moment. Je ne sais pas combien de temps encore je pourrai supporter Jaxson, parler avec lui, prétendre que tout va bien, parce que ce n'est pas le cas.

— Je vais te préparer une boisson spéciale, dit-il en prenant un verre à alcool sous le comptoir.

Je le regarde sans mot dire couper un piment jalapeno en deux et le placer dans le verre.

Mon estomac fait une culbute. Je n'aime pas les boissons ou les aliments épicés. Puis il verse de la tequila et plusieurs traits de sauce piquante dans le verre avant de faire glisser la concoction sur le bar.

— Ton Anus Burner. J'espère que tu vas aimer.

Ses yeux pétillent de rire avant qu'il ne traverse le bar pour aider un autre client.

— Je suppose que je l'ai mérité, marmonné-je dans mon souffle.

— Qu'est-ce que c'est ? demande Emma.

Je me retourne sur ma chaise et j'enlève mon manteau.

— Je t'ai gardé une place.

— Je vois que tu as rencontré le barman. Elle s'assoit et s'appuie contre le bar, faisant signe à Jaxson pour attirer son attention. Jaxson !

Il ignore Emma parce qu'elle est avec moi.

— Je m'excuse d'avance s'il te prépare une boisson de merde. Nous ne sommes pas dans les meilleurs termes.

— Attends, tu connais mon petit ami ? Emma se déplace pour me faire face.

J'écarquille les yeux et je sirote la boisson pour ne pas avoir à dire quoi que ce soit, oubliant momentanément la concoction chaude et dégoûtante jusqu'à ce qu'elle touche mes lèvres.

Je tousse et essaye de ne pas m'étouffer.

— Nous sommes voisins, dis-je, ne voulant rien confier d'autre. Depuis combien de temps sont-ils ensemble ? Jaxson n'en avait pas parlé lors de notre première rencontre, mais c'était il y a plus d'un mois.

CHAPITRE QUATORZE

JAXSON

Que diable fait-elle au bar ? Ce n'est pas assez qu'Ariella vienne prendre un verre, mais maintenant Emma la rejoint.

Elles sont sérieusement amies ?

Je veux aller dehors et tirer sur quelque chose.

— Jaxson !

La voix d'Emma résonne dans le bar, mais je l'ignore. Y a-t-il une chance qu'elle s'en aille ?

Je la voyais me faire signe, se penchant sur le bar, essayant d'attirer mon attention.

J'expire une lourde respiration. Je ne peux pas l'ignorer pour toujours, même si je le veux.

Ce n'était pas assez difficile de faire face à Ariella, mais maintenant je dois faire face à la mère de mon enfant, la femme qui a piétiné mon cœur et abandonné Izzie. Je l'ai déjà confrontée et j'espérais qu'elle serait retournée en Californie, mais il semble que je n'aie pas eu cette chance.

En ravalant la bile qui monte dans ma gorge, je fais un faux sourire, tout joyeux.

— N'est-il pas génial ? dit Emma avec un sourire à mille watts. Elle joue de son charme. On peut être deux à jouer à ce jeu.

— Ouais, dit Ariella. Elle se déplace sur le tabouret, semblant très mal à l'aise.

Est-ce à cause du bruleur d'anus ou parce qu'elle ne s'attendait pas à me voir ? Je ne suis pas non plus très heureux d'être tombé sur elle.

— Qu'est-ce que tu veux, Emma ?

Emma bat des cils, me souriant avec un sourire suffisant.

— A part toi ?

— Ça ne fait pas partie du menu, dis-je en essayant de rester professionnel.

Ariella sait-elle qu'Emma est la mère d'Isabella ? Elles ont toutes les deux été embauchées au Blue Sky Resort.

Sont-elles maintenant amies ? Je ne veux pas demander car je ne suis pas préparé à la réponse.

Ariella sirote son verre et grimace.

— Tu vas tout avaler, jusqu'à la dernière goutte, dis-je en la regardant.

Mon Dieu, je suis tout excité en ce moment, à regarder ses doigts caresser le bord du verre à liqueur.

Depuis combien de temps n'ai-je pas été avec une femme ? Le fait que je ne m'en souvienne pas signifie que ça fait trop longtemps, bon sang.

Elle porte le verre à ses lèvres, la bouche entrouverte, et boit la concoction dégoûtante que j'avais eu le déplaisir de gouter il y a plusieurs années, grâce à mes copains de l'armée.

Les yeux d'Ariella se ferment et elle grimace en avalant la boisson, faisant claquer le verre vide contre le comptoir en bois.

— Je veux un Screwdriver, dit-elle, sans détour.

Emma jette un regard d'Ariella à moi, les sourcils froncés.

— Fais-moi un Sex on the Beach.

— Tu auras ce que je te donnerai, dis-je.

Nous n'en avons pas fini, loin de là.

Je prends un shaker et mélange glace, vodka, jus d'orange, jus de citron et triple sec. Puis je le filtre et le recouvre de ginger ale.

Je tends la boisson à Emma.

— Eh bien, au moins ce n'est pas ce que tu as eu, dit Emma à Ariella.

— Profite de ta douche dorée.

J'attrape un autre verre sous le bar pour le servir à Ariella.

Emma fixe l'alcool, un regard de dégoût sur son visage.

— Pourquoi est-ce que tu dois être un tel con ?

— C'est ce que j'ai dit, ajoute Ariella. Enfin, je ne me souviens pas si je l'ai dit à haute voix, mais je l'ai pensé.

— Ne t'inquiète pas, ton verre est le prochain, dis-je. Je ne t'ai pas oublié.

Autant que je méprise Emma, Ariella me frustre, mais je ne la déteste pas.

Pas vraiment.

J'ai eu un mois pour me faire à l'idée qu'elle avait menti et ne m'avait pas dit qui elle était. Ça m'a fait mal, mais nous n'étions pas ensemble. Elle ne me devait rien.

Je ne veux pas lui dire que j'ai été dur, et je ne vais certainement pas m'excuser, mais je dois faire quelque chose.

— Je ne suis pas sûre d'avoir soif, dit Ariella en jetant un coup d'œil à la boisson d'Emma.

Je prends un autre shaker et mélange de la glace, de la vodka, du schnapps à la pêche, du jus d'orange et du jus de canneberge. J'ai déjà bu cette concoction et je l'ai plutôt appréciée, malgré son nom.

Je sers sa boisson avec de la glace, en faisant glisser le verre vers Ariella.

— Profite de ton Tight Snatch, dis-je en la fixant, refusant de reculer.

— Pourquoi tu n'as pas pu me faire ça ? dit Emma, en attrapant le verre d'Ariella.

Ariella le dégage d'Emma et le porte à ses lèvres, avec un léger sourire.

— Tu sais exactement ce que j'aime.

Essaye-t-elle de flirter avec moi ?

J'ai été un con avec elle ce soir et elle essaye de renouer avec moi ? C'est l'alcool qui parle ?

Je la stopperai ici. Je n'ai pas besoin qu'elle ait un accident en rentrant chez elle ce soir.

— Hey, mesdames, dit Declan en s'approchant du bar. Il met un bras autour d'Ariella et l'autre autour d'Emma.

— Declan ! couine Emma, les yeux écarquillés. Peux-tu dire à ce grincheux de me préparer une boisson que j'aime ?

Declan renifle et désigne la boisson teintée de jaune.

— Qu'est-ce qu'il t'a préparé ?

— Une douche dorée, dis-je en souriant. On sait tous qu'elle le mérite.

— Aïe, dit Declan avant de s'éloigner des dames.

Il passe de l'autre côté, derrière le bar. Il se tourne vers moi, en gardant sa voix basse pour que je sois le seul à l'entendre.

— Prends ta soirée. Tu ne rends pas service à Lincoln en te mettant à dos les clients.

Je ne suis pas du genre à m'éloigner ou à reculer.

— Lincoln m'a demandé de l'aide.

— Ouais, mais je ne pense pas qu'il va apprécier quand ses clients ne reviendront pas parce que tu leur donnes des boissons dégoûtantes.

— Mon Tight Snatch est plutôt bon, dit Ariella.

Elles peuvent entendre notre conversation. Elle sirote sa boisson, m'offrant un sourire chaleureux.

Declan m'attrape par le bras et me traine dans l'arrière-salle, hors de portée de voix des clients.

— Mais qu'est-ce qui se passe ?

— Emma est maintenant amie avec Ariella !

Je ne peux pas laisser passer ça.

Comme si le retour d'Emma ne suffisait pas, elle se fait maintenant des amis en ville. Pour moi, cela signifie qu'elle n'a pas l'intention de partir de sitôt.

— Oh, l'horreur, dit Declan en riant et en roulant des yeux. Je t'ai vu affronter des situations bien pires et ne pas transpirer. Ces deux femmes t'ont mis dans tous tes états, Jaxson. Rentre chez toi, vide ta tête.

— Je ne peux pas faire ça.

Je ne veux pas partir. Lincoln a besoin de moi, et je n'ai pas vu Ariella depuis un mois.

Même si je suis en colère contre elle, je suis content de la voir. Ça veut dire qu'elle est toujours à Breckenridge et qu'elle n'est pas partie à cause de moi.

— Merde, mec. Tu as le béguin. Je ne suis pas sûr pour laquelle.

Je croise mes bras sur ma poitrine, le visage neutre.

— Tu es confus.

— Je pense que c'est toi qui es confus, dit Declan. Je sais que tu es en colère contre Emma, mais elle t'a parlé d'Izzie. Tu pourrais lui donner une seconde chance.

Emma ?

Est-ce qu'il pense que j'ai encore des sentiments pour Emma ?

— Emma est la mère de mon enfant, mais c'est tout. Je ne peux même pas la regarder de cette façon, sachant qu'elle a voulu abandonner Izzie, ma fille, à un étranger.

— Eh bien, elle a fait ce qu'il fallait. Elle n'a pas menti sur le fait de ne pas savoir qui était le père, et elle est venue te voir. Ça n'a pas dû être facile.

Il a raison. Ca n'avait été facile pour aucun d'entre nous.

— Ce n'est pas à propos d'Emma.

— Bien sûr, ça ne l'est pas. Les yeux de Declan se rétrécissent. Alors, c'est à propos d'Ariella ?

— Non, dis-je, répondant un peu trop vite et avec force.

Declan sourit.

— Ok, bien. Je sais qu'elle a un passé, mais elle est sexy. Si tu ne l'invites pas à sortir, je le ferai.

— Tu n'as pas intérêt !

L'idée que Declan ramène Ariella chez lui me fait bouillir le sang.

Sourire en coin, il sort à reculons de la salle et s'approche du bar.

— Je n'aurais jamais cru que tu étais du genre jaloux.

— Putain, marmonné-je dans mon souffle en retournant aider le barman. Moi non plus.

Au premier regard, je ne vois pas Ariella ou Emma. Elles se sont toutes les deux levées et dansent maintenant sur la musique qui a été augmentée.

Un verre à la main, Ariella se balance sur la musique. Ses hanches font des choses qui font réagir mon corps d'une manière à laquelle je n'étais pas préparé ce soir.

J'ai du mal à me concentrer sur autre chose qu'elle alors que je me tiens derrière le bar.

Ariella me regarde et sourit. Que ce soit à cause des boissons ou du fait qu'elle s'amuse, je ne saurais dire.

Elle fait un signe de tête dans ma direction, me reconnaissant.

Je détourne mon regard d'elle. Elle m'a menti, m'a fait croire qu'elle avait besoin d'aide et d'argent, et j'ai été le pigeon qui lui a acheté un foutu réfrigérateur.

Je me déteste pour ça, mais encore plus, je déteste Ariella pour ce qu'elle me fait ressentir.

Un gentleman que je ne reconnais pas s'approche d'elle, dansant contre elle, s'interposant entre elle et Emma.

Le jeune homme est plus petit que moi et pèse quelques kilos de plus, mais pas en muscles.

Je n'ai pas à m'inquiéter qu'il lui vole son intérêt, non ? Il n'est pas si séduisant.

Ariella rit et feint un sourire.

Est-ce qu'elle lui parle ? Je ne peux pas y croire. Je fixe le comptoir, prends un chiffon, frotte le bois, fort comme si cela pouvait faire disparaître la colère et la douleur qui irradient dans ma poitrine.

Je refuse de lever mon regard vers le haut.

Je ne veux pas voir un autre homme flirter avec Ariella. Même si je suis en colère contre elle, elle est inaccessible à toute autre personne.

Mes mains se crispent en poings, et je jette le chiffon sur le sol. Mes pieds claquent contre le carrelage quand j'arrive de derrière le bar.

Ses yeux bleus s'agrandissent à mon approche, et elle se déplace maladroitement, levant une main pour dire au gentleman de reculer.

— S'il te plait recule, dit Ariella.

Sa voix est douce, timide, pas du tout menaçante.

— Oh... allez ! gémit l'homme en s'approchant. Ses lèvres frôlent son oreille et il lui murmure quelque chose.

Je me précipite sur la piste de danse, pour m'assurer qu'elle va bien.

Je me place entre lui et Ariella et je passe mon bras autour d'elle.

— Désolé, je suis en retard, bébé, dis-je en posant mes lèvres sur les siennes.

Soit je sauvais ses fesses, soit j'étais sur le point de me faire frapper.

CHAPITRE QUINZE

ARIELLA

Sorti de nulle part, il m'embrasse.

J'ouvre la bouche pour demander à Jaxson ce qu'il est en train de faire quand sa langue glisse dedans, ce qui me rend encore plus muette.

De la sueur coule sur mon front et mon cœur s'emballe lorsque j'arrête de bouger sur la piste de danse.

Mon corps réagit à sa langue dans ma bouche et à ses mains autour de mes hanches, me tirant plus près, plus serré, plus fort. Il est blotti contre ma cuisse.

J'avale la boule dans ma gorge et me retire lentement.

Jaxson me regarde fixement. Ses doigts passent dans le bas de mon dos et glissent sous ma chemise.

Je frissonne à son contact.

Mes entrailles fondent et font trembler mes genoux.

— On dirait qu'il est parti, dit Jaxson, bien que ses yeux ne semblent pas quitter mon regard.

— Quoi ? Oh, c'est vrai.

Est-ce pour cela qu'il m'a embrassé intimement, pour éloigner le loser ivre qui n'acceptait pas « non » comme réponse ?

J'aurais pu m'en occuper toute seule.

Puis il s'approche et verrouille ses lèvres avec les miennes. Je me penche plus près, et mon souffle caresse son oreille dans un murmure.

— Je suppose que je dois te remercier d'être venu à mon secours.

Emma n'a pas été d'une grande aide. Elle n'est nulle part en vue, alors que je dansais avec elle un instant plus tôt.

— Où est partie Emma ?

Je me détache de l'étreinte de Jaxson.

— Elle est probablement partie quand j'ai commencé à t'embrasser.

— Elle t'aime bien, dis-je.

Je ne veux pas me mettre entre eux.

Ses mains ne se détachent pas des miennes, ses doigts caressant le bas de mon dos contre ma peau nue dans des mouvements apaisants. Son toucher a une façon d'être hypnotique, me berçant plus près de lui.

— Ce qu'Emma et moi avions s'est terminé bien avant que tu n'arrives ici, dit Jaxson.

Emma le sait-t-elle ?

Elle m'a dit que Jaxson était son petit-ami. Voulait-elle juste que ce soit vrai ?

— Je travaille avec Emma. Elle est l'une des rares amies que je me suis faite en ville.

Elle est la seule.

J'ai renié tout le monde chez moi, et je ne veux pas le faire ici.

C'était ma seconde chance, un nouveau départ où presque personne ne connait mon passé.

— Elle t'a dit qu'elle était la mère biologique d'Izzie ? demande Jaxson.

— Quoi ?

Je fais un pas en arrière, la nouvelle me frappant comme un couteau dans la poitrine. Le bar est humide, étouffant.

Je m'échappe de l'étreinte de Jaxson et je traverse le hall, cherchant la porte de sortie.

J'ai besoin d'air.

J'ai besoin de me rafraîchir avant de vomir.

En trébuchant dans les affres des clients, je trouve le chemin du couloir et de la sortie arrière, dans l'air glacial de la nuit.

L'obscurité enveloppe le ciel. La nouvelle lune n'offre aucune lumière, et bien que les étoiles soient abondantes, cela ne m'aide pas à voir plus que mes mains devant moi.

Je me penche en avant, prenant plusieurs respirations profondes. Je n'ai pas besoin de voir pour savoir que je suis sur le point de vomir.

Cela a probablement plus à voir avec l'adrénaline qui traverse mon système qu'autre chose, mais je suis usée et épuisée.

— Ariella, dit Jaxson, en se précipitant dehors après moi. Il pose une main chaude et rassurante sur mon dos.

Je veux m'éloigner de lui, lui dire de ne pas me toucher, que je n'ai rien à faire avec lui, mais je n'y arrive pas.

Les mots ne viennent pas.

Mon corps est trop fatigué pour parler, trop épuisé pour expliquer mes pensées qui s'emballent. Je ne pourrais jamais le rendre heureux, pas comme Emma le pourrait.

— Respire, dit-il, en frottant mon dos sur mon pull.

Il fait froid dehors sans manteau, et ce n'est que maintenant que je ressens autre chose que la chaleur du brasier qui fait rage en moi.

— Tu frissonnes. Tu crois que tu peux rentrer à l'intérieur ? Je peux nous trouver un endroit tranquille où nous asseoir.

Je hoche la tête, mais je ne parle pas. J'oublie qu'il ne voit probablement pas grand-chose dans l'obscurité.

— Oui.

Il me ramène dans le bar, à travers la foule des clients, des locaux et des étrangers en vacances ou en séjour dans le complexe. Jaxson prend ma main et me conduit sans mot dire vers l'escalier de service.

— Où allons-nous ? demandé-je finalement, fatigué par la montée d'adrénaline de tout à l'heure.

Certaines personnes trouvent le réflexe de combat ou de fuite stimulant. Je le trouve épuisant.

Je n'ai jamais compris les gens qui aiment sauter à l'élastique ou se jeter d'un avion avec un parachute. Je préfère un mode de vie bien moins excitant.

— Lincoln a un appartement à l'étage. On peut s'y installer pour un petit moment. C'est mieux que dehors, et quand tu te sentiras mieux, je pourrai te ramener chez toi.

Il doit penser que je ne tiens pas l'alcool, et même si je suis un poids plume, l'un n'a rien à voir avec l'autre.

Jaxson déverrouille la porte, allume la lumière et me conduit à l'intérieur, une main sur le bas de mon dos tandis qu'il me guide pour m'asseoir sur le canapé.

— Merci, murmuré-je, en le regardant fixement.

Il semble être en mission, ouvrant le réfrigérateur pour se servir quelque chose. Apparemment, ça ne dérange pas Lincoln.

— Bois ça, dit-il, en m'apportant une bouteille d'eau. Tu as besoin de crackers aussi ?

Il me tends l'eau puis, avant que je puisse répondre, commence à ouvrir les armoires à la recherche, vraisemblablement, de crackers.

— Ça ira très bien. Merci.

Mes mains tremblent alors que je m'assieds sur le canapé. Je lutte pour ouvrir cette stupide bouteille d'eau.

La plupart des gens ne remarquent pas mon tremblement, mais quand mon adrénaline me bat à mon propre jeu d'essayer de faire la dure, il devient assez visible.

— Combien de verres as-tu bu ce soir ? Est-ce que ce crétin s'est approché de ton verre ? Jaxson fronce les sourcil en venant s'asseoir à côté de moi sur le canapé. Merde.

— Quoi ?

Est-ce qu'il vient juste de remarquer le tremblement ?

— Non, je n'ai laissé personne d'autre que toi s'approcher de mes boissons ce soir. Je n'en ai bu que deux. C'est pas si grave.

Je pousse la bouteille d'eau en plastique et mes mains entre mes jambes, espérant arrêter le tremblement, mais ce n'est pas seulement mes mains qui tremblent. Mes jambes aussi.

Putain, je déteste mon corps. Il me trahit chaque fois que j'ai une poussée d'émotions qui fait s'emballer mon cœur.

S'asseoir m'aide énormément, et si les tremblements n'ont pas disparu, je n'ai plus le creux de l'estomac lourd comme si j'allais vomir ou m'évanouir.

Il remarque la bouteille non ouverte dans ma main et me la prend, desserrant le couvercle avant de me la rendre.

— C'est ma faute ?

Pourquoi saute-t-il à cette conclusion ?

Comment ça pourrait être sa faute ?

— Jaxson, ce que tu dis n'a aucun sens.

Je bois l'eau à petites gorgées, utilisant mes deux mains pour ne pas en renverser le contenu sur moi. Ce satané tremblement ne m'aide pas non plus.

Pourquoi ne puis-je pas vivre une vie normale comme tout le monde ?

Pourquoi ai-je la malchance d'être au milieu de la trentaine avec un système nerveux autonome qui me déteste ? Je m'en suis accommodée toute seul pendant des années, mais cela peut faire peur aux nouvelles personnes.

— La boisson que je t'ai préparée, dit-il, en fixant mes mains, regardant comment je porte la bouteille d'eau à mes lèvres pour une nouvelle gorgée. J'ai été un connard.

— Tu étais fou, dis-je, lui ayant déjà pardonné.

Il m'a sauvé sur la piste de danse. Ce baiser brûlant et passionné a aussi aidé. Je vais y penser pendant des mois.

— Je peux t'assurer que la boisson dégoûtante que tu as préparée n'est pas responsable.

— Dois-je appeler un médecin ? Ton visage est rouge.

— Mon cœur s'emballe aussi, dis-je en riant. Je suis habituée à ces symptômes, et je déteste quand ils prennent le contrôle de ma vie.

— Détends-toi. Assieds-toi avec moi, dis-je.

J'aime sa compagnie, même si je ne suis pas sûre d'être prête à lui avouer tout ça.

— Ok, dit-il avant de s'assoir sur le canapé. Il n'a pas l'air le moins du monde détendu.

Jaxson déplace une jambe sur l'autre. Puis il pose son pied, réorganisant sa position sur le canapé avant de poser deux pieds.

Je reste assise là, sans bouger, à le regarder se tortiller littéralement sur son siège.

— Tu as des fourmis dans ton pantalon ?

— Je suis content que tu te sentes capable de faire une blague et de trouver tout ça drôle.

— Je n'irais pas jusque-là, dis-je portant la bouteille d'eau à mes lèvres pour en boire une nouvelle gorgée. Je suppose que je suis juste habituée à ça, et même si ce n'est pas drôle, je peux généralement sentir la spirale avant la chute.

— Est-ce que ça arrive souvent ? demande Jaxson. Il se penche en avant, les mains croisées sur ses genoux, ses yeux ne quittant pas les miens.

Je n'ai pas l'habitude de parler de mes problèmes de santé avec quelqu'un d'autre que mon médecin à la maison. Il faut que je trouve un nouveau médecin à Breckenridge, même si un neurologue spécialisé dans les troubles autonomes ne sera pas facile à trouver.

— Ça arrive de temps en temps.

Je ne développe pas. Je ne suis pas sûre de vouloir me confier à lui. Tous ceux en qui j'ai eu confiance m'ont tous trahi.

— On n'est pas obligé d'en parler si ça te met mal à l'aise, dit Jaxson.

Expirant un gros soupir, je m'adosse au canapé, le laissant bercer mon corps autant que possible. Il est bien plus confortable que mon canapé à la maison. Un jour ou l'autre, j'aurai envie d'acheter de nouveaux meubles, mais j'ai des factures à payer.

— Où est Izzie ?

— Elle est à la maison avec ma sœur, qui est en ville pour la semaine.

— Pourquoi n'es-tu pas à la maison avec ta famille ?

Cela me surprend, cependant. Je n'en sais pas tant que ça sur lui. Nous n'avons pas été en bons termes jusqu'à aujourd'hui.

Jaxson s'étire, son bras tombant autour de mes épaules sur le dossier du canapé.

Je lui lance un regard, et il m'adresse un sourire timide avant de recentrer son attention sur le mur.

— Elle est difficile à gérer.

— Ta sœur ou Izzie ?

— Les deux. Jaxson renifle en riant sous cape. Izzie met ma patience à l'épreuve comme le font tous les enfants de trois ans, et ma sœur, Skylar, est tout aussi ennuyeuse.

Je tiens ma langue, souriant en regardant Jaxson.

— Est-ce qu'elle vit loin d'ici ? demandé-je.

— Elle est à environ quatre heures de route, ce qui signifie qu'elle n'a pas l'intention de partir ce soir.

— C'est dommage. J'espérais que tu me montres ta chambre, mais je suppose que si tu as une invitée...

Il gémit.

— Tu es en train de me tuer.

— D'une certaine manière, j'en doute, dis-je, me déplaçant pour lui faire face.

Je repose ma main sur sa poitrine et tapote sa chemise de façon rassurante.

— Je pense que tu peux supporter un petit moment en famille. Tu es un dur à cuire. Je veux dire, tu travailles dans ce truc de Tactique de l'Aigle.

Je ne sais pas tout ce que cela implique, mais c'est un travail à haute adrénaline, quelque chose que je ne pourrais jamais faire.

Bien que j'aie déjà occupé un poste très en vue, mes responsabilités n'avaient jamais comporté le même type de risque. On m'avait confié la surveillance depuis un ordinateur, souvent derrière un bureau, quelque part dans le monde. Un autre secret.

Il attrape mon poignet, ses doigts s'entrecroisent avec les miens.

— Tu es toujours en mode allumeuse ? demande Jaxson en se penchant plus près.

Une main tient la mienne. L'autre, qui a serpenté autour du canapé, est maintenant emmêlée dans mes cheveux. Il me tire plus près et sur ses genoux.

Surprise, je renverse la bouteille d'eau ouverte sur sa chemise et son pantalon.

Il crie à cause du froid et je saute de son corps comme si je venais de le mutiler.

Ma main se pose sur mon cœur, réalisant ce qui vient de se passer.

— Tu vas me faire faire une crise cardiaque.

— Au moins, on ne dirait pas que tu as joui dans ton pantalon.

Je ricane dans mon souffle. Même si j'essaye de ne pas sourire, ça semble être une tâche impossible.

— Tu aurais pu te pisser dessus ?

— Oui, parce que c'est tellement mieux.

— Le sarcasme, c'est pas ton truc, dis-je.

Il attrape un essuie-main de la cuisine et tapote son pantalon pour le sécher dans une tentative boiteuse.

— Tu as besoin d'un coup de main ?

Je m'assieds sur le canapé, l'observant, attendant qu'il se calme.

Il continue à éponger son entrejambe trempé, sa chemise humide oubliée.

Cela n'a pas l'air de le déranger.

— Personne ne va voir. C'est juste toi et moi.

Je lui rappelle que nous sommes seuls.

— Il y a sûrement un sèche-linge par ici. Tu peux enlever tes vêtements et les mettre dedans. Mets-le en marche pendant quelques minutes.

— Tu aimerais ça, n'est-ce pas ? C'était ton plan depuis le début ?

Il enlève d'abord sa chemise, la met en boule et me la jette sur le canapé.

Ses mains vont vers le bouton de son jean, le détachent avant de faire glisser la fermeture éclair.

Le temps s'arrête alors que je retiens mon souffle, attendant qu'il finisse de se déshabiller.

— Oui, tu m'as cerné. Je voulais te mettre à poil dans la maison de Lincoln, dis-je en couvrant mon énorme sourire qui semble impossible à cacher.

Jaxson fait glisser son jean et me le jette.

— Tu t'attends à ce que je fasse ta lessive ? Au cas où tu n'aurais pas compris, on n'est pas dans les années 50.

Je ne peux pas détacher mes yeux de lui.

Torse nu, il a un corps impressionnant. Il n'a pas besoin d'être bronzé pour montrer ses muscles.

Mes yeux tombent sur son corps, examinant chaque centimètre que je pouvais voir, son boxer faisant obstacle à toute chose plus excitante.

— Tu as de la chance, dit Jaxson. Il s'approche de moi, penché en avant, à moitié nu.

J'expire un souffle lourd.

Mon corps répond de la même manière, voulant le toucher, le goûter et explorer tout ce qu'il a à offrir. Je lutte pour garder les yeux ouverts, son corps planant, me taquinant.

Je me rapproche de lui lorsqu'il se penche, voulant un baiser, un goût de ce qu'il offre. Le baiser dans le bar ne m'a pas rassasié.

J'en veux plus.

Être près de lui, à moitié nu, remue mes entrailles et me rend agitée sous lui. Il plane au-dessus de moi, ses yeux me transpercent.

Jaxson arrache ses vêtements mouillés de ma main, me laissant sans souffle et haletante.

— Quelle allumeuse, murmuré-je dans mon souffle.

Une voix près de la porte s'éclaircie, plutôt bruyamment, pour attirer notre attention.

Jaxson fait un pas en arrière, les vêtements mouillés à la main, en se retournant pour voir qui est entré dans l'appartement.

— Vous n'auriez pas pu aller chez Jaxson ? demande Lincoln.

Il ferme la porte derrière lui et se dirige vers la cuisine, ses pas lourds contre le sol.

Ce n'est pas une question rhétorique.

— S'il te plaît, fais-moi une faveur et ne fais rien sur ce canapé. Je l'aime bien et je détesterais avoir à le jeter ou à le brûler après que le cul de Jaxson se soit retrouvé sur le cuir.

Lincoln a le sens de l'humour. Je ris et je couvre mes lèvres.

— On venait juste ici pour se reposer.

C'est une excuse bidon, mais je ne veux pas lui dire la vraie raison et affronter sa pitié.

— Bien sûr.

Il jette un coup d'œil à Jaxson qui se tient debout, vêtu seulement de son caleçon et souriant.

— Crois-le ou non, elle a renversé de l'eau sur moi, et j'étais sur le point de mettre mes vêtements dans ton sèche-linge.

— C'est une nouvelle excuse, et je n'y crois pas, dit Lincoln.

Jaxson me fixe, attendant mon avis.

— Donne-moi un coup de main.

Je prends une autre gorgée de la bouteille d'eau presque vide.

— Tu te débrouilles très bien.

C'est amusant de le voir s'agiter et se faire taquiner par son ami.

Lincoln n'a pas l'air en colère, et même s'il n'est probablement pas ravi de voir des invités chez lui, il ne nous met pas encore dehors non plus.

Lincoln pointe Jaxson du doigt.

Est-ce que ce type essaie de profiter de toi, parce que si c'est le cas, je vais lui botter le cul ?

Il s'approche de Jaxson, lui tendant la main vers les vêtements mouillés.

Est-ce qu'il vérifie si j'ai renversé de l'eau sur lui ?

— C'est un vrai gentleman, dis-je.

Lincoln grogne dans son souffle, satisfait des vêtements mouillés.

— Je vais mettre ça dans le sèche-linge. Tu peux emprunter quelque chose à moi dans la commode. Je préfère ne pas t'avoir à moitié nue dans mon salon.

— Ohhh, pleurniché-je en signe de protestation. J'apprécie le spectacle.

Lincoln fait des pas lourds dans le couloir, des vêtements mouillés à la main.

— Eh bien, pas moi, et je vis ici.

— C'est juste.

Je finis la dernière goutte de mon eau, me sentant déjà beaucoup mieux. Peut-être est-ce le badinage, le fait que les deux hommes m'aient fait oublier tout ce qui me tracassait.

Je n'avais pas réalisé que Jaxson avait disparu dans le couloir jusqu'à ce qu'il revienne dans le salon portant un jogging gris et un t-shirt noir.

— Bon, où en étions-nous ? demande-t-il, en s'approchant du canapé.

Il se tient devant moi, planant au-dessus de moi alors que je le fixe. Ses jambes chevauchent les miennes, me taquinant sans même me toucher.

Je gémis en signe de protestation. Le fait d'être à proximité de lui, de l'avoir vu à moitié dévêtu quelques instants plus tôt, me donne encore plus envie de lui.

Comme si le baiser n'avait pas été ma perte initiale.

— Tu étais sur le point de me dire pourquoi tu n'as pas de petite amie dis-je.

CHAPITRE SEIZE

JAXSON

— Je peux répondre à cette question, interrompt Lincoln en retournant dans le salon.

— Je préférerais que tu ne le fasses pas, lancé-je, en espérant qu'il se mêle de ses affaires.

Je lance un regard furieux à Lincoln, l'avertissant de se taire.

Il n'a aucun problème pour décrocher des rendez-vous avec les femmes. Il a toujours été capable de ramasser n'importe quelle fille dans un bar et de la ramener à la maison. Le fait de posséder un appartement au-dessus du bar dans lequel il travaille l'aide forcément.

Je ne veux pas penser à toutes les femmes qu'il a eues sur le canapé où Ariella est assise.

Elle me fixe avec des yeux sombres et pleins d'âme, ses joues encore rouges mais pas autant qu'elles l'étaient plus tôt quand je l'ai amenée à l'étage pour qu'elle se repose.

— Tu n'as pas des repas à préparer ? demandé-je.

— Je suis monté à l'étage pour savoir pourquoi tu ne tenais pas le bar. Imagine ma surprise quand je vous ai trouvés, Ariella et toi, chez moi, déjà déshabillés.

— C'est vraiment parce que je lui ai renversé de l'eau dessus, dit Ariella, la voix douce et timide. A-t-elle peur de Lincoln ? C'est un grand garçon, tout comme moi, tout comme le reste de notre bande de frères qui ont servi.

— Ne laisse pas de tache sur le canapé. Je ne veux pas avoir à le remplacer, plaisante-t-il avant de se retirer par la porte et de redescendre par les escaliers.

— J'espère que je ne t'ai pas causé d'ennuis, dit Ariella en regardant ses genoux.

Je tends la main vers le bas, mon pouce guidant son menton vers le haut pour qu'elle me fasse face. Je veux la regarder dans les yeux, voir la vérité, savoir ce qu'elle pense.

Investir mon temps et mon énergie dans une femme qui pourrait ne jamais vouloir s'engager est dangereux.

Elle m'a menti, et je ne peux toujours pas laisser passer ça, le soupçon tenace qu'il y a peut-être plus qu'elle ne me dit pas.

Mon corps m'a trahi lorsque je l'embrassais sur la piste de danse, et alors que je garde habituellement la tête froide, je n'y arrive pas avec elle.

Je relâche ma prise sur son menton, incapable d'arracher mon regard d'elle, transi.

— Tu n'as jamais répondu à ma question, chuchote Ariella en me fixant.

Je laisse échapper un lourd soupir, ne sachant pas comment répondre. C'est bien plus compliqué que de ne pas avoir de petite amie. Elle sait pour Izzie.

— Isabella est un engagement à vie. Disons que tout le monde ne ressent pas la même chose.

— Je n'y crois pas, chuchote Ariella. Elle me prends la main et fait un signe de tête vers le siège vide du canapé.

Je m'effondre sur le cuir, la matière s'enfonçant autour de mon corps, confortable après une longue journée.

— Je ne veux pas perdre mon temps avec une femme qui n'a pas envie d'être là sur le long terme.

— Et Emma ? Pourquoi n'es-tu pas avec elle ?

Je passe une main dans mes cheveux, les ébouriffant. Elle sait vraiment comment poser les questions difficiles.

— Je ne l'aime pas.

La réponse peut-elle être aussi simple que ça ?

C'est la vérité.

Nous n'avons jamais été amoureux.

— Oh, dit Ariella, sa voix douce et sa bouche en forme de « o ».

— Elle est venue en ville il y a quelques années pour des vacances en famille avec sa sœur et ses enfants. Pendant qu'ils faisaient du snowboard, elle est venue au bar pour boire un verre. C'est comme ça que nous nous sommes rencontrés. On s'est tous les deux saoulés et on a fini chez moi.

C'est littéralement aussi simple que ça en a l'air. Je laisse de côté la partie où je suis parti me bourrer la gueule après la visite de ma sœur. La maison était calme, vide, et j'avais besoin d'assourdir mon cœur de son harcèlement et de ses reproches de la mort de notre père.

— Eh bien, il est évident pour moi qu'elle veut que tu reviennes.

Elle se déplace sur le canapé, s'éloigne légèrement, fait glisser ses jambes sur le cuir et sur le côté, les replie sous elle.

J'ai vu comment Emma avait agi aujourd'hui, et je ne peux pas dire que j'étais surpris.

J'ai été choquée quand j'ai découvert qu'elle avait déménagé à Breckenridge pour un travail.

Après la colère initiale, le dégoût s'est dissipé. Elle a le droit de vivre où elle veut, mais cela ne signifie pas que je dois lui donner la garde ou la laisser voir Isabella. Ce n'est pas une conversation que je dois avoir avec Ariella.

— Vouloir récupérer quelqu'un implique qu'il est à toi à l'origine. Cela n'a jamais été le cas. Nous n'avons jamais été amis ou amants. Nous avons passé un après-midi d'ivresse ensemble, et c'était une mauvaise erreur de jugement.

C'était la seule fois où j'avais eu une aventure d'un soir et voyez où ça m'a mené.

— Elle ne m'a pas dit ça.

Je ne m'attendais pas à ce qu'elle le fasse. Même si je ne connais pas très bien Emma, je ne pense pas vraiment qu'elle honnête dans ce qu'elle dit à Ariella, même si elles sont amies.

— Je ne suis pas surpris. Cela n'a pas fonctionné à son avantage. Elle pense que nous sommes plus que ce que nous sommes vraiment, surtout après Izzie."

Je ne veux pas d'Emma.

Je ne suis même pas sûre de vouloir risquer mon cœur avec Ariella, mais je regrette de ne pas avoir essayé. Il y a quelque chose en elle qui me captive.

— Et toi ? D'autres secrets que je devrais connaître ? demandé-je.

Elle pince les lèvres, les yeux serrés.

— Je suis littéralement un livre ouvert sur Internet. Cherche mon nom, et tu trouveras tous les détails de ma vie.

C'est si simple ?

— "C'est pour ça que tu ne m'as pas dit ton vrai nom ?

Avait-elle peur que je ne puisse pas supporter de savoir qui elle était ? Cela n'avait pas été plaisant, d'apprendre que son ex-mari avait été responsable du vol de l'argent des investisseurs.

Je ne lui reproche plus d'être impliquée. Elle a été poursuivie et acquittée. Bien que je n'aie pas suivi son affaire d'aussi près que celle de son ex-mari, j'ai fait quelques recherches après avoir découvert qu'elle m'avait menti.

— Je voulais une seconde chance et repartir à zéro. Des menaces de mort ont été proférées contre moi lorsque j'étais mariée à ce salaud. Des briques avaient été jetées à travers nos fenêtres, et quelqu'un avait fait des graffitis sur le revêtement et les portes. Pendant des mois, j'avais peur de rentrer chez moi, je dormais dans ma voiture là où je travaillais. Cela n'a pas duré. J'ai été licencié, et bien que j'aie été acquitté, ce n'était pas comme s'ils me proposaient de récupérer mon travail. Ils m'ont dit que j'étais une mauvaise publicité et que je prenais trop de risques.

Je peux sentir sa frustration.

Son ton devient plus fort, plus déterminé à mesure qu'elle parle. Elle se redresse et pousse une mèche de ses cheveux noirs derrière son oreille.

— Je pensais que l'absence de publicité était une mauvaise publicité, dis-je. Je suppose que ce n'est pas vrai.

— C'est un mensonge, dit Ariella.

J'essaye de garder la tête froide, de rester calme.

Entendre que sa vie était en danger m'inquiète. J'ai eu affaire à des personnes déséquilibrées dans mon travail.

— Les menaces ont-elles cessé depuis que tu as emménagé ici ? demandé-je.

Elle me dirait si elle était en danger, n'est-ce pas ?

Lentement, elle hoche la tête.

— Personne ne semble savoir qui je suis. Tant que cela continue, tout devrait bien se passer. Je continue d'espérer qu'avec le temps, tout cela va s'estomper.

Elle fait tourner la pointe de ses longs cheveux noirs.

— Je ne sais pas si tu le sais, mais j'étais blonde quand tout cela est arrivé - le procès, les menaces, les médias. Avoir de longs cheveux noirs fait que personne ne me reconnaît.

J'aime bien ses cheveux.

Bon sang, j'aime presque tout chez elle.

Je ne suis pas très heureux de son passé, mais je l'accepte. Je laisse échapper une douce respiration, mes doigts s'emmêlent dans ses boucles.

Je me penche en avant. Je veux l'embrasser, lui enlever sa douleur et la difficulté de son passé.

— J'aime tes cheveux bruns. Je les trouve sexy, murmuré-je.

Tout en elle est sexy, de sa lèvre inférieure à son pas sautillant.

Ses yeux se ferment lentement, et elle se penche en avant, nos lèvres se rencontrant alors que je la rapproche de moi. Quand je l'amène sur mes genoux, le baiser s'intensifie.

Elle se déplace contre mes hanches, faisant rugir mes entrailles avec les sons doux qu'elle émet, un doux gémissement au fond de sa gorge.

Je veux la dévorer et goûter chaque centimètre de son corps, mais nous ne pouvions pas le faire ici, pas à la place de Lincoln au-dessus du bar.

J'ai reculé de toutes mes forces, et mon front se presse contre le sien. En écoutant les halètements doux et lourds lorsqu'elle reprend son souffle, je vole un autre baiser.

— Je devrais te ramener à la maison et te mettre au lit, chuchoté-je.

— J'aimerais beaucoup.

———

Je conduis Ariella en bas et dépose rapidement les clés de sa voiture chez Lincoln.

Il accepte de la déposer plus tard, Declan le suivra et le ramènera chez lui.

Nous nous glissons par la porte latérale pour plus d'intimité.

Je la garde près de moi, avec une main dans le bas de son dos, la gardant à mes côtés dans l'obscurité. J'ai toujours eu une bonne vision nocturne, je m'adapte plus vite que la plupart des gens.

J'ouvre la porte côté passager et l'aide à monter dans le camion. J'attends qu'elle boucle sa ceinture avant de fermer la porte et m'asseoir.

Je veux la suivre à l'intérieur, l'emmener chez elle et ravir chaque parcelle de sa peau.

Est-ce qu'elle m'invitera à entrer ? Je ne veux pas la forcer ou profiter de la situation.

Elle a bu deux verres, mais c'était il y a longtemps. Elle aurait probablement pu rentrer chez elle en voiture, mais je ne veux pas perdre l'occasion de m'occuper d'elle.

Le trajet est court et rapide. Je me gare devant et précipite vers la porte du passager. Je la conduis jusqu'à la cabane sombre, je veux m'assurer qu'elle est bien à l'intérieur, surtout sans lumière de porche.

— Tu devrais installer des lampes solaires dehors, dis-je.

Je doute qu'elle fasse grand-chose avant le dégel du printemps. Il fait trop froid pour creuser le jardin.

— Je vais ajouter ça à ma liste de choses à faire, dit Ariella.

Elle se tient dehors, les clés à la main, les tripotant mais ne faisant aucune tentative pour déverrouiller la porte.

Je n'ai pas l'intention de partir avant qu'elle ne soit entrée. J'enfonce mes mains dans la poche de mon manteau pour me tenir chaud et je traîne les pieds.

— J'espère que tu te sens mieux.

— Je vais mieux. Merci pour ce soir. Tu veux entrer ? Je peux t'offrir un café, une boisson, ou autre chose ?

Elle mordille sa lèvre inférieure.

Ariella semble nerveuse.

Je ne peux pas dire si elle est hésitante ou juste inquiète que je la rejette.

— J'adorerais cette autre chose, dis-je en la taquinant.

Ses joues rougissent, et j'attends qu'elle déverrouille la porte avant de la suivre à l'intérieur. Après une minute, elle allume la lanterne et quelques bougies. Cela donne une belle lumière ambiante.

— Puis-je t'offrir quelque chose à boire ? propose Ariella.

Elle enlève son manteau et ses bottes. Je fais de même, gardant les miennes près de la porte.

— Je vais prendre ce que tu prends, dis-je en m'approchant du poêle à bois.

Je me baisse et j'attrape la poignée pour ouvrir la porte. La charnière grince en signe de protestation. Je note mentalement de réparer ça la prochaine fois que je viendrai.

— Je vais mettre du bois sur le feu.

Même si j'ai hâte de me glisser sous les couvertures avec Ariella, je ne veux pas non plus que la cabine soit glaciale.

Cependant, cela me donnerait une excuse pour me blottir contre elle et la faire chauffer et transpirer.

En attisant le feu, le ramenant à la vie, je jette un morceau de bois, puis un autre. Son regard ne me quitte pas.

— Tu vois quelque chose qui te plaît ?

— En fait, oui, dit-elle en s'approchant de moi.

Avec deux bouteilles de bière à la main, elle les pose sur la table basse tire sur sa lèvre inférieure, la mettant entre ses dents.

C'est une habitude nerveuse ou autre chose ? Je ne l'ai pas assez fréquentée pour en prendre note.

— Qu'est-ce que c'est ? demandé-je en lui adressant un sourire.

Elle fait un geste vers mes vêtements.

— Tu en as trop sur toi. J'ai aimé ce que j'ai vu ce soir. Dommage que Lincoln soit entré.

— Dommage, n'est-ce pas ?

Je vais devoir aller chercher mes vêtements demain et rendre son sweat à Lincoln.

Je me dirige vers elle et l'attire dans mes bras, son corps se blottissant contre le mien, un ajustement parfait. "

— Ca me semblerait alors juste de te voir en sous-vêtement à mon tour.

CHAPITRE DIX-SEPT

ARIELLA

J'avale la boule qui se forme dans ma gorge.

Veut-il me voir en sous-vêtements ?

Bien sûr, il le veut, je l'ai invité chez moi. Je ne pense pas qu'il veuille seulement un verre, si ?

— Toi d'abord, dis-je, mes lèvres touchant presque les siennes.

Son corps se serre contre le mien, ses doigts caressent le bas de mon dos, comme il l'a fait plus tôt, en remontant ma chemise. Ses mains chaudes caressent ma peau nue, mais il ne retire pas ma chemise, il se contente de me taquiner.

Jaxson fait un demi pas en arrière, tirant sa chemise vers le haut et au-dessus de sa tête, la laissant tomber sur le sol avec un bruit sourd.

— A ton tour.

La chair de poule causée par le froid dans l'air me picote les bras, mais ma respiration est plus forte, irrégulière et lourde, alors que la chaleur inonde mes sens.

La température de la pièce n'a pas changé. C'est moi qui devient chaude en regardant Jaxson torse nu.

Est-ce que je peux laisser faire ça ?

Il y a encore un secret, un gros secret qu'il ne connait pas. J'aurais dû le lui dire plus tôt dans la soirée, quand il l'a demandé, mais j'ai gardé ce dernier morceau et je l'ai gardé en même temps que mon cœur.

Comme je ne bouge pas de ma position, ses doigts effleure ma peau et font glisser ma chemise vers le haut, centimètre par centimètre, prenant son temps - levant mes bras en l'air, le laissant me déshabiller.

Il tombe à genoux, ses lèvres sur mon ventre, son souffle chaud et invitant, rendant mon corps instable.

— J'ai besoin de te dire quelque chose.

Ses mains tiennent mes hanches, me maintenant contre lui alors qu'il embrasse un chemin chaud le long de mon ventre et sur mon soutien-gorge. Les doigts de Jaxson effleurent ma poitrine, me taquinant, me goûtant avec des baisers doux alors qu'il tire ma chemise vers le haut et au-dessus de ma tête, la jetant sur le sol.

— C'est à propos de ta santé ? demande-t-il, s'arrêtant brièvement, son regard se posant sur le mien.

Je secoue la tête.

— Le médecin est d'accord, dis-je, en forçant un sourire pour accompagner ma plaisanterie.

Le sexe, je peux le faire. Il n'y a pas de règles contre l'engagement dans une activité physique intime.

J'ai envie de lui dire la vérité sur ce que je faisais dans la vie avant d'être licenciée, mais ce n'est pas le bon moment.

— Alors c'est tout ce qui compte.

Il sourit, ses yeux sombres de désir. Il capture mes lèvres dans un baiser brûlant, ses doigts s'emmêlent dans mes cheveux, me tirant plus près et plus serré contre son corps.

— Tu as encore trop de vêtements sur toi. Tu ne portais pas de jogging tout à l'heure, lui rappelé-je alors que mes mains vont vers ses hanches, caressant le tissu doux et extensible.

— Vas-y, me dit-il, me donnant la permission de le déshabiller.

J'accroche mes doigts dans son jogging et son caleçon, et fais tout fait tomber en un seul mouvement, me penchant pour guider son pantalon. Mes yeux ratissent son corps nu, chaque centimètre de lui.

Je veux le prendre dans ma bouche, le goûter, le toucher, le caresser de toutes les façons possibles.

Depuis combien de temps une femme ne s'est pas mise à genoux pour lui ?

Il s'éclairci la gorge, ce qui semble attirer mon attention alors que mon regard le fixe.

— Tu me tues, gémit-il entre ses dents serrées. Jaxson me soulève du sol et plante mes pieds fermement sur le sol, ne me permettant pas d'être à genoux.

Je glousse, léchant ma lèvre inférieure, voulant le goûter.

Jaxson se précipite en avant. Sa langue effleure mes lèvres et se précipite dans ma bouche.

Avec une main sur ma hanche, l'autre dans mes cheveux, il me tire plus fort contre lui.

J'ai encore mon pantalon et mon soutien-gorge, et il est nu. C'est comme un rêve devenu réalité pour moi. J'ai imaginé à quoi il ressemblait, comment était sa peau au toucher, mais je n'avais jamais pensé que je vivrais une nuit avec lui.

Il se tire, chaque respiration lourde, les yeux bridés.

— Chaque fois que tu sortiras ta langue ou que tu mordras ta lèvre inférieure, je t'embrasserai, fort.

— C'est une menace ? j'aime ce que j'ai en tête.

— Il n'y a que toi pour prendre ça comme un défi, taches de rousseur, grogne Jaxson.

Je ne veux pas admettre à quel point il me rend folle et mon corps rougit au surnom qu'il me donne.

Mes entrailles sont chaudes, et mon cœur bat contre ma cage thoracique comme un prisonnier essayant de se libérer. La chaleur brûle sur ma peau et à l'intérieur, attendant une douce libération.

Ma langue sort et le défi de m'embrasser fort. Je veux expérimenter ce qu'il a à offrir. J'aime cette danse, la façon dont nous jouons, le pas doux et sucré.

Il attrape mes hanches, me tire vers lui, et sa bouche s'abaisse sur la mienne. Sa langue caresse mes lèvres et s'introduit dans ma bouche.

J'ouvre mes lèvres et lui donne accès, lui permettant tout ce qu'il veut. Je suis à sa merci, prête à faire tout et n'importe quoi.

Tout ce qu'il a à faire est de prendre les commandes.

Il me soulève dans ses bras, et j'enroule mes jambes autour de son corps. Jaxson me porte jusqu'au lit, nos lèvres se soudent dans des baisers passionnés, aucun de nous ne se détache le premier.

En hâte, nous nous précipitons sur le matelas, le corps de Jaxson recouvrant le mien, rampant au-dessus de moi, relâchant ma prise sur ses hanches. Je garde ma bouche avec la sienne, les baisers alimentés par le feu ne semblant jamais cesser.

Ses mains poussent sur mon pantalon, et j'offre mon aide, soulevant mes hanches pour qu'il puisse faire glisser le tissu. Je gémis en signe de protestation lorsqu'il s'éloigne de mes lèvres. Faisant glisser mon pantalon le long de mes hanches et embrassant entre mes cuisses, il continue à me taquiner.

Je deviens impatiente, j'en veux plus.

— S'il te plaît, j'halète, déjà à bout de souffle.

Je m'allonge sur le dos, à sa merci, le laissant faire de moi ce qu'il veut.

— S'il te plaît, quoi ? demande Jaxson, en levant un sourcil vers moi.

Je ne suis pas sûre de ce qu'il veut entendre. Je n'hésiterai pas à le supplier, mais c'est déjà le cas lorsque ses doigts se frottent contre ma culotte et qu'il se penche pour souffler doucement au centre.

Mes entrailles palpitent d'envie d'être touchées, satisfaites. Va-t-il me taquiner jusqu'à l'oubli ?

— S'il vous plaît, Monsieur ?

— Ce n'est pas ce que je cherchais, mais j'aime bien, chantonne Jaxson. Je ne t'aurais jamais pris pour une soumise.

— Je n'en pas une, rétorqué-je, sur la défensive.

— Il n'y a rien de mal à ce que tu le sois, Taches de rousseur, dit Jaxson avec un sourire.

Ses doigts effleurent mon noyau brûlant à travers ma culotte, mais il n'a pas encore enlevé mes deux derniers lambeaux de vêtements, ma culotte ou mon soutien-gorge.

De plus en plus agitée, je me déplace légèrement, défaisant mon soutien-gorge et laissant le tissu toucher le lit, sans me soucier de l'endroit où il atterrit.

— C'est mieux.

J'expire un doux soupir.

— C'est mieux, dit Jaxson, satisfait de ma décision.

Sa langue me taquine à travers ma culotte, trouvant l'endroit idéal pour me faire friser les orteils.

Mes yeux se ferment, mes doigts tirent sur les draps tandis que les siens prennent leur temps pour faire glisser mes derniers vêtements. Ses lèvres et sa langue dansent sur ma peau en suivant un chemin chaud le long de ma cuisse, centimètre par centimètre, jusqu'à ce que je ne porte plus rien.

J'essaye de me redresser, en tirant sur lui pour qu'il s'approche. Qu'est-il arrivé au rythme dur et frénétique qu'on avait au début ? C'est ce que je veux, alors que lui est lent et doux, savourant son temps avec moi.

— Tu vas me tuer, murmuré-je, mon dos se cambrant sur le matelas alors que ses baisers se rapprochent de leur destination.

Son souffle s'attarde un instant avant de remonter le long de mon corps tandis que ses doigts glissent entre mes cuisses pour trouver ma peau humide.

— Pas te tuer, juste t'amener au bord du gouffre plusieurs fois, chuchote Jaxson avant que ses lèvres ne se posent à nouveau sur les miennes.

Des doigts chauds caressent mon corps, m'excitant et me stimulant, tandis qu'il écarte mes jambes et grimpe au-dessus de moi. Ma main descend le long de sa peau, voulant le prendre, le toucher, le caresser avant de le guider à l'intérieur de moi.

Lentement, sa chaleur, son corps, ne font plus qu'un avec le mien. Je soulève mes hanches et enroule mes jambes autour de lui, le guidant plus loin et plus profondément, mon dos se cambrant sur le matelas. Tout est parfaitement adapté.

Je m'accroche à lui et un flot de chaleur picote dans mon corps. Mes orteils se recroquevillent, et mes entrailles ont des spasmes.

— Je vais...

Je ne le lâche pas, nos corps ne font qu'un. C'est trop bon, trop intense, et je n'ai pas à m'inquiéter.

— Tu ferais mieux, murmuré-je à son oreille, mordillant son lobe avant de finalement le lâcher, m'effondrant contre le matelas, haletant pour respirer.

Il frissonne et grogne les derniers coups, tombant contre moi avant de rouler sur le côté, reprenant son souffle.

Un long silence s'installe entre nous, nos respirations sont dures, nos cœurs battent à l'unisson.

Mes yeux se ferment, et le confort d'une couverture chaude tirée et drapée sur ma forme nue me berce vers le sommeil.

Je veux dire quelque chose, mais les mots ne viennent pas.

Le sommeil m'enveloppe, et après la journée épuisante de la veille, je suis dans les vapes.

———

Je me retourne dans le lit, mon bras s'étire, trouvant le matelas à côté de moi froid. J'étais seule.

— Jaxson ? marmonné-je en frottant le sommeil de mes yeux fatigués.

Il ne me répond. Personne ne répond.

Irritée, je me m'assieds dans le lit, découvrant que je suis effectivement nue et que je n'ai pas rêvé la nuit précédente.

Soupirant, je ne sais pas pourquoi il est parti, mais cela n'a pas d'importance. S'il veut que ce ne soit rien de plus qu'un coup d'un soir, je peux assumer cette responsabilité. Je lui ai dit dès le début que je ne cherchais pas à m'engager ou à avoir une relation.

A contrecœur, je me pousse hors du lit.

— Merde ! juré-je, jetant un coup d'œil à l'horloge à piles sur ma table de chevet. Mon alarme n'a pas sonné.

Si je ne sors pas rapidement de la maison, je vais être en retard au travail. Je titube dans la maison, à moitié endormie, en enfilant des vêtements de rechange et en évitant le café. Il y a du café à la station, et je pourrai en prendre une tasse chaude en arrivant au travail.

J'enfile mes vêtements, glisse dans les bottes chaudes que Jaxson m'a données, et je me dépêche de sortir.

Je ne peux pas me permettre d'avoir une note sur ma fiche de présence ou d'être renvoyée de mon travail. Le salaire n'est pas spectaculaire, mais j'ai réussi à joindre les deux bouts le mois dernier.

Mon pied est comme du plomb sur l'accélérateur, dévalant la montagne à une allure avec laquelle je ne suis même pas à l'aise. J'ai pris l'habitude de faire l'aller-retour quotidiennement.

De temps en temps, je jette un coup d'œil à l'horloge, souhaitant que le temps s'arrête. Je sais que c'est impossible, mais j'espère avoir gagné quelques minutes lors de ma descente rapide de la montagne.

La seule façon d'aller plus vite aurait été de dévaler les pentes en ski, et cela n'aurait pas été bon pour ma voiture ni pour moi.

Je serre les poings sur le volant. J'essaye de ne pas penser à Jaxson, à la chaleur de ses baisers, au goût de ses lèvres, à la chaleur de son corps au-dessus du mien, qui m'envahissait.

La nuit dernière a été incroyable, et il a disparu juste après, sans laisser de trace.

J'avais jeté un coup d'œil à mon téléphone avant de m'envoler vers la voiture. Il n'avait pas envoyé de SMS. Il n'y avait pas d'appels manqués. Je ne devrais pas être énervée, mais j'ai le droit de ressentir quelque chose.

Il a ouvert la porte de mon cœur. Faire confiance n'est pas facile, et il s'enfuit à la minute où il obtient ce qu'il veut. Le sexe.

— Qu'il soit maudit ! crié-je, claquant ma main contre le volant.

Mon cœur bat contre ma poitrine. Je me déplace sur le tissu du siège, pressée d'aller au travail et anxieuse pour diverses raisons.

Je dois garder secret ce que nous faisons. Je ne peux le dire à personne, surtout pas à Emma.

En me précipitant dans le parking, je freine brusquement, la voiture se met en mouvement en s'arrêtant brusquement. Je me jette hors du véhicule, je verrouille les portes, et d'un pas rapide, je me précipite à l'intérieur de la station.

La réception est au coin de la rue, et je fonce à l'intérieur. Au moment où je suis au coin de la rue, je me fige.

Je reconnais le monsieur de l'autre jour, celui avec la veste en cuir et la casquette de baseball, une combinaison étrange pour le temps actuel.

Tout le monde à Breckenridge a des doudounes épaisses, des manteaux de ski ou des parkas lourdes. Le cuir noir n'a pas l'air le moins du monde chaud et doit être fait pour le printemps.

— Je suis désolé, monsieur. Nous ne pouvons pas donner d'informations sur nos clients, dit Emma.

Elle se tient derrière le bureau d'accueil, un sourire en coin sur le visage. Ses sourcils se froncent alors qu'elle penche légèrement la tête sur le côté.

— Je ne suis pas à la recherche d'un client. Je crois que cette femme est une employée et son nom est Ariella Ryan.

CHAPITRE DIX-HUIT

JAXSON

La nuit dernière a été incroyable, fantastique, la meilleure nuit de ma vie.

Non, je n'exagère pas.

Être avec Ariella m'a rappelé à quel point c'était génial de partager le confort d'un autre et d'un lit chaud.

Je ne voulais pas partir, mais ma sœur, Skylar, surveillait Izzie. Ariella n'a pas bougé lorsque je l'ai embrassée après avoir remis mes vêtements. J'ai griffonné un petit mot que j'ai laissé sur son frigo tout neuf.

Je dois rentrer à la maison pour Izzie. J'aimerais pouvoir rester toute la nuit avec toi. Envoie-moi un SMS si tu veux que je t'apporte ton petit-déjeuner. -Jaxson

Je m'attends à ce qu'elle envoie un message ou qu'elle appelle. Quelque chose pour me faire savoir qu'elle ne regrette pas ce qui s'est passé entre nous et que cela signifiait plus qu'un coup d'un soir pour elle. Je ne veux pas non plus avoir l'air trop zélé ou la faire fuir.

Mon téléphone sonne sur mon bureau, et je tends le bras, espérant qu'Ariella m'ait répondu.

A quelle heure est la sieste d'Izzie ?

C'est juste Skylar.

Elle est venue me rendre visite sans prévenir et est restée pour la semaine. Je ne peux pas laisser tomber mon travail, et les vacances sont généralement planifiées.

De plus, passer du temps avec ma sœur n'est pas vraiment considéré comme des vacances. Au moins, ça évite à Izzie d'aller à la garderie pour la semaine, ce qui n'est pas un mauvais compromis. La garderie ferme toujours à 18 heures, et je suis nul pour arriver à l'heure. Un des gars va souvent chercher Izzie si je suis coincé sur le terrain pour une mission.

J'ignore le message de ma sœur. Izzie ne se laisse pas faire facilement par Skylar. Elle déteste les siestes, et il n'est même pas encore midi.

Skylar va devoir la distraire toute la journée, pas seulement quelques heures. C'est le prix à payer pour venir la voir.

Je suis un con, mais si elle veut passer du temps avec sa nièce, elle doit agir en conséquence.

Il n'y a toujours pas de messages d'Ariella.

Expirant un lourd soupir, Declan trotte dans mon bureau.

— Nous devons faire une réunion, dit Declan, les bras croisés sur sa poitrine, le front serré.

— Bien sûr. A propos de quoi ?

— Viens avec moi, dit Declan en me faisant signe de le suivre. Ses lourdes bottes piétinent le sol tandis qu'il me conduit à la salle de conférence où le reste de l'équipe de Tactique de l'Aigle s'installe autour de la table.

— Qu'est-ce qui se passe ? Y a-t-il une nouvelle mission ? demandé-je.

D'habitude, on me consulte en premier, mais j'étais préoccupé ces derniers temps. Lincoln s'assoit à la table avec Declan, Aiden et Mason.

Lincoln se racle la gorge. Son expression est sinistre.

— Nous sommes inquiets de ton implication avec la nouvelle fille.

Je ne m'attendais pas à le voir ici aujourd'hui.

Il travaille sur des missions spécifiques quand nous avons besoin de son expertise, mais il n'est pas employé à plein temps à cause de son restaurant.

De la vapeur s'échappe de mon corps, et je serre les poings, mes ongles courts s'enfonçant dans ma paume.

— Ma vie privée ne regarde personne.

Je n'arrive pas à croire ces types ! Essayent-ils d'organiser une intervention ? Ils savent que je ne couche pas à droite et à gauche. J'ai une fille dont je dois m'occuper.

Mason s'adosse à sa chaise, trop détendu pour l'occasion.

— Tu te rapproches trop d'elle, Jaxson. Cette fille est un problème, un problème de 42 millions de dollars.

C'est précisément la somme d'argent qu'elle a été accusée d'avoir volée.

— Ce n'est pas elle, dis-je pour la défendre. Ce que son ex-mari a fait ne la définit pas. D'ailleurs, ne méritons-nous pas tous une seconde chance ?

Ils ont vécu l'enfer.

Nous l'avons tous vécu. On s'est soutenus dans les bons et les mauvais moments. Aucun d'entre nous n'est libre de ses fardeaux et des erreurs qu'il a fait dans le passé.

— Ecoutez, je ne la connais pas très bien, dit Lincoln, mais je vous ai vus tous les deux devenir plutôt intimes dans mon appartement, et ça ne te ressemble pas. Tu ne sautes pas la tête la première pour baiser la bombe d'à côté. C'est le mode opératoire d'Aiden.

Ma mâchoire se crispe.

— Tu ne sais pas de quoi tu parles.

Ça ne les regarde pas.

— Je sais que tu es un homme respectable, dit Lincoln, mais ce que tu as fait n'est pas respectable. Elle a bu. Declan m'a dit que tu lui avais servi des boissons à la con au bar.

On dirait que Lincoln ne m'a pas cru quand il est tombé sur nous hier soir.

— Je l'ai amenée en haut pour qu'elle prenne de l'eau, s'assoie loin de la foule et se calme. Je lui ai donné deux verres plus tôt dans la nuit, et je pensais qu'elle fait une crise de panique après que je lui ai dit quelque chose en bas pendant qu'on dansait. Elle a un autre problème médical. Mais rien de grave.

Ils n'ont pas besoin de connaître son historique médicale ou ce qu'elle a vécu dans les moindres détails.

— Ouais.

Mason ne me croit pas.

— Je jure qu'elle a renversé de l'eau sur mes vêtements. Il ne s'est rien passé chez toi, Lincoln.

Je ne suis pas aussi sordide que ça.

Même si j'avais envie de lui arracher ses vêtements et de l'écouter crier mon nom, je ne l'aurais pas fait sur son canapé et dans sa maison.

— Mais il s'est passé quelque chose ? demande Lincoln.

Ce qui s'est passé entre nous ne les regarde pas. Nous sommes des adultes, autorisés à nous comporter comme bon nous semble.

Elle n'était pas ivre. Elle avait bu deux verres et il s'était écoulé beaucoup de temps entre sa consommation d'alcool et le moment où je suis tombé dans le lit avec elle - quelque chose qu'aucun d'entre eux n'a besoin de savoir.

Aiden est assis tranquillement, les mains croisées sur la table. Je ne l'ai jamais vu être aussi silencieux.

— As-tu quelque chose à ajouter ? demandé-je.

— Je ne l'ai pas rencontrée, dit Aiden. J'ai lu son dossier, celui que notre client nous a demandé de récupérer sur elle. Je suis rarement d'accord pour mélanger affaires et plaisir, mais je ne t'ai jamais vu aussi heureux. Malgré cela, je ne la connais pas. Je ne sais que ce qu'il y a sur le papier, et cette fille a des secrets. Sais-tu ce qu'elle faisait dans la vie avant que sa vie n'explose ?

Je ne lui ai pas demandé, et après avoir vu le nom « Ariella Ryan » et avoir fait le lien, il n'y avait aucune raison pour moi de continuer à chercher des informations.

— Non, je suppose que je ne sais pas ce qu'elle faisait dans la vie. Est-ce important ?

Je ne lui ai pas demandé. J'aurais dû. Je ne pensais pas que c'était important.

— Avant d'être virée, Ariella Ryan était un agent de la C.I.A. Elle a fait de la télésurveillance internationale pendant plusieurs années avant de se marier et de s'installer à New York, travaillant dans un bureau de terrain et se faisant passer pour la conservatrice d'un petit musée.

Je soutiens le regard de Declan.

Est-il sérieux ?

Cette femme a beaucoup de secrets, mais un agent de la C.I.A. ? Je ne peux même pas imaginer que c'est la vérité.

Elle est petite, fragile, et même si je ne la considère pas comme impuissante, j'ai vu comment elle a réagi hier soir et je doute de sa capacité à faire un travail de terrain.

— Tu es sceptique, dit Mason. Je l'étais aussi, surtout après l'avoir rencontrée, mais c'est logique. Pour quelle autre raison voudrait-elle vivre hors réseau ?

Je secoue la tête. Je n'y crois pas.

Elle a été bouleversée lorsqu'elle a découvert que la cabane n'avait pas d'électricité, en colère plutôt.

S'était-elle jouée de moi ?

Declan fait glisser un dossier en papier kraft sur la table vers moi.

Je force l'ouverture du dossier et je parcoure les pages rapidement pour voir ce qui est vrai et ce qui ne l'est pas.

— Pourquoi ça n'est pas apparu quand j'ai cherché son nom ?

"Elle est allée loin, dit Mason. Sa couverture a failli être grillée par son ex-mari lorsqu'il a été arrêté. Après cela, les détails deviennent un peu flous, mais nous soupçonnons que son mariage a pu être une couverture. Elle est allée loin, un peu trop loin, et quand le gouvernement s'en est pris à son mari, quelqu'un a mis une cible dans son dos et s'en est pris à elle aussi.

Je passe une main dans mes cheveux.

— Tout cela semble fou.

J'ai du mal à me faire une idée de ce qu'ils me disent, mais en regardant le dossier, tout y est. Une copie de sa carte d'identité et un scan de ses références à la C.I.A., y compris son badge.

— Vous êtes sûr que c'est elle ?

— Il y a pire, dit Mason. Nous avons fait beaucoup de recherches sur son passé. D'après ce que nous pouvons supposer, son mari n'est peut-être pas responsable de la chaîne de Ponzi pour laquelle il est allé en prison l'année dernière. Elle est toujours poursuivie par les mêmes hommes qui ont piégé son mari. D'après ce que j'ai trouvé sur le dark web, il y a un contrat pour Ariella Ryan, alias Ariella Cole.

La peur s'immisce dans ma poitrine, m'étouffant. Elle est en danger.

— La bonne nouvelle, c'est que son emplacement exact n'a pas encore été découvert, dit Aiden. Nous avons encore le temps de l'aider si c'est ce que tu veux.

Je me lève, le dossier ouvert mais oublié sur la table de conférence.

— Bien sûr, c'est ce que je veux. Elle a besoin de notre aide. Si elle est de la C.I.A., alors elle est pratiquement l'une des nôtres.

— Je ne suis pas sûr que j'irai aussi loin, retorque Lincoln, le ton tranchant, les yeux serrés. Il n'a pas l'air d'être d'accord pour l'aider.

Même si elle n'était pas de la C.I.A. et qu'elle n'était qu'une fille au passé autodestructeur, je l'aurais quand même aidée.

Je n'aime pas le fait qu'elle m'ait menti, qu'elle m'ait caché la vérité, mais elle a besoin de mon aide.

Je ne vais pas l'abandonner quand la situation devient difficile.

Mon téléphone sonne dans ma poche.

— Je te jure que si c'est encore Skylar... grogné-je dans mon souffle en attrapant mon téléphone portable.

Je lève un doigt pour dire aux gars d'attendre une minute.

— C'est Ariella, dis-je.

Mon estomac se tord comme une vigne, l'inquiétude se lit sur mon visage. J'avale la boule qui monte dans ma gorge et je pose mes pieds fermement sur le sol pour m'ancrer. J'ai eu beaucoup de pratique sur le terrain, ne laissant pas mes émotions me submerger. Aujourd'hui ne doit pas être différent.

Je dois être fort pour Ariella, et même si je suis furieux qu'elle m'ait menti, je dois aussi garder la tête froide. Je ne veux pas qu'elle me tourne le dos maintenant, pas après ce que nous avons partagé la nuit dernière.

— Vas-y, réponds.

Mason fait un geste vers mon téléphone.

Les gars ne me laisseront pas une once d'intimité, mais je le méritais après avoir eu la tête dans le sable, ignorant la vérité sur son passé et le danger qui nous entoure tous.

— Bonjour ?

Je n'ai pas pu dire un mot de plus avant que ses mots ne sortent dans un murmure.

— C'est Ariella. J'ai besoin de ton aide. Il y a quelqu'un à la station qui me cherche, et ils utilisent mon nom de femme mariée. Peux-tu mettre en place une surveillance de l'hôtel et trouver qui c'est ?

Elle en sait certainement beaucoup sur ce que nous pouvons faire.

Un citoyen ordinaire ne serait pas aussi bien informé, mais un agent de la C.I.A. connait nos compétences et nos capacités à faire ce qu'elle demande.

— Es-tu en danger ? demandé-je, sans répondre à sa question.

Elle ne sait toujours pas que je suis au courant de son ancienne carrière, de sa vie avant son mariage, du secret qu'elle m'a caché.

Suis-je en colère contre elle pour m'avoir trompé ? Oui, mais je ne laisserai pas cela obscurcir mon jugement quand elle aura besoin de mon aide.

— Je ne sais pas, chuchote-t-elle. C'est possible. J'espère que c'est juste quelqu'un qui est après moi à cause de ce que Benjamin a volé.

— Ariella, nous devons parler, clarifier certaines choses.

Je me lève, incapable de rester assis et d'écouter ce qu'elle dit. Je mets le téléphone sur haut-parleur.

— Je sais, balbutie-t-elle. Merde. Il vient dans cette direction.

— Décris-le-moi. Je mute l'appel. Elle est au Blue Sky Resort. Nous avons besoin d'un accès immédiat aux images de surveillance. Je me souviens que nous avons configuré leur système et que tout est sauvegardé sur le cloud.

Declan se pousse, la chaise grince lorsqu'il se lève.

— Je vais essayer d'obtenir un accès par la porte de derrière. Dès que j'aurai son nom, je demanderai à Mason de faire des recherches sur ce type.

— Je veux savoir s'il a ne serait-ce qu'un ticket de parking à son nom, dis-je.

— Bien sûr, dit Declan.

L'expression de Mason reste sombre, mais il ne parle pas.

Je coupe le son de l'appel et j'essaye de me rappeler comment Ariella avait décrit l'homme.

Lincoln avait tout noté pendant que nous parlions ensemble, et je jette un coup d'œil à la liste décrivant sa taille, son poids, sa couleur de cheveux et ses vêtements.

— J'ai trouvé bizarre qu'il porte une veste en cuir alors qu'il y avait de la neige au sol. Cela a attiré mon attention, mais je ne l'ai pas reconnu, déclare Ariella. Il était dehors dans le parking quand j'ai quitté le travail hier soir. Je suis presque passée à côté de lui à la réception quand il parlait à Emma.

— Mason et Declan me donnent un coup de main pour avoir accès aux images de surveillance et faire des recherches sur cet homme mystérieux. Je vais aller à la station avec Lincoln et je te récupère. Tu peux faire profil bas, trouver un endroit où te cacher ? On t'enverra un message quand on sera à la station.

Un souffle étouffé jaillit de l'autre bout de la ligne.

Mon cœur tombe dans mon estomac.

Je prends mon téléphone sur la table de conférence et j'enfile mon manteau avant de me précipiter vers mon camion.

Des pas lourds me suivent, avec Lincoln sur mes talons qui essaye de me rattraper. Je n'ai pas vraiment annoncé que je partais, mais je ne pouvais pas attendre un instant de plus.

— Ariella ?

Je sors les clés de ma poche, démarre le moteur et me précipite dehors dans le froid glacial.

Des bruits de lutte, un souffle, un claquement, quelque chose tombe.

Est-ce le téléphone ?

La ligne coupe.

CHAPITRE DIX-NEUF

ARIELLA

Des mains moites et rugueuses m'arrachent de ma cachette dans le couloir.

Mon téléphone tombe par terre, et l'assaillant pose ses bottes sur le sol, réduisant mon appareil en pièces, faisant crisser l'écran sous ses bottes à embout d'acier.

Je ne m'attendais pas à ce que quelqu'un vienne par derrière, pas quand l'homme à la casquette de baseball était à quelques mètres, au coin de la rue, devant moi.

Je m'étais cachée.

Ça ne m'a pas servi à grand chose. Mon entraînement tactique défensif entre en jeu.

Mes années à la C.I.A. avaient impliqué une formation pratique au combat, même si j'étais pratiquement une employée de bureau avec une formation en technologie, en science et en profilage. Le seul travail de terrain que j'avais effectué était des missions de surveillance, un effet secondaire de mes problèmes de santé qui s'était produit au début de ma carrière, mais après avoir passé toutes les formations et tous les tests requis. J'ai eu de la chance.

Il me serre le cou, m'empêchant de respirer, j'ai quelques secondes avant de perdre connaissance.

J'enfonce mon coude dans l'aine de l'agresseur, j'écrase ma tête contre son nez et je tourne sur moi-même pour échapper à sa prise sur mon cou.

Haletant, essayant d'absorber tout l'oxygène que je peux, mon cœur crie à l'aide, mais les mots ne quittent jamais mes lèvres.

Je ne reconnais pas l'homme blond aux yeux de perle. Ses muscles épais dépassent de son t-shirt.

— Connor. Elle est par ici !

Connor ?

Ça doit être l'autre gars et sa stupide casquette de baseball. Je ne reconnais pas le nom de l'homme, et l'agresseur aux yeux de braise m'est également étranger.

Connor, l'homme à la casquette de baseball, fait le tour du coin. Ses pas résonnent sur le carrelage et se dirigent vers moi, m'empêchant de sortir du couloir.

— Qu'est-ce que vous voulez ?

Est-ce l'argent que Benjamin a volé, ou sont-ils après moi parce que j'ai travaillé pour la C.I.A. ?

Mon identité a-t-elle été divulguée par mon ancien employeur ou quelqu'un d'autre ?

Je n'ai pas accès aux secrets d'Etat, pas de privilèges spéciaux en tant qu'ancien agent. J'étais une une honte pour l'agence, et ils l'avaient clairement fait savoir lorsque j'avais été forcée à démissionner.

Tirant sur mes longs cheveux noirs, l'homme aux yeux de perle en prend une poignée dans sa paume, serrant les mèches. Il tire fort.

Je hurle de douleur pendant qu'il me traîne dans le couloir vers la sortie.

En criant à l'aide, je donne des coups de pied et enfonce mes orteils dans la route en pierre, mais ça ne change rien.

J'essaye de me tordre pour me libérer, mais il agit rapidement, mes cheveux s'emmêlant dans sa prise.

Connor est devant moi, un couteau à cran d'arrêt dans sa main. L'acier froid effleure ma joue.

— T'as déjà peur ? crie-t-il entre ses dents tordues alors que son partenaire me retient captive.

— Laissez-moi partir !

Je me débats contre lui et je lutte avec toute la force dont je dispose.

Mon coude se coince dans son estomac.

Il me projette contre la brique glacée de l'immeuble.

Ma tête heurte la texture rugueuse avant que mes jambes ne se dérobent sous moi.

— Nous savons qui tu es, dit Connor, en frappant ma poitrine, me faisant perdre à nouveau mon souffle. Nous voulons que notre investissement nous soit rendu. Les deux millions de dollars, et comme nous sommes généreux, nous n'ajouterons que deux autres millions d'intérêts. Tu nous les rends avant le coucher du soleil ce soir.

Je renifle dans mon souffle. C'est de l'argent sale.

A quoi pensait Benjamin quand il a pris leur argent pour l'investir et le voler ? Deux millions, ce n'était pas une petite somme, et ils voulaient quatre millions au coucher du soleil ?

L'homme aux yeux de perle me maintient au sol, son poids me plaquant, ses bras me maîtrisant, tandis que Connor amène la lame contre ma peau.

En riant, il déchire mon manteau, déchirant ma chaleur en lambeaux. La lame griffe ma peau et déchire mes vêtements.

Un feu brûle sur mes bras et ma poitrine. Je riposte avec mes avant-bras, luttant pour me relever, et bien que j'essaye de le retourner, le fait qu'ils soient deux hommes rend le combat impossible.

Plus je reste à terre, plus il est facile pour eux de continuer à m'attaquer.

Mes doigts effleurent le pavé de pierre. Je glisse une pierre dans ma paume, prête à l'utiliser pour me défendre.

Connor relâche sa prise, referme le poignard et le glisse dans sa poche arrière.

Un grognement lourd quitte les lèvres de l'homme aux yeux de perles, et avec un seul homme et aucune arme contre ma peau, je balance mes hanches et pousse mon corps, utilisant mes jambes pour repousser les siennes sous lui, le forçant à se mettre sur le dos tandis que je le plaque au sol et le frappe avec la pierre.

— Ne me touche plus jamais, grogné-je, respirant, une lourde colère me glaçant en même temps que le froid.

Connor se baisse, offrant une main à son pote pour l'aider à se relever.

— Quatre millions, ou tu vas creuser une tombe pour la petite fille et son papa.

Comment ont-ils su pour Jaxson et Izzie ?

Je retiens ma respiration pendant quelques secondes avant d'expirer un air lent et régulier.

Depuis combien de temps me surveillent-ils ? Depuis le jour où j'ai emménagé dans la cabane ?

Je n'ai pas vu Izzie depuis plus d'un mois. Jaxson et moi n'avions pas été proches jusqu'à la nuit dernière.

Le monde tourne autour de moi. Je m'appuie contre la brique froide et rugueuse du bâtiment et la laisse supporter mon poids et mes jambes tremblantes.

— Je vais vous donner l'argent.

Je serre les dents, et une certaine dureté m'envahit.

Je ne savais pas comment j'allais les sauver.

Je n'ai pas quatre millions de dollars, mais je ne veux pas qu'il leur arrive quoi que ce soit.

— Où est le dépôt ? demandé-je.

———

Je me tiens dehors avec une veste déchirée, frissonnant près de l'entrée principale.

Je marche de la sortie arrière, où j'ai été menacée et battue, jusqu'aux portes principales. Je jette ma veste en lambeaux, les taches de sang me rappelant ma faiblesse.

Je ne sais même pas d'où je saigne. Tout me fait mal, et les coupures où la lame avait entaillé ma peau me brûlent, mais je ne vois pas de blessures importantes.

En attendant Jaxson, le temps semble s'être arrêté.

Frissonnant, je me tiens dans mon pull rose pâle déchiré. Il est trop fin pour l'hiver, et ma veste ne vaut rien, tout comme le pull que je porte, mais cela n'ira pas à la poubelle avant que je ne rentre à la maison.

Son camion bleu foncé entre dans le parking et s'arrête brusquement devant la station.

Jaxson laisse le camion en marche avant de sauter hors du véhicule.

Lincoln est assis sur le siège passager, l'air bourru. Il n'a pas l'air heureux de me voir ou de voir sa journée interrompue.

Jaxson se précipite vers moi, enlevant son manteau et le tirant sur mes épaules.

Il ouvre la porte arrière et m'aide à monter dans son camion. La chaleur de sa veste m'entoure.

— Merci, dis-je. Mes épaules tremblent alors que je frissonne dans le camion.

Jaxson se glisse sur la banquette arrière à côté de moi et ferme la porte du camion.

Il n'y a nulle part où bouger, avec notre proximité étroite, et ses genoux frôlent mes jambes. Sa main chaude effleure ma joue, et l'autre s'emmêle dans mes cheveux, me regardant de la tête aux pieds.

Contrairement aux hommes qui m'ont attaquée, le toucher de Jaxson est doux mais ferme.

Je fais une grimace. J'ai mal à la tête depuis que j'ai été écrasée contre le mur de briques.

— Je vais nous conduire à l'hôpital, dit Lincoln en se glissant du côté du conducteur.

— C'est inutile.

Je ne veux pas aller à l'hôpital.

Il y aura trop de questions, la police me demandera de faire un rapport et une enquête sera en cours.

— Je ne peux pas aller à l'hôpital. Ce n'est pas à deux heures d'ici ?

— Un peu moins que ça, répond Jaxson.

Il se penche en avant et récupère une boîte en fer blanc étiquetée « premiers secours » sous le siège passager.

— Je vais bien, dis-je tandis qu'il s'occupe de la blessure sur ma tête.

Il prend une lampe de poche dans sa trousse et me fait suivre la lumière avec mes yeux.

— Depuis quand es-tu devenu médecin ? demandé-je.

Son expression reste vide, et il éteint la lumière.

— Elle ne semble pas avoir de commotion cérébrale. Pourquoi ne pas nous ramener à Tactique de l'Aigle ? demande Jaxson.

Il reporte son attention sur moi.

— Depuis quand es-tu devenue un agent de la C.I.A. ? retorque-t-il.

Je grimace et ravale la boule dans ma gorge.

— Comment l'as-tu su ?

Personne n'était censé le découvrir. On m'avait assuré que mon identité et mon passé au sein de l'agence avaient été nettoyés.

Jaxson ne répond pas à ma question.

— Que s'est-il passé là-dedans ?

Je me frotte l'arrière du cou et j'enlève son manteau.

Il fait chaud dans le camion ou je suis fiévreuse sous son regard ?

Il resserre son manteau autour de mes épaules. Le manteau est chaud, et je glisse mes bras dans les manches. Jaxson ferme la fermeture éclair, en la tirant vers le haut.

— Tu es gelée, ma biche. Tu en as plus besoin que moi.

Entendre ce surnom me réchauffe le cœur.

— Je n'ai pas froid, murmuré-je.

Mes yeux tombent sur ses genoux.

Il ouvre une lingette alcoolisée et la passe sur l'écorchure de mon front.

Je siffle à cause de la piqûre qui irradie dans ma tête.

— Dis-moi qu'on a des médicaments là-dedans.

Même si j'apprécie qu'il prenne soin de moi, je n'aime pas la sensation de brûlure que l'alcool provoque.

— Il pourrait y avoir un peu d'ibuprofène, dit Jaxson.

Il s'occupe de l'entaille sur ma tête, la nettoyant avant d'utiliser des bandages pour refermer la plaie.

— Il n'y a rien de plus fort si c'est ce que tu demandes.

Il se penche en avant et embrasse ma blessure lorsqu'il termine.

Les yeux de Lincoln sont rivés sur nous pendant qu'il conduit, jetant de temps en temps un coup d'œil dans le rétroviseur. Je ne sais pas ce qu'il pense de moi. Je ne suis pas sûre de vouloir le savoir. Le regard de dégoût est suffisant pour faire chuter mon cœur.

Je raconte tout à Jaxson sur Connor et l'homme à la casquette de baseball, comment ils m'ont attaqué et exigé quatre millions de dollars au coucher du soleil. Même si je ne voulais pas lui dire le reste, il méritait de connaître la vérité et de l'entendre de ma bouche.

— Ils me surveillaient, probablement depuis le jour de mon arrivée en ville. Ils savent pour toi et Izzie.

Jaxson ferme la trousse de premiers secours et la remet sous le siège.

Sa main s'accroche à la mienne. Bien que je savais que ses mains étaient grandes, leur chaleur apaise mon anxiété.

— Ils t'ont menacée ?

Je grimace en essayant de hocher la tête.

— Oui. Je suis vraiment désolé.

Je ne veux pas qu'il me déteste.

Même si je n'aime pas l'intolérable regard de Lincoln, je ne veux pas subir ça de la part de Jaxson.

Il soulève ses hanches et récupère son téléphone dans sa poche.

— Skylar, c'est Jaxson. J'ai besoin que tu t'assures que les portes sont verrouillées et que tu gardes Izzie à l'intérieur et loin de toute fenêtre. Active l'alarme et emmène-la dans la salle de jeux. N'ouvre la porte à personne, c'est clair ?

Il raccroche son téléphone et remet l'appareil dans sa poche.

— Va directement chez moi, dit Jaxson.

— Affirmatif, répond Lincoln.

Lincoln embraye et déroule toutes les vitesses, il se dépêche de monter le col de la montagne pour arriver plus vite chez Jaxson. Le rythme s'accélère alors que les arbres passent en trombe devant les fenêtres.

Je ne sais pas ce que nous allons faire des hommes ou de l'argent qu'ils veulent, mais ils sont devenus les deux pensées les plus éloignées de mon esprit.

Je suis inquiète pour Izzie. Les mains de Jaxson serrent les miennes avec précaution.

Il est aussi inquiet.

— Je suis désolée, dis-je, en gardant ma voix basse, pour que la conversation reste entre nous deux.

Le regard fixe de Lincoln me fait bondir, et je le croise de nouveau dans le rétroviseur.

La mâchoire de Jaxson reste serrée, ses épaules carrées.

— Je dois te demander quelque chose et tu me dois le respect de répondre honnêtement.

J'ai envie de lui dire que j'ai toujours été honnête, et que si j'avais gardé des secrets, je ne lui avais pas menti, pas vraiment du moins.

Mon estomac bouillonne de peur et d'effroi.

Que va-t-il demander maintenant ?

Je lui offre le meilleur sourire possible pour apaiser ses inquiétudes et je serre ses mains dans les miennes.

— Bien sûr. Qu'est-ce que c'est ?

— Quand tu as emménagé dans la cabane la toute première nuit, tu m'as dit que tu étais choquée de ne pas avoir d'électricité. Est-ce que tu m'as menti ? Plus je me repasse cette nuit-là dans ma tête, plus je me dis que tu avais vraiment l'air surprise, mais sachant ce que je sais, que tu voulais déménager hors réseau, aller dans un endroit où tu ne serais pas exposée, il est logique que tu ne voulais en fait pas d'électricité.

Jaxson desserre son emprise sur moi et sort de nouveau son téléphone. Il sort l'annonce originale de la cabine. Il me la montre.

Hors réseau. Le calme, la vie rustique dans ce qu'elle a de plus raffiné, que ce soit toute l'année ou pour une escapade parfaite avec des centaines de kilomètres de sentiers tout autour.

— Je n'avais pas compris que hors réseau signifiait sans électricité.

— Eh bien, tu aurais dû, ajoute Lincoln depuis le siège du conducteur.

Je serre les lèvres, réfléchissant aux bons mots. Pourquoi est-il en colère contre moi ?

Est-ce parce que j'ai travaillé pour l'agence ou parce qu'il défend son ami ?

— Oui, hors réseau pourrait signifier pas d'électricité, mais cela peut aussi signifier une petite ville au milieu de nulle part, ce qui est précisément ce qu'est la cabane et où elle est située.

J'avais passé beaucoup de temps à chercher des petites villes, mais la plupart n'étaient pas à ma portée, et obtenir un prêt aurait été trop risqué. Je devais garder un profil bas, mais ça n'a pas servi à grand chose.

On m'a quand même trouvé, et je ne sais pas trop où j'ai mis les pieds, sauf sur ma carte de crédit. Alors qu'elle avait été attribuée à mon nom de jeune fille, le nom que j'avais légalement pris, il est possible qu'un connard l'ait compris et m'ait démasqué.

Maintenant ils me traquent.

— Merde.

— Quoi ? demande Jaxson.

Il remet son téléphone dans sa poche. Nous quittons la route, sur le dernier sentier menant à sa maison dans les bois.

— Je viens de comprendre comment ils m'ont trouvé. J'ai été stupide. Je pensais que si je gardais un profil bas, tout serait oublié, mais il est clair que c'était une erreur.

— Tu as fait beaucoup d'erreurs, marmonne Lincoln depuis le siège avant.

— Lesquelles ? répliqué-je en me retournant pour lui faire face, lâchant toute trace de Jaxson contre moi.

Le camion s'arrête brusquement.

— Nous sommes arrivés, dit Lincoln, en mettant le camion en stationnement.

— Reste dans le camion. Garde les portes verrouillées.

Lincoln coupe le moteur et prend les clés avec lui. Ils verrouillent le camion et se précipitent à l'intérieur de la maison.

— Comment vais-je rester au chaud ?

Personne ne peut m'entendre. Les deux hommes sont déjà dehors, se précipitant pour entrer dans la maison et s'assurer qu'Izzie va bien.

Une voiture rouge à hayon est stationnée dans l'allée devant la maison. Je ne reconnais pas la voiture, mais en même temps, je ne suis jamais allée chez lui. Je me rapproche de la porte mais reste à l'intérieur du véhicule.

Le moteur du camion rugit et je saute sur mon siège, réalisant que Jaxson a activé le démarrage automatique. Au moins, je ne vais pas mourir de froid.

Une partie de moi veut aider. Je n'aime pas rester assise, à regarder les événements se dérouler sans être impliquée. Je sais aussi que je ne servirai à rien si je suis blessée, et je n'aurai pas le luxe de me comporter comme un agent, arme au poing, courant partout avec un gilet pare-balles.

En réalité, je n'ai jamais eu de mission traditionnelle sur le terrain, à moins que vous ne considériez les planques et les opérations de surveillance comme excitantes. Ce n'était pas un travail passionnant, mais il était essentiel pour attraper les méchants.

Pour utiliser mes compétences me manque. La station n'est pas le travail le plus excitant, mais je pensais qu'il me donnerait un nouveau départ. Au lieu de cela, j'ai à peine plus que le salaire minimum, et j'ai été traqué. Ce n'est la faute de personne à la station.

Je suis enclin à garder des secrets. C'est tout ce que je sais, mais voyez à quoi ça a servi.

J'ai menti à Jaxson, le seul gars que j'aimais et avec qui j'avais une chance, tout ça parce que dire la vérité était trop difficile et trop risqué. J'avais peur d'être exposée et regardez où ça m'a menée.

Je me déteste.

BOUM !

BOUM !

Une forte explosion secoue le camion et souffle les fenêtres.

Je couvre mes oreilles et ma tête par instinct, mais je n'entends rien de plus à part un léger bourdonnement et au-delà, le silence.

CHAPITRE VINGT

JAXSON

Entrant en courant dans la maison, clé en main, j'ouvre la porte et désactive l'alarme, laissant la porte grande ouverte derrière moi pour que Lincoln me suive.

Je ne me retourne pas pour voir où il est. Je ne l'attends pas.

— Skylar ! Izzie ! crié-je en me précipitant dans la maison, à l'étage, vers la salle de jeux, où je leur ai dit d'aller.

J'ouvre la porte et me précipite à l'intérieur, mais je la trouve vide.

— Skylar ! Izzie !

J'essaye à nouveau, en espérant qu'elles me répondent, j'ai besoin de savoir qu'elles vont bien toutes les deux.

Isabella est mon univers, et même si Skylar n'est pas ma personne préférée, je lui fais confiance pour s'occuper d'Izzie et s'assurer qu'elle est en sécurité.

Le silence envahit la maison alors que je pousse chaque porte, les cherchant partout.

Je prends les escaliers jusqu'au sous-sol, où je découvre Izzie dans un bac à linge, au-dessus d'un monticule de draps.

Skylar a ouvert le couvercle du sèche-linge pour faire une brassée de vêtements noirs. La machine à laver fait des bruits sourds, ce qui m'a probablement rendu difficile à entendre, en plus de l'insonorisation de la cave. Je l'avais aménagé comme centre d'entraînement avant d'investir dans le bâtiment que nous avons maintenant pour Tactique de l'Aigle.

J'expire un soupir de soulagement, jetant mes bras autour d'Izzie, la serrant fort et la faisant tourner, réconforté qu'elle soit en sécurité.

— Désolée, je ne vous ai pas entendu entrer.

Skylar me lance un regard par-dessus son épaule et désigne Lincoln.

— On ne s'est jamais rencontrés, dit-elle en souriant et en tendant la main pour se présenter.

— Je m'appelle Lincoln Taylor. Il tend la main. C'est un plaisir de vous rencontrer.

Lincoln sourit de façon charmante à ma sœur et parte sa main à ses lèvres.

Skylar sourit et glousse. Il ne faut pas être un génie pour voir ce qui se passe entre eux deux.

— Elle est sans limites.

Je veux qu'il soit clair qu'il ne doit pas sortir avec Skylar.

S'ils sortaient ensemble, alors je devrais la voir plus souvent. C'est la dernière chose que je veux, que Skylar trouve une autre raison de rester à Breckenridge.

Il y a d'autres raisons, aussi.

Elle est bien trop jeune pour s'occuper de Lincoln.

Elle aime jouer sur le terrain et sortir faire la fête. J'ai de la chance qu'elle n'ait pas fait ça en ville, en rentrant après la fermeture du bar, déchirée, et en trébuchant par la porte d'entrée.

Je n'aurais pas toléré ce genre de comportement, certainement pas devant d'Izzie.

BOUM !

La maison vibre à cause d'une explosion proche. Je serre Izzie contre ma poitrine, la couvrant, incertain de ce qui se passe autour de nous.

Lincoln croise mon regard. Je rends Izzie à Skylar.

— Reste en bas.

Mes bottes heurtent les escaliers en montant, je sors en courant par la porte d'entrée pour voir comment va Ariella.

La fenêtre du camion est brisée. Je cours dans la neige jusqu'au camion, mes pieds glissent sous moi, mais je me rattrape avant de tomber.

— Ariella ?

Sa tête se lève, ses yeux sont grands et son corps tremble.

— J'étais juste assise ici quand les fenêtres ont explosé. On aurait dit une explosion à proximité.

Personne n'aurait pu manquer le grondement assourdissant.

— Tu sens cette odeur ? demande-t-elle.

Je me retourne, jetant un coup d'œil par-dessus mon épaule vers le pont entre nos maisons. De la fumée s'élève dans le ciel.

Ariella déverrouille la porte et l'ouvre d'un coup sec. Je fais un pas en arrière, m'écartant du chemin pour elle. Ses pieds s'enfoncent dans la neige à chaque pas rapide qu'elle fait vers le pont.

Contrairement à la maison, où j'avais pelleté et où il y avait peu de glace, le chemin du pont est épais de neige humide récente.

— Reste avec Skylar, crié-je à Lincoln qui se tient sous le porche, les sourcils froncés et le téléphone à la main. Il pointe dans la direction de la fumée. Il la voit aussi maintenant.

— J'appelle les pompiers, dit Lincoln.

Je suis Ariella à travers la forêt et à travers le pont, le long du sentier entre nos propriétés. C'est un chemin beaucoup plus court et plus rapide que celui du camion.

Une épaisse fumée noire s'élève dans l'air froid. La chaleur du feu rugit et fouette avec le vent contre la cabane. Il n'y a aucune chance de la sauver ou de sauver quoi que ce soit à l'intérieur.

— Non ! crie Ariella, se précipitant vers la cabane.

Je me précipite vers elle, l'attrapant par la taille, la retenant alors qu'elle essaye de se libérer, se tordant et se retournant pour se dégager de mon emprise.

— S'il te plaît ! Je dois rentrer à l'intérieur !

— Tu ne peux pas, murmuré-je à son oreille, m'accrochant à son corps, la retenant, voulant qu'elle reste avec moi.

Ne comprend-elle pas le danger ?

Le feu rugit et explose, le son est assourdissant alors qu'il ronge la structure. Le feu s'envole à l'extérieur par les fenêtres et là où se trouvait le toit quelques instants plus tôt.

Son corps se relâche dans mes bras, je la soulève et ramène chez moi.

— Repose-moi !

Elle essaye de se dégager de mon étreinte et finit par céder quand je ne la lâche pas. Sa tête repose contre ma poitrine, ses bras autour de mon cou.

— Elle va bien ?

Lincoln m'ouvre la porte d'entrée lorsque je l'amène à l'intérieur et la guide lentement sur le canapé pour qu'elle s'allonge.

— Je vais bien, dit Ariella, en s'asseyant, ses pieds pendant sur le canapé au lieu d'être étendus comme je l'ai couchée. Elle défait la fermeture éclair de mon manteau, l'enlève et me le tend.

— Qu'est-ce qui était si important dans cette maison pour que tu aies jugé nécessaire de courir vers les flammes ? Je sais que tu n'as pas d'animal domestique et que personne d'autre n'y vit.

J'y suis allé la nuit précédente, et il n'y avait que nous deux, seuls, explorant le corps de l'autre.

Déjà, ça semblait être il y a une éternité.

Elle n'a même pas répondu à la lettre que je lui ai laissée sur le frigo. Tout cela devra attendre. Il y a des questions plus urgentes à régler. De plus, je ne suis même pas sûr de pouvoir lui pardonner et d'être capable d'être avec quelqu'un qui m'a menti.

Je repousse les souvenirs de la nuit dernière. Je dois pour le moment oublier ce qui s'est passé entre nous.

— Dans mon sac à dos, il y a des photos.

Elle baisse les yeux vers le sol.

Je fais un pas de plus et me penche.

— Quel genre de photos ?

Je ne suis pas capable d'ignorer le nœud dans mon estomac. Elle a trouvé nécessaire de me mentir à nouveau.

Qu'avait-elle caché dans la cabane qui valait la peine de risquer sa vie ?

— Tu ne comprendrais pas.

Ses yeux verts perçants me regardent.

— Essaie.

Je la garde coincée contre le canapé. Mes jambes sont à cheval sur les siennes.

Elle avale, et sa langue sort, léchant ses lèvres. Le silence enveloppe la pièce.

— Je vais aller voir Skylar et Isabella, dit Lincoln.

Il se précipite hors de la pièce et descend les escaliers du sous-sol.

Chaque bruit sourd est plus fort que le précédent contre les marches en bois.

Ariella se ronge la lèvre inférieure, tirant le bord rose cerise entre ses dents. Ses yeux tombent sur le sol.

— Tu vas me répondre ?

Je soulève son menton avec mon pouce, mes doigts effleurant sa peau tendre.

— Quelle était la question ?

Ses lèvres font la moue, ses sourcils se froncent, et elle penche la tête sur le côté.

— Tu es la reine de l'évitement, n'est-ce pas ? Je peux le voir écrit sur son visage. Ne joue pas avec moi.

Je n'aime pas les jeux, et je ne veux pas m'y engager avec elle.

— Les photos dans ta cabine. Quelles sont-elles ? Des photos de famille ? Quelque chose d'autre ? C'est juste toi et moi. Tu me dois une réponse honnête, Ariella. Surtout après m'avoir menti sur la raison de ta venue à Breckenridge.

Un léger souffle d'air s'échappe de ses lèvres avec un soupir. Elle pousse doucement contre ma poitrine. Quand je ne bouge pas de son chemin, elle roule les yeux et croise ses bras contre sa poitrine.

— Ce n'était pas un mensonge. Je n'ai jamais dit à personne pour qui je travaillais, même quand ils m'employaient.

— Tu veux dire la C.I.A ? dis-je.

Même maintenant, elle évite d'utiliser le nom de l'agence.

Ariella se déplace contre le canapé mais ne peut pas bouger plus loin que ses fesses ne le lui permettent sans écarter ses jambes de moi, ce qu'elle ne fait pas.

Je tends la main et je fais sortir ses bras de leur position repliée. Prenant ses mains dans les miennes, je peux sentir que ses doigts sont frigorifiés par la température extérieure. Ses joues sont également légèrement rouges, ce que je suppose être dû au froid. Cela peut aussi être dû au stress causé par l'incendie de sa maison.

— Tu es gelée. Pourquoi tu n'as rien dit ?

— Ça ne semblait pas important, chuchote-t-elle en croisant mon regard.

Une couverture est posée sur le dossier du canapé en cuir.

Je me lève et je tire la couverture chaude vers le bas et je la déplie, la couvrant avec. Ses épaules s'affaissent, et son comportement semble se détendre une fois qu'elle est serrée sous la couverture. Je m'assieds à côté d'elle, mes jambes frôlant les siennes, assis au sommet de la couverture.

— Tu dois prendre davantage soin de toi. Je comprends que tu sois bouleversée par l'incendie, mais peu importe ce qui a été détruit, ça ne valait pas la peine de mourir pour ça.

— Tu n'en sais rien, dit Ariella, les yeux écarquillés.

Elle se tourne vers moi. Ses mains serrent la couverture autour de son petit corps.

— Alors explique-moi.

Je n'aime pas être laissé dans le flou. Elle me donne continuellement des pièces du puzzle, une par une.

— Je n'aime pas qu'on me fasse marcher ou que je doive arracher des secrets à quelqu'un.

Elle tremble sous la couverture, et je ne peux pas dire si c'est dû à son refroidissement ou aux problèmes d'adrénaline qu'elle a eus la veille.

Est-ce un phénomène quotidien concernant sa santé ? Une autre question à laquelle je veux des réponses mais je ne m'attends pas à ce que tout soit expliqué ce soir. Avant tout, il y avait le mensonge sur son passé, le fait qu'elle ait travaillé pour la C.I.A., et ce qui l'a poussée à risquer sa vie pour retourner à l'intérieur pour ce stupide sac à dos.

— Il y a environ quatre ans, je suis tombée enceinte, dit Ariella.

En faisant les cent pas dans le salon, je pourrais facilement faire un trou dans le sol. Une énergie agitée se déverse en moi jusqu'à ce que j'entende sa faible réponse.

Cela me prend par surprise. J'avale la boule au fond de ma gorge.

— Je ne savais pas.

Je ne veux pas l'accabler. En m'approchant d'elle, je prends de la hauteur.

— Que s'est-il passé ?

Elle fixe la couverture.

— Noah est né prématurément, à vingt-huit semaines. Il y a eu des complications pour le bébé et pour moi. Il s'est battu, il a vécu deux semaines en soins intensifs néonatals, mais à la fin, c'était trop.

Je m'assieds à côté d'elle, ma main se posant sur sa cuisse, lui donnant une pression rassurante.

— Je suis vraiment désolé.

J'ai mal au cœur.

Son fils aurait à peu près le même âge qu'Izzie. Cela me bise le cœur d'imaginer ce qu'elle a traversé et vécu.

Elle serre ses lèvres.

— Moi aussi. Le feu a pris la dernière et seule photo que j'avais de mon fils.

Une lourdeur m'envahit.

Ses yeux brillent de larmes et elle inspire, reniflant, mais l'humidité ne tombe pas de ses yeux.

Sa force surpasse la mienne.

— Je ne veux plus en parler. Ça fait trop mal d'y penser. Il me manque tous les jours, mais son bracelet d'hôpital et sa photo étaient dans mon sac à dos.

Je l'attire sur mes genoux, mon étreinte l'écrasant, la gardant serrée contre moi.

Son corps tremble. Ses respirations sont faibles et courtes.

— Laisse-moi faire disparaître ta douleur, chuchoté-je à son oreille.

Ses joues rougissent. Ses mains se rapprochent de mon cou, glacées. Elle passe ses doigts dans mes cheveux.

— Tu ne peux pas. Personne ne le peut.

Mon front s'appuie fermement contre le sien. Je ne veux pas prendre ça comme une réponse. J'ai envie de l'allonger sur le canapé et d'embrasser sa douleur.

— Je ne sais pas comment j'aurais élevé Noah avec Benjamin en prison, toute seule. Ariella grimace. Je suis désolée.

— A propos de quoi ?

Pourquoi s'excuse-elle auprès de moi ?

Elle embrasse ma joue avant de déplacer sa tête pour la poser sur mon épaule.

— Je ne sais pas comment tu fais."

Elle s'arrête un instant et pousse un gros soupir.

— Élever une fille toute seule. C'est impressionnant pour moi que tu sois un père célibataire et que tu travailles à plein temps.

— Peut-être que cela te réconforteras de savoir que nous croyons que toi et ton ex-mari ont été piégés, dis-je.

Elle se retire de mon étreinte. Je pensais qu'entendre cela l'aurait rendue heureuse.

— Quoi ?

— Blue Sky Resort nous a demandé de vérifier tes antécédents avant de t'engager. Je n'ai pas creusé trop profondément. Quand j'ai su que tu es mariée à Benjamin Ryan, j'ai perdu mon sang froid.

— Ce sont des excuses ? demande Ariella, en inclinant la tête avant de descendre de mes genoux.

Je ne veux pas qu'elle s'éloigne.

— Ça pourrait l'être, dis-je. Mason a continué à creuser et a découvert ton ancien employeur. Il y avait un certain nombre de transactions douteuses qui sont remontées jusqu'à la C.I.A.. Mason a évoqué la possibilité que quelqu'un ait pu vous piéger, toi et Benjamin.

— Qui l'aurait piégé ? A moins qu'ils m'aient aussi piégé, mais pourquoi ? Pourrait-il y avoir une taupe dans l'organisation, quelqu'un qui m'a piégé pour que je prenne la faute ?

Se frottant les tempes, elle se penche en avant, la tête dans les mains.

J'espère qu'elle n'est pas sur le point de tomber malade. Je veux la ramener avec moi à Tactique de l'Aigle, mais je ne suis pas sûr qu'elle soit prête à y aller.

La colère se calme et se dissipe alors que son corps se détend.

— Je n'aurais jamais pensé voulais remercier Mason, dit-elle.

— Tu auras ta chance.

— Benjamin n'était pas coupable ?

Sa voix est douce, à l'image de la nouvelle.

— Il purge une peine de 150 ans dans une prison fédérale pour fraude boursière, fraude électronique, blanchiment d'argent, la liste est longue. Mon dieu, je suis vraie connasse. Elle s'éloigne de mon contact. Je lui ai dit que je le détestais, que je ne voulais plus jamais le voir ou lui parler.

Je n'avais pas envisagé le fait qu'elle pouvait encore avoir des sentiments pour son ex-mari. S'il n'est pas coupable, quelle chance ai-je qu'elle veuille même être avec moi ?

Je passe une main dans mes cheveux courts. Je dois changer de sujet rapidement. L'idée qu'Ariella se sente coupable et veuille être à nouveau avec lui me fait monter la bile dans la gorge.

— Cela mis à part, dis-je en me raclant la gorge. Nous avons des questions plus urgentes. Tu as mentionné plus tôt que les voyous qui t'ont attaqué ont exigé quatre millions de dollars.

— C'est exact. Je n'ai pas une telle somme. Si je l'avais, penses-tu que je vivrais dans les bois sans électricité ni chauffage accessible ?

Elle a un chauffage accessible. Ce n'est peut-être pas la méthode la plus facile pour chauffer l'endroit, mais la cabane peut quand même être maintenue bien chaude. Je tiens ma langue. Il n'y a pas de raison de se battre pour une cabane qui a brûlé. Les pompiers mettront au moins vingt minutes à gravir la montagne, et le peu d'eau dont dispose le camion sera tout ce qu'ils pourront utiliser.

Vingt minutes, c'est trop long pour sauver la cabane, mais cela empêchera la destruction de se propager et de transformer la forêt en une gigantesque poudrière.

Le hurlement des sirènes à leur approche résonne à l'extérieur et à travers la canopée des arbres.

— Je n'ai pas cet argent non plus, mais je pense qu'il y a un autre moyen.

Je me dirige vers la fenêtre, fixant à l'extérieur l'obscurité lourde, comme des nuages qui s'envolent vers le ciel, pendant un moment avant de me retourner pour lui accorder mon attention.

Ariella se lève lentement, pliant la couverture pour lui redonner sa forme initiale, chaque coin étant parfaitement aligné pour correspondre.

— Je n'aimerais rien de plus que de ne plus jamais poser les yeux sur ces hommes, mais je sais que si nous ne les arrêtons pas, la prochaine fois sera pire.

Elle pose la couverture sur le dossier du canapé où je l'avais attrapée plus tôt.

— Penses-tu qu'ils sont en quelque sorte responsables de l'incendie ? demande-t-elle.

Ariella marche tranquillement. Ses pas sont silencieux à l'oreille. Si je ne l'observais pas du coin de l'œil, je n'aurais jamais su qu'elle se tenait à côté de moi.

Je me retourne et je regarde le panache de fumée.

— On peut aller dehors et regarder ?

Sa voix est douce et hésitante. A-t-elle peur que je lui dise non ?

Même si je n'ai pas envie de l'emmener avec moi, je veux examiner la scène et déterminer si des preuves ont été laissées à l'air libre. Si les pompiers ne sont pas encore arrivés, nous pourrons peut-être repérer des traces de pneus ou des empreintes de pas.

Des années d'entraînement tactique et militaire me disent que ce n'est pas un accident. C'est risqué, mais je ne veux pas qu'il arrive quoi que ce soit à Ariella.

— Prends ça, lui dis-je en lui offrant mon manteau, le même qu'elle portait plus tôt. Je prends une autre veste pour l'enfiler.

— Attends ici. Je vais dire à Lincoln ce qu'on va faire pour qu'il ne s'inquiète pas.

Je me précipite dans les escaliers du sous-sol, j'informe Lincoln et Skylar que nous allons vérifier l'incendie à côté et voir si quelque chose de suspect ressort.

— C'était rapide.

J'avais peu de choses à leur dire, et je ne veux pas qu'Ariella y aille seule. J'ouvre la porte d'entrée et la conduis à l'extérieur.

— C'est difficile à dire, mais si je fais confiance à mon instinct, ils ne doivent pas être très loin d'ici.

Si quelqu'un a intentionnellement déclenché l'incendie, il est resté dans les parages à regarder les dégâts qu'il a causés.

Avec ma main sur le bas de son dos, je la guide à travers la forêt et sur le pont.

Souriante, elle porte toujours les bottes que je lui ai données. Je les avais achetées comme cadeau pour ma sœur lorsqu'elle était en visite, puisqu'elle n'apportait jamais de chaussures convenables. La boîte avait été rangée au fond de mon placard et avait enfin vu la lumière du jour.

Nous traversons le pont. A travers les arbres, les lumières rouges du camion de pompiers qui s'engage dans l'allée de sa propriété clignotent.

Elle grommèle dans son souffle.

— Tu as vu ça ? Ce satané hangar a survécu.

La structure est à bout de souffle. C'est étonnant que l'épaisse fumée n'ait pas renversé le bâtiment.

— Je crois que je sais où je vais vivre à partir de maintenant, marmonne-t-elle en enfonçant ses mains dans les poches de son manteau.

Il n'y a aucune chance que je la laisse vivre dans cette cabane tordue.

— Et l'argent de l'assurance pour la cabane ?

L'assurance paiera la reconstruction de la maison et ses frais de subsistance jusqu'à un certain montant, en fonction de sa couverture.

Les pompiers déverrouillent le tuyau et utilise le réservoir d'eau disponible. Il n'y a pas de bouche d'incendie à proximité.

L'eau souffle le feu, provoquant une épaisse fumée qui inonde la zone. Je tends le bras, attirant Ariella contre moi, et je plonge ma tête dans ma veste pour respirer.

L'air extérieur me brûle les poumons.

Elle tousse alors que le vent change de direction vers nous pendant que nous nous tenons derrière la propriété.

Je n'ai pas d'assurance, s'étouffe-t-elle.

Les flammes sont étouffées par l'eau, nous étouffant au passage alors que la brise se lève.

La bourrasque d'air enflamme les restes carbonisés, la cendre dans l'air, les braises flottant comme des lucioles glissant dans le vent. Mes yeux brûlent, et Ariella continue à tousser.

Nous devons faire demi-tour. C'est stupide et dangereux. Je l'ai jetée en plein dans le danger.

La lourdeur de l'air rempli de fumée noire me fait faire demi-tour. Le pont n'est pas visible. Avec un bras autour de sa taille, je la tire à travers l'épais brouillard de fumée. Je ne peux même pas voir mes propres mains devant moi.

Je retiens ma respiration et la serre contre moi pour qu'elle ne se perde pas et ne s'expose pas à un danger supplémentaire. La fumée me brûle les yeux. Mon nez est chatouillé par la cendre. C'est ma faute.

La brise se lève, et j'halète, ayant besoin d'un peu d'air dans mes poumons. Ariella tousse et siffle, la fumée la dérange bien plus. Le feu reprend vie alors que nous sommes trop proches dans la fumée pour voir.

La chaleur grésille contre mes joues.

Je jure et tire Ariella plus près derrière moi.

— Garde tes bras autour de ma taille, exigé-je.

J'ai besoin de mes mains pour me frayer un chemin dans les arbres et si je ne veux pas me brûler, je veux encore moins que ce soit elle qui découvre les flammes sauvages.

En contournant le feu, un souffle d'humidité étouffe les flammes momentanément. De la fumée se répand dans l'air.

Je tousse et trébuche en avant.

Mes yeux brûlent.

À travers la chaleur et le chaud qui mijotent encore sur les fondations, je nous fais faire le tour de la propriété. La sueur recouvre mes joues et mon front tandis que mon dos se couvre de chair de poule à cause du froid.

L'amenant avec moi autour du feu et loin de la fumée, échappant à tout danger, je sens la clarté avant de voir quelque chose de clair. Ma vision est brouillée par la fumée, mais un pied heurte le sol devant l'autre.

Haletant, je m'effondre en avant, loin des panaches de fumée, les genoux sur la neige glacée, respirant l'air frais - la fumée derrière nous.

J'entends les cris des pompiers. Je ne suis pas bon pour Ariella.

Mes mains s'agrippent à la terre, aspirant chaque bouffée d'oxygène que je peux.

Avec des yeux flous, un homme se dresse au-dessus de moi.

Un masque recouvre mes lèvres et ma vision vacille et se brouille avant que le monde ne devienne noir.

CHAPITRE VINGT-ET-UN

ARIELLA

— Jaxson ? Il trébuche en avant, d'un pied puis d'un autre, jusqu'à ce qu'il tombe à genoux.

Je m'accroupie, le gardant près de moi.

— A l'aide ! crié-je aux pompiers, en espérant qu'il y ait un ambulancier à proximité. Mes mains s'agrippent à sa veste, et mes doigts caressent ses cheveux. Je ne vois aucune trace de brûlure, aucun signe de blessure.

À moins que ce ne soit quelque chose que je ne peux pas voir, peut-être l'inhalation de fumée. Peut-il s'agir d'autre chose que je ne connais pas ?

— S'il vous plaît, aidez-le !

Le bruit des bottes contre la neige me fait frissonner et mes cheveux s'hérissent. Cela me rappelle le verre qui craque sous mes pieds. Une équipe d'ambulanciers se précipite pour aider.

Le corps de Jaxson se relâche, mais mes mains l'attrapent avant qu'il ne s'écrase dans la neige, le guidant vers le bas aussi gracieusement que possible.

Je tousse et halète. Des vagues de vertiges m'envahissent, mais j'ignore la sensation de tournoiement.

Jaxson a besoin d'aide.

Je peux attendre. J'attendrai parce qu'il est dans le besoin. Il a une fille, et si quelque chose lui arrive à cause de ma négligence, je ne me le pardonnerai jamais.

Un ambulancier m'éloigne gentiment, m'informant qu'ils ont besoin d'espace. Je ne veux pas lâcher sa main, je ne veux pas perdre le seul lien que j'ai avec quelqu'un. Lâcher prise n'est pas une réponse que je peux accepter.

— Non. Je secoue la tête à plusieurs reprises, tremblant, bien que je n'aie pas froid.

La nausée attrape mon estomac, et je pousse une mèche de cheveux derrière mon oreille, expirant par la bouche. Tout pour ne pas rejeter mon déjeuner. Sauf que je ne me souviens pas de la dernière fois que j'ai mangé.

Ma tête bat la chamade, mon cœur bat la chamade, et mon estomac se contracte.

— Je ne le quitterai pas, dis-je en serrant sa main. Il ne m'a pas quitté.

— Nous devons l'examiner, dit le monsieur, ses yeux étudiant la bosse que j'ai subie plus tôt. Vous devriez vous faire examiner aussi.

— Je ne vais nulle part sans Jaxson.

Je refuse de relâcher ma prise sur sa main. Personne ne peut nous séparer.

L'ambulancier grommèle et pousse un soupir résigné.

— Eh bien, pourriez-vous au moins vous asseoir pour que je puisse vous examiner aussi ? Je suis inquiet pour votre blessure à la tête.

Il n'a même pas vu toutes les coupures et les bleus, les éraflures qui me couvrent depuis tout à l'heure.

— Je vais bien, insisté-je en montrant le bandage sur ma tête. Ce n'est pas lié.

Je m'accroupie, les genoux pliés, gardant un œil sur Jaxson, ignorant l'attention que l'ambulancier me porte.

— Oui, et vous saignez à travers votre bandage, dit l'ambulancier.

Il attrape quelques compresses de gaze dans un sac à proximité avec ses mains gantées et les pose contre mon front.

Je grimace à cause de la piqûre initiale du contact. Il y a des gouttelettes de sang frais dans la neige - mon sang.

Mes fesses s'affaissent dans la neige froide et visqueuse.

Ma main gantée frotte les traces de mon sang, les dissimulant aux regards des autres.

— Pourquoi ne viendriez-vous pas avec moi ? Asseyez-vous à l'arrière de l'ambulance pour que je puisse soigner votre tête, dit l'ambulancier.

Un autre ambulancier s'occupe de Jaxson, couvrant son visage avec un masque à oxygène contre sa bouche et son nez.

— Il va s'en sortir ?

L'ambulancier m'escorte à travers la neige et la boue humide jusqu'au compartiment de l'ambulance. Il tire sur les doubles portes et me tend la main pour m'aider à entrer.

— Asseyez-vous.

Il désigne le brancard.

Je préférerais rester debout, mais je fais ce qu'on me dit. Je m'assieds au bord du lit de camp, les lèvres serrées.

Il claque les portes de l'extérieur.

Je crie :

— Hé !

Je saute de la civière, essayant la poignée de la porte. Il m'a enfermée à l'intérieur.

— À l'aide !

Tout est assourdi à l'extérieur de l'ambulance. Pouvaient-ils entendre mes appels à l'aide ?

— Au secours ! Laissez-moi sortir !

Mes mains frappent fort contre les portes métalliques.

Une porte claque, et le moteur de l'ambulance ronronne.

— Merde, marmonné-je. Au secours ! Je suis enfermée
!

J'essaye à nouveau, mais personne ne répond.

L'ambulance fait un bond en avant, et mes pieds
tâtonnent jusqu'à ce que je m'agrippe au mur voisin
pour me stabiliser. Je n'ai pas de téléphone, et Jaxson
n'était pas dans la meilleure forme quand je suis
bêtement entrée dans l'ambulance. Il n'est pas
secouriste, mais comment a-t-il pu tromper les
autres ? A moins qu'aucun d'entre eux ne soit
secouriste ?

Jaxson n'avait-il pas mentionné que l'hôpital était à
deux heures de route ?

Je ne peux pas m'inquiéter pour Jaxson en ce moment.
J'espère que Lincoln le trouvera.

J'ai besoin de m'échapper.

La porte ne s'ouvre pas de l'intérieur. J'ouvre le meuble
le plus proche. Trois étagères sont vides, mais sur
l'étagère du bas, un petit sac noir est posé seul.

Je me penche pour attraper le sac et j'ouvre la
fermeture éclair pour trouver quelques fournitures,
mais rien d'utile pour moi : de la gaze, des bandages et
du ruban adhésif médical. Il contient les mêmes
articles que ceux qu'il avait utilisés plus tôt pour mon

front afin d'apparaître comme un secouriste sans en être réellement un.

Je me précipite de l'autre côté de l'ambulance, vérifiant l'autre armoire. Il y a plusieurs flacons, non étiquetés, mais pas de seringues à ma connaissance.

— Des médicaments ?

Qu'est-ce qu'ils font avec ça ? J'écrase les flacons contre le sol. Je ne veux pas risquer qu'il essaie de les utiliser sur moi.

L'ambulance prend de la vitesse alors que nous descendons la montagne, fuyant la ville.

Bien que je ne puisse pas voir par les fenêtres, avec la descente lourde, la poussée du poids de l'ambulance, je peux entendre le grincement des freins à chaque tournant.

Je tape du poing contre l'épaisse cloison entre le conducteur et moi.

Le conducteur m'ignore. Il est assis, seul, sur le siège avant.

Au moins, je n'ai qu'une personne à combattre lorsqu'il finira par s'arrêter et ouvrir la portière. Il ne peut pas me laisser ici pour toujours.

— Qu'est-ce que tu veux ? crié-je. Mes mains se serrent en poings et je tape contre la vitre. Laisse-moi partir !

La vitre est sale, épaisse, et a une couche séchée et gluante sur les bords. La fenêtre est faite pour s'ouvrir et glisser, mais quelqu'un a fait en sorte que ça n'arrive pas.

— Putain !

Était-il impliqué dans l'incendie de ma cabane ? Ça semblait probable.

— Qui es-tu ?

Plusieurs véhicules sont stationnés au milieu du col de la montagne, bloquant la circulation.

— C'est quoi ce bordel, grommèle-t-il.

Sa voix, bien qu'étouffée, je peux l'entendre, ce qui signifie qu'il m'a bien entendu.

Il freine brusquement, envoyant mon corps à l'arrière du parking des ambulances, heurtant le mur, la civière heurtant mes genoux.

Je fais une grimace et je retiens un gémissement dû à la douleur. Je ne veux pas qu'il se fasse des idées.

Les pneus crissent alors qu'il fait gronder le moteur.

Un siège simple est positionné près de la fenêtre intérieure, et je m'assieds face à l'avant de l'ambulance, sur mes genoux, en m'agrippant au dossier du siège pour pouvoir regarder à travers la vitre.

Plusieurs véhicules ont bloqué le passage principal de la montagne. Y a-t-il eu un accident ?

À travers l'ouverture sale, j'aperçois un camion familier. Mon cœur palpite dans ma poitrine.

Jaxson peut-il être là ?

Non, je dois délirer.

Il est au sommet de la montagne à la maison, allongé inconscient sur la neige à l'extérieur de ma cabane incendiée. Plus d'une personne possède ce type de véhicule.

Je peux voir des silhouettes à l'extérieur de leurs camions, sur le bord de la route, mais je ne peux pas distinguer le visage de qui que ce soit. Le verre est trop sale et déformé. Tout le monde semble flou.

— A l'aide ! crié-je. Quelqu'un peut-il m'entendre ?

Il appuie sur l'accélérateur et l'ambulance fait une embardée vers l'avant, se dirigeant de front vers la multitude de véhicules qui attendent en bas.

— Merde, je m'accroché au siège et j'attrape la boucle pour la faire tourner et attacher la ceinture, mais elle a été coupée en deux. Elle ne vaut rien.

L'ambulancier refuse de ralentir alors que le véhicule dévale la route de montagne, percutant les camions, les SUV et les voitures de police qui sont stationnés au milieu de la route.

Je m'accroche au siège, l'impact me projetant de la banquette sur le sol.

— Au secours !

Les hommes à l'extérieur peuvent-ils m'entendre ?

Le fracas du métal étouffent leurs voix.

Ma tête palpite, et le moteur de l'ambulance rugit. L'arrière du véhicule fait un tonneau sur ce que je ne peux que supposer être de la glace et de la neige.

Le véhicule part en vrille et est catapulté dans un ravin, me projetant à l'arrière de l'ambulance jusqu'à ce que l'obscurité l'emporte.

———

Chaque partie de mon corps, à l'intérieur comme à l'extérieur, me fait mal comme le feu qui dégouline sur ma peau.

Je gémis, et mes paupières s'ouvre, la luminosité forçant le martèlement dans ma tête à s'intensifier et offrant une chaleur qui me fait imaginer que c'est le soleil.

— On dirait qu'elle est réveillée, résonne une voix bourrue.

Il me faut toute ma force pour me concentrer, pour rester éveillée et alerte.

Mes doigts effleurent la surface en pierre froide de l'endroit où je me suis recroquevillée.

Je ne suis pas dans un lit.

Il n'y a aucun bip de machine ni aucun signe indiquant que j'ai été transportée dans un hôpital. Le dernier souvenir que j'ai est celui de l'accident, ce qui signifie que je ne me suis pas encore échappée.

J'expiré un souffle lourd et je grimace.

J'ai du mal à respirer. Ce n'est pas bon signe.

Je me retourne sur le sol dur et me force à m'asseoir, le dos appuyé contre une dalle de ciment froide.

La lumière vive qui m'a réchauffé plus tôt n'est plus que le scintillement d'une seule ampoule dans une pièce sombre.

Suis-je retenue dans la cave de quelqu'un ?

Il n'y a aucun signe de l'ambulance ou du sol de la forêt.

La pièce sent le vieux, le moisi, et me chatouille le nez. Je me froisse le visage pour ne pas éternuer et je lève les yeux vers l'ampoule.

Deux hommes à la barbe longue et épaisse sont assis sur des tabourets dans l'obscurité, des couteaux à la main, et me regardent.

Je gratte mes doigts sur le sol en pierre froide. Je suis blessée, mais je peux bouger. Mes doigts et mes orteils s'agitent. Les hommes ne m'ont pas attaché. Il n'y a pas de liens qui m'empêchent de bouger.

— Que voulez-vous ? demandé-je.

Ma voix est rauque, ma bouche sèche.

Un homme utilise son couteau pour taillader un bâton, le bout est tranchant.

A-t-il l'intention de l'utiliser sur moi ?

Je me mords la langue, la douleur intense aidant à me réveiller de la déconnexion brumeuse qui entoure ma tête. Si je n'avais pas été dans un accident, j'aurais supposé que j'avais été droguée. Est-il possible que les deux soient arrivés ?

Le deuxième homme gratte le bord de ses ongles avec son couteau, puis l'utilise pour nettoyer entre ses dents. Les yeux plissés, il se lève et prend de la hauteur.

— Il s'avère que ta tête est mise à prix. Nous ne faisons que collecter la prime. Reste assise.

C'est la dernière chose que je suis prête à faire, m'asseoir et attendre ma mort.

Que s'est-il passé avec Jaxson ? Est-ce qu'il va bien ?

Je ne veux pas que ces hommes sachent qu'il compte pour moi, pour ne pas qu'ils utilisent ça contre moi aussi.

— Combien je vaux ?

S'ils sont après l'argent, je pourrai les convaincre que j'ai un tas de richesses à l'étranger. Tout ce qu'ils ont à faire est de me laisser vivre.

Savent-ils qui je suis, ce pour quoi mon ex-mari a été condamné, ou cette prime est-elle due à mon travail pour l'agence ?

Le plus jeune des deux hommes, celui qui taillait un long bâton pointu, sort son téléphone portable.

— L'acheteur dit qu'elle a la même valeur morte ou vivante.

— Une chance pour nous, dit le deuxième homme, les yeux illuminés par la perspective de ma mort.

— Peu importe ce qu'il est prêt à vous donner, je peux le doubler !

Verront-ils mon bluff ?

L'homme qui se tient au-dessus de moi incline sa tête sur le côté et se penche, couteau en main. La lame griffe ma joue. Son haleine putride sent le café.

— Oui, mais j'aime écouter les cris d'une femme sans défense lorsque je la poignarde à plusieurs reprises. Quel plaisir y a-t-il pour moi à te laisser vivre ? De cette façon, j'ai l'argent et mon plaisir.

Il me fait un clin d'œil.

Je me penche en avant, crachant de la bile.

Ses doigts arrachent mes cheveux, me tirant pour me mettre debout. Il ne fait rien pour soulager la sensation de battement dans ma tête, si ce n'est l'aggraver.

Je serre mon front d'une main et le mur derrière moi de l'autre pour ne pas perdre l'équilibre. — Laissez-moi partir.

Je ne veux pas être impuissante.

Je lui donne un coup de pied dans l'aine. Il est rapide, la lame du couteau appuyée sur mon cou, mon corps serré contre le mur de ciment froid.

— Tu es sûre de vouloir faire ça ? demande-t-il, se penchant vers moi, son souffle contre mes joues.

Les poils de mes bras s'hérissent, et un frisson parcoure ma colonne vertébrale.

J'avais eu beaucoup d'occasions de me battre avec un couteau factice à l'agence, mais sous pression, tout est différent.

Combattre ou fuir.

Je me fige.

CHAPITRE VINGT-DEUX

JAXSON

Son faible cri me fait revenir et me concentrer. Je lève ma main gantée, m'accroche au masque autour de mon visage et l'arrache.

— Vous devez vous allonger, dit l'ambulancier en se tenant au-dessus de moi.

— Bien sûr que oui.

Je tousse en le repoussant et je reste debout, regardant les pneus de l'ambulance tourner sur la glace et la neige avant de voler sur la route de montagne.

— Vous n'êtes pas... où l'emmenez-vous ?

Je prends plusieurs respirations profondes, inspirant par le nez et expirant par la bouche.

Déjà, je me sens mieux, plus alerte, moins trouble.

Quoi qu'il y eût dans ce masque, ce n'était pas de l'oxygène. Ils ont essayé de me droguer.

Deux pompiers arrosent les restes fumants de la cabine, pour éviter qu'elle ne s'enflamme à nouveau. Ils discutent entre eux ; je ne peux pas les entendre par-dessus le bruit de l'eau qui frappe les décombres.

L'ambulancier doit savoir quelque chose. Il doit être impliqué. Il ne semble pas le moins du monde stressé ou surpris que son véhicule vienne d'être volé avec une femme à l'arrière qui crie à l'aide.

Je lui amène un coup violent au visage, le plaquant au sol et l'empêchant de toucher sa trousse médicale qui se trouve à quelques mètres de lui. Je ne sais pas ce qu'il a là-dedans, si c'est une arme ou un sédatif, mais je ne veux pas le laisser me toucher.

Un autre pompier arrive derrière l'ambulancier avec un projecteur. Il allume la lumière, la luminosité obligeant l'ambulancier à se protéger les yeux, l'aveuglant alors que je le maintiens plaqué contre la neige.

— Lâche-moi ! crie l'ambulancier. Tu es fou.

— Tu n'as pas encore vu le fou, craché-je

— Mais qu'est-ce qui se passe ? demande le pompier. Vous n'êtes pas le SAMU local. Vous allez bien, monsieur ?

Il garde les projecteurs sur l'ambulancier, mais son attention est maintenant portée sur moi.

Il me jette des quelque chose qui provient de sa poche. Il reconnait que quelque chose ne va pas non plus.

Il n'y a qu'une seule ambulance dans tout Breckenridge. La famille Adams dirige l'unité EMS, et étant membre de Tactique de l'Aigle, je connais chacun des Adams.

— Ca ira.

Je fais rouler l'agresseur sur le ventre et lui attache les mains avant de me lever.

— Qu'est-ce que tu veux à Ariella ?

Je le tire d'un coup sec, le faisant s'asseoir dans la neige froide et molle.

— Sa tête est mise à prix. C'est juste un jour de paie comme les autres.

Combien de personnes sont après elle ?

Je sors mon téléphone de ma poche, j'appelle Lincoln et le reste de l'équipe. Je les mets en conférence téléphonique ensemble.

— Hey, qu'est-ce qui se passe, mec ? demande Lincoln.

Je l'ai laissé chez moi, à quelques mètres de là, et il ne sait pas ce qui vient de se passer.

— Ouais, t'es où ? demande Mason.

— La maison d'Ariella a brûlé. Nous avons été pris dans la fumée et quelqu'un se faisant passer pour un secouriste l'a forcée à monter à l'arrière de l'ambulance et s'est enfui avec elle par le col de la montagne, dis-je.

Je rentre ensuite dans les détails, leur demandant d'appeler le bureau du shérif de Breckenridge et de bloquer la route.

— Je m'en occupe, répond Declan.

— J'ai aussi besoin qu'une unité du shérif soit amenée à la vieille cabane, celle qu'Ariella a acheté. Un gars qui se fait passer pour un secouriste est attaché.

Je n'ai pas de menottes à portée de main, et même si je pourrais facilement traîner son cul jusqu'à la station, je dois rejoindre Ariella et la protéger.

— Tu vas l'interroger ? demande Lincoln.

Je veux l'attacher et l'interroger, enfoncer le canon de mon arme contre sa peau nue. Mais cela prendrait du temps, et je n'en ai pas beaucoup en ce moment.

— Je laisse ça au shérif.

Il y a trop de témoins avec les pompiers à quelques mètres de là.

Le type d'interrogatoire que je voudrais faire est illégal.

———

Je me précipite entre les arbres et sur le pont, en contournant la maison. La fumée a diminué. Lincoln se rapproche de la voiture.

— C'est moi qui conduis, dit-il.

Je démarre le moteur avec mon porte-clés et m'installe sur le siège passager.

Lincoln ne perd pas une seconde et se précipite du côté du conducteur. Dès qu'il ferme la porte, il enclenche la marche arrière et nous emmène loin de la maison.

Je tire sur la ceinture de sécurité, l'attachant pendant que Lincoln nous précipite dans le col de la montagne, la route étant glissante et mouillée par la glace et la neige. J'ai l'estomac noué devant le danger qui nous guette.

— On la retrouvera à temps, ne t'inquiète pas.

Les mains de Lincoln sont crispées sur le volant.

Mon pied tape contre les tapis de sol, l'anxiété s'installent, le trajet me semble plus long.

— Est-ce qu'Izzie et Skylar vont bien ?

Je ne les ai pas oubliées.

— Elles vont bien. Izzie est descendue faire une sieste. Skylar lisait un livre quand je l'ai quittée.

— Ok.

Je laisse échapper un souffle anxieux sans m'en rendre compte.

Lincoln descend le col de la montagne, un pro pour prendre les lacets à la hâte. Il ralentit lorsque nous nous approchons. Une multitude de véhicules ont été écrasés, l'ambulance ayant déjà laissé son sillage.

— Regarde là !

Lincoln désigne les traces de pneus hors de la route et l'ambulance au fond du ravin, sur le côté. Il quitte la route et freine.

J'ouvre la porte du camion et je me précipite dans le ravin, mes bottes dérapant sur le flanc de la montagne avec moi. Je me fiche d'atterrir sur le cul, du moment que je la trouve.

Mason et Aiden sont déjà près de l'ambulance avec le shérif et plusieurs autres habitants de la ville en train de discuter.

— Ariella !

Mason me repère en premier et secoue la tête pour dire non.

J'ai mal à l'estomac.

Je ne sais pas si cela signifie qu'elle n'est pas là, ou pire, qu'elle ne s'en est pas sortie. Je refuse d'accepter qu'elle soit morte. Il n'y a pas de corps à ce que je peux voir. A moins qu'elle ne soit à l'arrière de l'ambulance ?

— Où est-elle ? crié-je, glissant vers le bas, mes pieds se dérobant sous moi, mais je retrouve mon équilibre. Les bras en l'air, je me stabilise avant de courir sur la dernière distance vers mes camarades.

— Elle n'est pas là, dit Mason, les yeux remplis de tristesse. Il ne veut pas être celui qui transmet les mauvaises nouvelles, mais quelqu'un doit me dire ce qui s'est passé.

Ce n'est pas une réponse suffisante pour moi. J'ai besoin de plus.

— Où est-elle ?

Lincoln arrive par derrière, après m'avoir suivi sur la pente du ravin. Il passe la tête sur le parking des ambulances, examinant la scène et les preuves laissées derrière lui.

J'expire bruyamment, mon cœur martelant dans ma poitrine.

— Des pistes ?

Je ne veux pas abandonner Ariella. Elle a besoin de moi plus que jamais.

— Declan est de retour à Tactique de l'Aigle, il fait de la surveillance et parcourt le web pour trouver des pistes. Bien qu'il ait récupéré la prime plus tôt sur le net, il est clair que quelqu'un l'a vue et a agi pendant que l'information était encore fraîche, dit Mason.

Lincoln enfonce ses mains dans la poche de son manteau.

— Il n'y a pas grand-chose à dire, à part que l'ambulance n'a certainement pas été utilisée à des fins médicales. L'équipement y est plutôt rare, ce qui signifie qu'il n'y avait probablement rien qu'elle aurait pu utiliser comme arme non plus.

— Elle est intelligente.

Elle a travaillé pour la C.I.A. à un moment donné, et je sais qu'elle ferait tout ce qui est en son pouvoir pour rester en vie.

Elle a juste besoin de survivre assez longtemps pour qu'on la trouve.

Enfonçant mes doigts dans mon manteau, je garde la tête baissée, examinant les branches cassées et une seule série d'empreintes de pas qui semblent être celles d'un homme de taille 40 et qui sont plus éloignées du groupe.

Je suis la piste, ne sachant pas trop à quoi m'attendre.

— Regardez, il y a une série d'empreintes.

Les empreintes s'enfoncent dans le sol, preuve potentielle qu'elle a été portée et incapable de marcher. Il n'y a pas non plus de deuxième série d'empreintes, ce qui signifie qu'il ne peut pas s'agir du shérif ou de quelqu'un d'autre participant aux recherches.

— Le col de la montagne passe juste au sud d'ici. Ils auraient pu descendre la route jusqu'à un autre point de ramassage. Il est impossible qu'ils aient prévu de garder l'ambulance et de ne pas être vus, dit Mason.

— Peut-être, mais le sud est dans cette direction.

Je pointe du doigt le sud, puis je continue à suivre les traces de pas qui mènent vers l'ouest.

— Elles ne vont pas jusqu'à la route. Il est possible qu'ils aient fait demi-tour.

Si nous avons de la chance, ils sont encore dans la forêt. Je lève la main, pour signaler qu'il faut attendre.

Accroupi, j'examine les gouttelettes de sang frais sur la neige.

— Elle était ici.

Je n'ai jamais été aussi certain de ma vie.

Je me dépêche, suivant la trace des empreintes de pas et des gouttelettes de sang qui sont mélangées et tachetées, difficiles à trouver avec les branches éparpillées partout.

Lincoln, Mason et Aiden me suivent sur les talons tandis que nous parcourons la forêt, pour nous assurer que l'on ne se joue pas de nous et que les traces ne sont pas qu'une diversion. Cela ne semble pas être le cas.

J'ai envie de crier, mais au cas où nous serions proches de l'assaillant, je ne veux pas mettre sa vie en danger.

Au loin, une cabane est nichée dans les bois, quatre SUV noirs dans l'allée.

— Une chance que vous ayez apporté une arme ?

Je ne veux pas y aller en infériorité numérique et sans arme.

— Si on est venus armés ? Lincoln rit dans son souffle.

Il soulève sa chemise, me montrant son arme. Il atteint ensuite son étui de cheville, récupérant son arme de rechange et me la tendant.

— On dirait que je vais encore sauver ton cul, Monroe.

— Comme au bon vieux temps, plaisanté-je, où alors tu penses me sauver, mais en fait, c'est moi qui te sauve.

Son arme dégainée, il se met derrière un arbre alors que nous nous rapprochons.

Continue à penser ça, dit Lincoln.

Aiden s'accroupit et sort un poignard de sa poche.

— Je vais crever leurs pneus et les empêcher de s'enfuir.

— Bonne idée.

Nous ne voulons pas qu'ils emmènent Ariella hors de la propriété. Je fais un geste pour qu'on se sépare. Nous devons encercler la cabane, découvrir ce qui nous attend à l'intérieur.

La porte de la voiture du SUV se ferme. Je me faufile derrière un arbre, faisant de mon mieux pour me camoufler. En me réveillant ce matin, je n'aurais pas pensé que ma journée se déroulerait ainsi. Je parie que c'est pareil pour Ariella.

Des respirations lentes et régulières. Le froid aspire l'air de mes poumons et me brûle, mais j'ignore la douleur dans ma poitrine.

Nos empreintes de pas sont fraîches, mais cela ne m'inquiète pas autant que le bruit des branches craquant sous nos bottes. Mon pied se pose lentement et prudemment alors que je me déplace d'un arbre à l'autre en ayant en vue un autre arbre à utiliser comme une forme minimale de protection.

Aiden doit être prudent avec les hommes dehors près du SUV.

Je retiens mon souffle.

Il poignarde un pneu avant de contourner le véhicule pour en frapper un autre.

Les hommes se tiennent dehors et parlent, inconscients de ce qui se passe autour d'eux. C'est une bonne chose. Cela signifie qu'ils sont distraits.

Nous devons juste les garder ainsi pendant que nous trouvons et sauvons Ariella.

Je fais un pas de plus vers la cabane. Je m'accroupie près de la fenêtre et je regarde à l'intérieur, en faisant attention à ne pas être vu. Il y a des voix rauques, mais personne dans la pièce ne fait face à la fenêtre.

Un cri fort, féminin, perçant, résonne dans la maison.

Je n'attends pas plus longtemps ; je me précipite vers l'entrée la plus proche et j'entre par la porte arrière, arme au poing, avec Lincoln et Mason juste derrière moi.

Ils ont aussi entendu son appel à l'aide.

CHAPITRE VINGT-TROIS

ARIELLA

La peur m'envahit jusqu'au cœur de mon existence.

Je tremble sous la lame de son couteau. Le bâtard souriant à l'haleine vieille et putride m'entaille le cou, me rappelant qu'il est en charge.

Je peux le faire.

Je dois le faire. Je me relève, les mains en poings sur les côtés, rassemblant mes forces.

Je piétine ses orteils, ses bottes fines, puis j'enfonce mon genou dans son aine.

Il se retourne de douleur pour attraper ses bijoux de famille quand le couteau tombe sur le sol. Je tire à nouveau mon genou vers le haut, cette fois dans son visage, avant de le frapper la tête la première contre le mur.

Il tombe comme une tonne de briques.

Je me baisse et j'attrape son couteau. Le manche tremble dans mes mains. C'est ma seule ligne de défense pour sortir de la cave.

— Joli coup. Tu sais que si tu le tues, ça signifie plus d'argent pour moi, dit le deuxième homme qui s'assoit sur son tabouret pour tailler son bâton. Il se lève, l'instrument tranchant dans sa main.

J'entrejambe l'imbécile, en gardant le dos au mur pour me protéger.

Il n'y a pas de fenêtres dans la cave. Le petit espace se referme sur moi comme un cercueil.

Mes doigts effleurent le ciment, me rappelant qu'il ne bouge pas. Le vertige est dans ma tête.

La pièce est étriquée, et lorsque les portes des voitures claquent, des perles de sueur coulent sur mon front.

— Laissez-moi partir, dis-je avec toute la conviction dont je suis capable. Je vous ai dit que j'avais de l'argent. Je peux vous donner bien plus que n'importe qui d'autre pour m'avoir tué.

Je dirais un million de mensonges si ça pouvait me sauver la vie. Va-t-il tomber dans le panneau ?

— Contrairement à Carter, je ne veux pas te tuer. Je préfère jouer avec la marchandise. Il ricane et a détache sa ceinture.

Mes yeux s'écarquillent, et mon estomac fait une culbute. Je serre le manche du couteau jusqu'à ce que mes jointures deviennent blanches.

— Viens ici, fillette, dit-il, en marchant vers moi.

Je crie fort. Mes poumons brûlent à cause de la douleur. Ma gorge sera enrouée demain, mais je m'en fiche si cela signifie que je vivrai assez longtemps pour voir un autre lever de soleil.

Je crie à nouveau, espérant faire descendre les hommes de l'extérieur dans la cave. Ils me veulent morte, et si je ne veux pas finir six pieds sous terre, je ne suis pas non plus prête à me faire violer par un fou après un jour de paie.

Je contourne le mur, mon regard ne trouvant rien, la seule arme de ma défense est une lame minuscule qui se rapproche davantage de son bâton aiguisé.

— On pourrait jouer à un jeu, chuchote-t-il.

Il attrape mon bras et le coince en arrière au-dessus de ma tête, forçant la maudite arme à tomber. Au moins, il n'a pas son manche.

Il me faut tout le courage dont je dispose pour rassembler les mots qu'il veut entendre. Pourrai-je le convaincre de me laisser partir ?

— J'aime les jeux, dis-je en ravalant la boule qui se forme dans ma gorge.

Sa main caresse ma joue et je détourne la tête, refusant de le regarder. Il m'attrape par le menton et force mon visage à le regarder.

— On dirait que tu n'aimes pas beaucoup ce jeu.

Il se penche plus près de moi, son corps à quelques centimètres du mien.

La pièce tourne.

Le thermostat a-t-il été soudainement augmenté ? La sueur coule sur ma peau et mon estomac se retourne.

J'écrase son pied, mais il porte des bottes à embout d'acier, ce qui lui offre une protection et ne fait que faire vibrer la plante de mes pieds.

Je grimace mais je ne le laisse pas voir ma gêne ou ma surprise que la manœuvre n'ait pas fonctionné.

Sa main qui est sur mon menton tombe sur mon genou.

— Ne pense même pas à lutter contre ça, fillette. Tu sais que tu le veux.

Il se penche vers moi.

— Je ne pourrais jamais vouloir quelqu'un comme toi !

Je lui crache au visage et je me tords pour échapper à sa prise.

Le couteau git sur le sol, hors de ma portée, et mes mains sont coincées au-dessus de ma tête.

Il me garde piégé, et bien que j'essaye d'utiliser la force de tout mon corps pour le combattre, il est plus grand que moi, plus gros, et me retient.

— J'aime les filles qui se battent, dit-il en ricanant.

L'autre homme qui m'a attaqué plus tôt et qui est allongé sur le sol se réveille.

Il attrape mes jambes, m'empêchant de donner un autre coup de pied à l'un d'eux.

Je crie à nouveau, et le salaud qui m'a plaquée contre le mur met sa main sur ma bouche.

Je mords ses doigts, ne voulant pas céder à ses exigences ou à ses tentations.

— Salope ! grogne-t-il en rejetant sa main en arrière et en me frappant violemment au visage. Je vais te montrer.

Il défait son pantalon.

Des bruits de pas lourds frappent le plafond de la cave.

— A l'aide ! crié-je, me débattant comme si j'essayais de me libérer des deux hommes.

— Ariella !

La voix de Jaxson est de la musique à mes oreilles, la symphonie la plus douce que j'ai entendue dans ma vie.

Ses bottes claquent contre les escaliers. Lui et ses potes descendent au sous-sol pour aider.

— C'est quoi ce bordel ?

L'homme se retourne, le pantalon aux chevilles.

L'autre homme au sol relâche son emprise sur mes jambes et attrape le poignard pour se défendre.

— Je vais te tuer ! hurle Jaxson, frappant de son poing le visage du premier homme, le type aux doigts ensanglantés.

Je n'avais pas réalisé à quelle profondeur j'avais mordu. Voir le sang me fait vomir.

Lincoln et Mason dévalent les escaliers mal éclairés avec Jaxson, désarmant les deux hommes, les assommant momentanément.

Je me jette dans les bras de Jaxson.

Lincoln sort une paire d'attaches et attache les mains des deux attaquants pour s'assurer qu'ils ne soient plus une menace.

Être enveloppée dans les bras forts et chauds de Jaxson me détend. Je frotte ma joue contre sa poitrine et je ferme les yeux, m'imprégnant de sa force.

Lincoln s'éclaircit la gorge.

— Désolé d'interrompre les retrouvailles, mais il y a encore une bande de gars devant avec Aiden. Il faut qu'on sorte d'ici, maintenant.

Lincoln se dirige vers la cage d'escalier en premier, arme dégainée.

— Reste derrière moi, dit Jaxson, en me guidant dans les escaliers. Comme son ombre, je m'accroche à lui.

Les hommes se font des signes. Il me fait signe de le suivre.

Chaque pas qu'ils font est silencieux, absent comme s'ils n'avaient jamais été là.

Des cris jaillissent du sous-sol. Les deux hommes en bas se sont réveillés.

— Nous devons bouger, maintenant !

Jaxson attrape mon bras me tire pour courir avec lui alors qu'il me conduit par la porte arrière et dans la forêt.

— Où est ton camion ?

J'avais entendu une porte de voiture plus tôt, peu de temps avant que Jaxson ne descende et ne me sauve.

Nous continuons à courir à travers la forêt sans aucune fin en vue. Je jette un coup d'œil par-dessus mon épaule. Des hommes en costume noir et armés nous suivent.

— Beaucoup trop loin.

Sa main serre la mienne, une bouée de sauvetage.

Il me tire à travers la forêt.

Je ne suis pas en forme. D'ordinaire, je pourrais courir des kilomètres sans problème, mais j'ai été agressée deux fois aujourd'hui et j'ai survécu à un accident dans une ambulance.

Ce n'est pas mon meilleur jour.

Il me serre contre un arbre, son corps pressé contre le mien, me protégeant.

Des balles sifflent près de nos têtes. Je me fige, effrayée. Le bruit d'un coup de feu traverse mon corps, forçant l'adrénaline à se manifester.

Je tremble mais je trouve du réconfort dans la chaleur du corps de Jaxson qui me serre contre l'écorce rugueuse.

Son étreinte est ferme, protectrice et chaleureuse. Son toucher est fort alors que son attention est entièrement tournée vers ma sécurité.

Lincoln trouve un arbre pour se protéger.

Mason fait de même.

— On ne peut pas continuer à courir, dit Jaxson.

Il ne s'adresse pas à moi.

Lincoln, Mason et Jaxson commencent à tirer avec leurs armes sur les hommes en costume armés.

— Qui sont-ils ?

Ils ne ressemblent pas à la C.I.A. Ce n'est pas les mêmes types de bâtards grunge qui m'ont attaqué à la station ou qui ont brûlé ma cabane et m'ont enlevé pour de l'argent.

— Chasseurs de primes, dit Jaxson.

Mes mains l'attirent plus près de moi, lui demandant de faire tout ce qu'il doit faire pour me sauver.

Ils ne plaisantent pas.

Ces hommes ont pour mission de tuer.

— Depuis quand les chasseurs de primes portent des costumes ?

J'essaye de faire une blague. Probablement un mauvais timing alors qu'il se presse entièrement contre moi, son visage dans le mien, se mettant à l'abri alors que les balles pleuvent autour de nous.

Son front s'appuie contre le mien. Mes doigts tirent sur sa veste. Je frissonne, le manteau qu'il m'a prêté abandonné depuis longtemps.

— Tu es gelée, merde.

Jaxson essaye de se faire aussi petit que possible, pour ne pas laisser ses membres dépasser le couvert du tronc d'arbre.

Il glisse de son manteau et le met autour de mes épaules.

— Tu en as plus besoin que moi.

Ses yeux pétillent de ce charme que seul Jaxson a.

Il est un héros dans tous les sens du terme.

— Tu vas avoir froid, dis-je, en essayant de le raisonner pour qu'il ne me donne pas son manteau de rechange, puisque j'ai déjà pris possession de sa dernière veste, et que cela ne s'est pas bien terminé pour ses vêtements.

Lincoln et Mason tirent des coups de feu sur les hommes. Le bruit des tirs qui nous parviennent semble diminuer. Les hommes sont-ils morts, blessés, ou à court de balles ?

— Ça va aller, se moque-t-il. Maintenant, reste ici. Ne bouge pas.

Jaxson lève à nouveau son arme, tirant plusieurs coups de feu supplémentaires avant que le silence ne s'installe.

Est-ce que c'est fini ?

Je tremble contre le tronc de l'arbre, me réchauffant en glissant mes bras dans son manteau mais incapable de bouger, trop effrayée que les hommes fassent le mort.

Et s'ils attendent qu'on bouge, pour sortir furtivement de leur cachette et me tirer dessus ?

— La voie est libre ! crie Aiden depuis l'endroit d'où les balles ont volé plus tôt.

— Ne bouge pas, dit Jaxson.

Sans mot dire, j'hoche la tête. Je peux ne pas bouger. Je suis bonne à ça, surtout en ce moment où mon corps ne coopère pas. Même si je veux marcher, je ne m'en crois pas capable.

Le tronc de l'arbre me tient debout. Mon poids est serré. Je laisse mes doigts effleurer le bois, mémorisant chaque détail, la texture contre le bout de mes doigts - n'importe quoi pour me faire oublier ce qui vient de se passer.

Jaxson sort sa tête, les mains sur mes hanches, tandis que Mason, Lincoln et Aiden traversent la forêt en direction de la cabane d'où sont partis les coups de feu.

— La voie est libre, dit Mason.

Jaxson ne relâche pas son emprise ni ne s'éloigne comme je pensais qu'il le ferait. Il me tient, me protège. Est-il inquiet que ce ne soit pas fini ? Pense-t-il que je ne peux pas prendre soin de moi ?

Sa mâchoire est serrée, carrée.

— Nous avons laissé ces deux voyous attachés. Ils ne vont probablement pas tarder à vouloir se venger. Les mecs comme ça n'aiment pas perdre.

— Super, marmonné-je dans mon souffle.

— Ils ont eu leur vengeance et même plus. Ils ont besoin d'un sac mortuaire, dit Aiden en désignant les deux hommes gisant dans une mare de leur propre sang sur le sol recouvert de neige.

Je frissonne.

— C'est fini, dit Jaxson. Ses épaules se détendent. La tension disparait de son corps.

La chaleur du soleil commence à décliner au fur et à mesure qu'il se couche. Je ne suis pas tout à fait à l'aise.

— C'est fini ? chuchoté-je.

Les hommes de la station, les voyous qui m'ont attaqué plus tôt dans la journée, attendent quatre millions de dollars, et je n'ai pas un centime.

———

Jaxson me serre fort. Sa main s'enroule autour de la mienne. Nous attendons l'arrivée de la police devant la cabane, celle où j'ai été traînée et presque violée.

Je n'ai pas hâte de faire ma déposition. Je ne veux pas revivre le traumatisme encore une fois.

Tout ce que je veux, c'est rentrer chez moi et me tremper dans un bain chaud.

Sauf que je n'ai plus de bain. Bon sang, je n'ai plus de maison.

La police arrive finalement, prenant tout son temps. Les gars de Tactique de l'Aigle doivent répondre à des questions sur l'incident, tout comme moi.

Je n'aime pas être séparé d'eux, surtout de Jaxson, mais nous sommes dehors et seulement à quelques mètres de distance. Je peux le voir, mais ne pas être en sécurité dans ses bras chauds rend les choses difficiles.

Juste au moment où les dernières déclarations sont faites, Declan s'approche dans son camion pour nous proposer de faire un tour.

Je grimpe sur la banquette arrière, coincée entre Jaxson et Lincoln.

Aiden prend le siège avant.

Mason s'éclaircit la gorge.

— Désolé, mec, il n'y a pas de place, plaisante Lincoln avec Mason.

— On dirait que Mason va s'asseoir sur les genoux de Jaxson, sourit Aiden.

Jaxson roule des yeux.

— Tu gémis parce que tu sais que c'est vrai, dit Aiden.

Le regard de Jaxson croise le mien.

— Tu vas devoir t'asseoir sur mes genoux pendant le trajet du retour.

— Ok, dis-je, un peu trop rapidement.

Ils ne le remarquent pas. Jaxson ne bouge pas de sa position sur le côté, et je me glisse sur ses genoux.

Lincoln se déplace pour faire de la place à Mason. Il trottine derrière le camion, et Declan commence à décoller, la porte ouverte.

— Ne fais pas le con !

Mason court après le camion avant que Declan ne s'arrête doucement, le faisant monter dans le véhicule alors que celui-ci est encore en mouvement. Même s'il n'avance pas vite, je ne peux pas cacher le sourire sur mon visage. Il le mérite, juste un peu.

Mason se jette dans le camion et claque la porte.

— Tout le monde est là ?

Declan jette un coup d'œil dans le rétroviseur, faisant un bref comptage mental avant d'appuyer sur l'accélérateur et de se tirer de là.

La banquette arrière est un peu trop confortable. Je me déplace sur les genoux de Jaxson, mes joues brûlent à cause de la chaleur... ou de sa proximité.

Tous les hommes de Tactique de l'Aigle sont du pur plaisir pour les yeux. Être poussée sur le siège arrière sur les genoux de Jaxson et pratiquement prise en sandwich avec Lincoln, ce n'est pas si mal. Je commence à apprécier Mason aussi. Il m'a sauvé la vie, même après que j'ai été une connasse avec lui. On peut toujours se demander si c'était bien mérité.

— Merci, les gars, chuchoté-je, les mains tremblantes.

L'étreinte chaude et forte de Jaxson s'enroule autour de ma taille, ses doigts contre mes hanches. Chaque partie de moi brûle comme si j'étais en feu, mais mon cœur souffre, en proie au doute. Il est parti après que nous ayons été intimes sans même un mot d'adieu. Comment puis-je pardonner cette transgression ?

Devrais-je le pardonner ?

Il m'a sauvé la vie. Je lui dois la vie, mais est-ce que je lui dois mon cœur ?

— Et tout ça en une journée de travail ! dit Mason.

Il me fait un léger sourire. Est-ce qu'il ne me déteste plus ? C'est une bonne nouvelle, surtout si je revois Jaxson.

Tout chez Jaxson est parfait, mais je suis un désastre. Il mérite mieux, quelqu'un qui le rende heureux.

Il a une fille, et puis il y a Emma.

Les gars rient et plaisantent pendant le reste du trajet jusqu'à Tactique de l'Aigle. Je suis assise, tranquillement, perdue dans mes pensées et dans la chaleur du moment entre Jaxson et moi. Ses genoux sont chauds, confortables, son étreinte encore plus magique.

Je gémis, déçue, lorsque nous arrivons et que je dois sortir du camion. Je pensais que personne ne m'avait entendu, mais Jaxson lève un sourcil inquisiteur.

Je referme vite mes lèvres et détourne le regard, humiliée.

Les gars s'entassent tous hors du camion.

— J'ai besoin qu'on me conduise à mon véhicule, dit Lincoln.

— Ariella et moi avons besoin qu'on nous ramène chez moi, dit Jaxson, qui a déjà décidé que j'irai avec lui.

Je ne suis pas sûre de l'endroit où j'allais ni de ce qui allait se passer ensuite. Je n'ai pas de maison. Tout a brûlé dans le désastre. J'ai encore un rendez-vous avec des voyous qui veulent quatre millions de dollars que j'ai manqué et un téléphone portable qui a été brisé dans la bagarre à la station.

Ma vie est un désastre.

— Lincoln, je te dépose si tu me paies le dîner, plaisante Aiden.

— Bien. On ne s'ennuie jamais et il n'y a jamais de jour de repos, dit Lincoln.

Declan se précipite vers Jaxson et moi. Il plonge la main dans la poche de son manteau pour en sortir un smartphone.

— Un petit cadeau. Tu pourras remercier Jaxson plus tard, dit Declan avec un clin d'œil.

Il me tend le téléphone. Ma bouche touche pratiquement le sol.

— Qu'est-ce que tu... Je ne comprends pas, dis-je.

Mes doigts effleurent l'écran. Il semble tout neuf. Il n'y a ni rayures ni éraflures, il est en parfait état. Il est mieux que mon téléphone à clapet.

— Lorsque tu as mentionné que ton téléphone portable avait été détruit tout à l'heure, je lui ai envoyé un message pour lui demander de t'en fournir un nouveau. Il s'est également assuré que personne d'autre ne puisse tracer tes allées et venues. A part nous, dit Jaxson.

Il rigole.

Je ne sais pas s'il plaisante ou pas. Je m'en fiche.

— Merci, dis-je aux deux hommes.

Ils m'ont sauvé la vie. S'ils veulent m'implanter un traceur ou en mettre un dans mon téléphone, je suis à leur merci. Je leur dois bien ça.

Declan fait un geste vers le téléphone dans ma main.

— Nous l'avons lié à ton plan de téléphone récent. Il est déjà actif, et toute personne qui a besoin de te joindre pourra le faire.

Mason se précipite vers nous.

— Tu as toujours besoin qu'on te ramène chez toi ?

Jaxson me serre plus fort contre lui. Le vent dehors fouette l'air, me piquant les joues, mais sa proximité me réchauffe.

— Oui, on a tous les deux besoin qu'on nous ramène chez moi.

Je traîne les pieds et mets mes mains dans les poches de mon manteau. L'odeur de Jaxson m'entoure, surtout sur son manteau. Il doit être gelé, mais il le cache plutôt bien. Est-ce qu'il fait toujours semblant d'être un dur à cuire ?

— Suivez-moi, dit Mason, en se précipitant vers son camion.

Jaxson attrape mon bras, liant les nôtres ensemble tandis qu'il m'accompagne jusqu'au camion de Mason et m'ouvre la porte arrière.

Je me glisse sur la banquette arrière, le cuir glacial contre mes fesses, provoquant un frisson non désiré. Je n'ai pas de maison où rentrer, mais si Jaxson insiste pour que je rentre avec lui, je ne dis pas non.

Je ne veux pas être seule. Pas avant de savoir que je ne suis plus en danger.

Jaxson ferme la porte pour moi et grimpe sur le siège avant. Mason démarre le camion et quitte le parking.

— Dépose Ariella chez moi, puis je veux faire un arrêt, juste toi et moi, dit Jaxson.

Où ont-ils prévu d'aller après m'avoir déposé ? Je me détends sur la banquette arrière, regardant par la fenêtre alors que nous nous dirigeons vers le col de la montagne. Je sors le nouveau téléphone de ma poche, mon doigt faisant défiler le contenu qu'il a pu récupérer sur le cloud, y compris mes contacts.

J'ai plusieurs appels manqués et quelques SMS d'Emma me demandant où je suis et si tout va bien. Je la rappellerai ce soir quand j'aurai quelques minutes à moi.

Je vérifie mes messages vocaux, l'estomac noué lorsque j'entends ma patronne, Bridget Sanders du Blue Sky Resort, me virer.

— Merde.

— Quoi ? demande Mason.

Il me regarde dans le rétroviseur.

Mes joues brûlent. Jaxson n'apprécie pas que je jure devant Izzie. C'est une mauvaise habitude dont j'ai du mal à me défaire.

— Je viens de me faire virer de mon travail.

Je supprime le message et éteins l'écran de mon téléphone, en appuyant sur le bouton sur le côté pour le mettre en mode silencieux. Je ne veux pas avoir d'autres nouvelles. Mon humeur est devenue aigre.

— Je n'arrive pas à croire qu'ils t'aient viré, dit Jaxson.

Le regard de Mason rencontre de nouveau le mien, son attention se portant de nouveau sur la route un moment plus tard.

— Attends. Ils ne savent probablement pas ce qui s'est passé, que tu as été kidnappée et que tu n'as pas pu te rendre au travail. Tu ne peux pas leur reprocher d'être dans le flou. Je suis sûre que si tu parles à ton patron, tu pourras retrouver ton ancien travail.

Je me fiche de cet endroit stupide et de ce travail. Le salaire est merdique, mais c'est un emploi.

— J'en doute. Ils m'ont viré parce que, selon eux, j'ai menti sur mon CV puisque je n'ai pas divulgué mon nom de femme mariée ni mon précédent employeur.

Je passe mes doigts dans mes cheveux mal coiffés, tirant sur les mèches avec un gémissement.

— En d'autres termes, je suis une trop grande responsabilité.

Mason et Jaxson échangent un regard silencieux.

— Ça ne finit jamais, fulminé-je.

Mes doigts s'enfoncent dans le cuir du siège. Comme si c'était le pire de mes problèmes.

— Ces hommes vont chercher leur argent.

Je n'aurai jamais fait le dépôt au coucher du soleil.

Jaxson bouge sur le siège passager et se retourne pour me faire face.

— Tu es sous notre protection. On a l'intention de le faire savoir.

CHAPITRE VINGT-QUATRE

JAXSON

Mon sang bouillonne en entendant qu'Ariella a été virée de la station.

Elle est trop bien pour eux, trop qualifiée pour nettoyer les toilettes et changer les draps.

— Je suis sous votre protection ?

Le doux murmure d'Ariella se coince dans sa gorge. Je ne peux presque pas l'entendre, mais je fais des efforts pour écouter chaque mot.

— Bien sûr.

Ne se rend-elle pas compte de ce qu'elle représente déjà pour moi ? Je me soucie profondément d'une femme qui a un placard de secrets. Me laissera-t-elle un jour y entrer ?

Declan nous a envoyé à Lincoln et à moi les informations qu'il a obtenues de la station. La surveillance qu'il a obtenue n'a pas pris de temps pour identifier les deux hommes qui ont attaqué Ariella à la station.

Ils sont communément appelés « hors-réseau », vivant ensemble dans une commune à la périphérie de la ville.

J'en connais quelques-uns grâce à mon travail. Ils sont généralement inoffensifs, craignent l'autorité et sont des individus reclus qui évite t toute personne qui n'est pas l'un des leurs.

Dans les termes les plus simples, ils sont louches.

Pourquoi en ont-ils après Ariella ?

Ont-ils été victimes de la chaîne de Ponzi aussi ?

Nous n'avons pas encore toutes les réponses, et même s'il semble que son ex-mari n'ait pas été condamné à juste titre, les preuves le désignent toujours.

La C.I.A. l'a-t-elle piégé ? Avaient-ils l'intention de piéger Ariella aussi, et elle s'en était sortie avec un bon avocat ?

Mason prend la route pour aller chez moi.

— Je vais l'accompagner à l'intérieur, dis-je.

Mason laisse le moteur tourner et je saute du camion au moment où il s'arrête.

J'ouvre la porte arrière du camion pour Ariella et lui tend la main. Ses yeux tombent sur la neige et la gadoue alors qu'elle sort du camion.

Je la serre contre moi et je peux sentir la fumée du feu sur ses vêtements et sa peau. Cela me chatouille le nez. J'ai probablement besoin d'une douche aussi.

— Viens à l'intérieur.

Je la pousse vers ma porte d'entrée, je déverrouille la porte, désactive l'alarme et la conduis à l'intérieur.

Elle enlève d'abord ses bottes d'hiver, puis ma veste, qu'elle me tend.

— Merci pour ça, dit-elle.

L'énergie que j'ai accumulée m'a fait oublier qu'il faisait froid dehors, que mes doigts étaient engourdis. J'enfile le manteau, sentant un mélange de son parfum féminin et de fumée.

Skylar se précipite dans les escaliers et s'arrête à mi-chemin, la main posée sur la rampe.

— Tout va bien ?

— Oui. Merci d'avoir gardé un œil sur Izzie. Ariella va rester avec nous.

Je ne précise pas pour combien de temps. Ce n'est pas quelque chose dont nous avons discuté, mais le fait évident que sa maison est un tas de cendres montre que ce ne sera pas pour quelques jours.

— Peux-tu la conduire à ma chambre pour qu'elle se change ? Elle pourrait vouloir prendre une douche et se nettoyer. Je suis sûr que tu sais où se trouve le linge de maison."

Skylar a séjourné chez moi suffisamment de fois pour savoir comment est aménagée ma maison.

— Je vais lui faire visiter, dit-elle.

— Merci, dit Ariella.

À pas feutrés, elle s'approche de l'escalier du bas et se retourne en me jetant un coup d'œil par-dessus son épaule.

— Je serai là quand tu reviendras.

— Je n'en attends pas moins. Je vais mettre l'alarme. N'ouvrez la porte à personne, c'est compris ?

— Oui, disent-elles toutes les deux à l'unisson.

J'ai envie de prendre Ariella dans mes bras, d'embrasser la douleur, l'inquiétude et le doute qu'elle a gravé sur son visage. Au lieu de cela, j'active l'alarme et me précipite vers la porte d'entrée, la verrouillant avec ma clé.

Mason est assis dans le camion, ses doigts grattant le volant. Un froid glacial me lèche la colonne vertébrale. Je frissonne et je cours jusqu'au camion.

— Prêt à botter des culs ?

— Espérons qu'on n'en arrivera pas là.

Mason inverse notre trajectoire et retourne vers le col de la montagne.

Nous parcourons un autre kilomètre vers le nord, puis nous prenons à gauche sur un sentier enneigé, un peu trop étroit pour le camion.

De fines branches heurtent le camion pendant que nous roulons à travers le bosquet d'arbres. Mason ne semble pas le moins du monde gêné par cela. Si c'était mon camion, j'aurais préféré une promenade dans le froid plutôt que de rayer la peinture de l'extérieur.

Mason me lance un regard lorsque l'on sort. Il n'y a que nous deux. Nous ne sommes pas venus pour nous battre, nous sommes venus avec un avertissement.

La main sur mon pistolet et Mason à mes côtés, nous marchons le long de l'allée de pierre recouverte de neige.

Mes bottes écrasent la neige, la neige fondue accumulée par les multiples véhicules qui passent par là.

La commune abrite plus de familles que je n'en ai probablement conscience. J'en connais au moins six qui vivent dans le complexe, mais il y en a bien plus que je ne connais pas.

La structure extérieure est en bois, et à première vue, le bâtiment semble grand et élégant, un pavillon au milieu de la forêt. Il a probablement été construit pour une famille aisée, il y a plusieurs générations. Il a été réduit à son strict minimum, sans eau courante, ni chauffage, ni électricité.

Ariella pensait que sa cabane était clairsemée.

Alors que les personnes hors réseau disposaient d'un grand terrain et d'un abri au-dessus de leurs têtes, il n'y avait pas grand-chose à l'intérieur. C'était aussi basique que possible.

J'ai été à l'intérieur occasionnellement et j'espérais qu'aujourd'hui n'était pas l'une de ces fois. L'intérieur sentait toujours le moisi et l'odeur fétide, comme le village de tentes en été, avec une odeur d'urine.

Près de l'entrée principale, qui est toujours grande ouverte, la porte abandonnée, probablement détruite et jamais remplacée, se tient un garde avec un fusil à pompe.

— C'est Jayden, dis-je, en gardant ma voix basse.

— Comment tu veux faire ? demande Mason, en me regardant du coin de l'œil.

— Tendu, mais prudent. Il n'est plus le même homme qu'à l'époque.

Nous avions servi dans l'armée avec Jayden. C'était un pote à nous, mais quelque part après la guerre, on a perdu contact. Il avait gardé le complexe. J'ai toujours pensé qu'il serait du bon côté de la loi, mais il a refusé une invitation à venir travailler avec nous à Tactique de l'Aigle.

Nous n'avons jamais compris pourquoi.

Je m'approche de Jayden en premier avec Mason à ma hanche, pour me défendre.

Jayden ne bouge pas de sa position à la porte, montant la garde.

— Qu'est-ce qui amène les gars de Tactique de l'Aigle ici aujourd'hui ? Ses yeux me ratissent, se posant sur mon holster. "u es venu armé ?

— Ne le suis-je pas toujours ? Je ne vais nulle part sans être armé. Nous sommes ici pour parler à Ian Connor et Seth Rogers.

Un coup d'œil à la vidéo de surveillance envoyée sur mon téléphone, et je reconnaissais ces hommes. C'est des ordures, mais pas des maîtres chanteurs ou des extorqueurs. Malmener des filles, dans ce cas, Ariella, n'est pas leur mode opératoire typique.

Jayden déplace son poids sur ses pieds. Je prends ça pour un signe de malaise, bien que son visage reste vide et sans émotion.

— A propos de quoi ?

— Tes gars ont menacé et agressé l'un des miens, lâché-je entre mes dents serrées.

Je m'approche, une main en forme de poing, et de l'autre je sors mon arme et l'enfonce dans le visage de Jayden.

— Tu vas me laisser entrer.

Je suis fatigué de ses jeux et de ses pitreries enfantines.

Mason s'éclaircit la gorge et pose une main sur mon bras.

— Jaxson.

Son ton m'avertit de me calmer.

Nous n'allons pas déclencher une fusillade, mais j'en déclencherai une s'ils regardent à nouveau Ariella.

— C'est une affaire officielle de Tactique de l'Aigle ? demande Jayden.

Je baisse mon arme, j'enfonce mon épaule dans sa poitrine, et je le projette en arrière contre le montant de la porte.

Je n'attends pas d'invitation. Je fonce dans l'entrée principale.

— Ian Connor ! Seth Rogers ! crié-je, faisant savoir à ces bâtards que je suis venu pour eux.

Mason est à mes côtés.

— Tu es sûr que tu veux faire ça ? chuchote Mason.

Je ne veux pas que quelque chose arrive à ma fille. On fera vite, on entrera et sortira, puis on rentrera à la maison et on finira la nuit. Je me jetterai dans la douche, laisserai l'eau brûlante couler sur mon corps, et effacerai mes péchés - chacun d'entre eux.

Ian fait le tour du coin, les mains enfoncées dans son jean, les épaules affaissées.

— Qu'est-ce qui vous amène dans mon coin de pays ? demande-t-il.

Il se rapproche, juste hors de ma portée, prenant tout son temps.

Mes yeux se rétrécissent comme un faucon, mon attention se portant uniquement sur Ian.

— Le fait que tu n'aies pas appris à traiter une femme avec respect, dis-je.

Je range mon arme dans son étui sur ma hanche et je l'attrape par les épaules, son t-shirt, fin et déchiré. Je le force à mettre les genoux au sol et je pousse ma jambe vers le haut. Mon genou attrape son menton quand je fonce sur lui. Alors que je le cloue au sol, il se débat pour s'éloigner de moi.

— Lâche-moi ! Ian se précipite pour échapper à mes griffes.

— Quoi ? Tu n'aimes pas être malmené ? Tu devrais garder tes sales pattes loin de ma meuf, lui grogné-je.

Il me donne un coup de pied pour me faire tomber sur le cul.

— Bâtard.

— Moi ? Tu viens chez moi, dit-il, le souffle coupé, et tu m'attaques !

J'ignore les cris des gens qui se tiennent autour de nous en nous regardant au centre nous battre comme des animaux sauvages.

Il mérite un bon coup de pied au cul pour ce qu'il a fait à Ariella. Je veux qu'il se souvienne de la douleur.

— Tu as besoin d'un coup de main ? demande Mason.

Il croise ses bras sur sa poitrine et prend de la hauteur.

Il semble apprécier le spectacle.

—Garde juste un œil sur l'autre trou du cul, marmonné-je.

— Je le surveille déjà, dit Mason.

Ses yeux sont sur lui, et je jette un coup d'œil à travers la grande pièce et je pose les yeux sur Seth. Mason traverse la pièce, et je n'ai pas besoin de regarder pour savoir qu'il s'occupera de lui de la même manière que je m'occupe de Ian.

Je retire mon poing, frappant le visage de Ian, l'assommant momentanément. Je me lève, je ne vais pas rester là quand le cul d'un homme a besoin d'être botté.

— Quelle fille voudrait d'un type comme toi ? demande Ian, en se levant.

Il se jette sur moi, la tête la première dans mon ventre, me faisant tomber en arrière. Je trébuche sur quelqu'un qui sort son pied pour donner un coup de main à Ian.

— Putain de salauds, grogné-je en plantant mes mains sur le sol pour me lever quand je réalise que ma hanche est glacée, mon arme disparue.

Je jette un coup d'œil par-dessus mon épaule pour trouver le canon de mon arme qui me fixe, dans les mains d'Emma Foster, la mère biologique de ma fille. La même femme à qui j'ai dit de quitter la ville.

Qu'est-ce qu'elle fout ici ?

— Lève-toi.

Emma tient mon arme. Ses mains tremblent alors qu'elle la pointe sur moi.

Lentement et prudemment, je me lève, en faisant attention à ne pas faire de mouvements brusques.

— Donne-moi l'arme.

Je tends la main, attendant qu'elle abandonne le contrôle de l'arme.

La brune aux yeux bruns qui m'a charmé une fois ne le fera plus jamais.

— Non.

Elle refuse d'abaisser le canon de mon arme.

Ainsi soit-il. Je ne vais pas rester là à attendre qu'elle me tire dessus, accidentellement ou non. En y réfléchissant, ça pourrait ne pas être un accident si elle est revenue à Breckenridge pour récupérer Izzie.

— Dernière chance, Emma, ou je vais te casser le doigt.

On pourra pas dire que je ne l'ai pas prévenu.

Elle souffle.

— J'ai l'arme, Jaxson, dit-elle, me rappelant qu'elle pense avoir le pouvoir.

J'ai un entraînement militaire et de survie. Avec une prise paresseuse, quatre doigts, et sans utiliser mon pouce, je plaque ma main droite contre son poignet. De la main gauche, j'arrache le pistolet de sa paume et le tourne vers elle.

— Enculé ! crie-t-elle, son pouce sur la gâchette forçant son doigt à se briser.

— Je t'avais prévenu.

Derrière moi, la présence écrasante de Jayden résonne, ses pas n'étant pas le moins du monde silencieux.

— Recule ! crié-je.

Jayden lève les mains.

— Je vérifie juste comment va la fille.

Il passe un bras autour de ses épaules, l'éloignant de la foule pour s'occuper d'elle.

La colère monte en moi. Que fait Emma ici ? Est-ce qu'elle vit ici maintenant ?

— Tu connais Emma ? demande Ian, un sourire aux lèvres, en riant sous cape et en grimaçant après s'être fait botter les fesses.

— Bien sûr, tu la connais. On la connaît tous. Cette fille suce magnifiquement bien.

Je fonce sur lui la tête la première, le jetant au sol, en faisant des bruits de pas sur le sol. Mes poings frappent sa poitrine, un coup après l'autre.

Je ne suis pas en bons termes avec Emma, mais j'aime encore moins la façon dont Ian parle d'elle.

— Tu apprendras à respecter les femmes.

— Je les respecte. Je les laisse me chevaucher, dit-il en ricanant.

Ian sait exactement quoi dire pour m'énerver. Il fait claquer son front contre le mien, me faisant reculer un instant et m'envoyant un coup sur la joue gauche.

Je ne m'attendais pas à ce qu'il fasse un bon coup.

Putain, ça fait mal.

En ricanant, il me pousse hors de lui.

Je trébuche en arrière. Ma tête me lance, et même si je suis prêt à lui botter son petit cul jusqu'à ce qu'il se vide de son sang, ce n'est pas pour ça que nous sommes venus.

Nous sommes ici avec un avertissement et un message ferme : elle est sous notre protection. — Toi et tes potes restez à l'écart, ou vous aurez affaire à nous.

Je fais en sorte que ma voix soit forte et claire pour que tous les hors-réseau du complexe sachent que s'ils s'en prennent à elle, ils s'en prennent à nous tous.

— Bien, garde ta petite Ariella toute serrée.

On a Emma pour un bon moment, dit Ian en faisant un clin d'œil. Il essaye de me faire sortir de mes gonds.

Je donne un autre coup de poing qui atterrit sur sa poitrine. J'envoie mon genou dans son aine et je le regarde se retourner, s'effondrer sur le sol. Je le fixe, attendant qu'il se relève.

Il gémit et pleure comme un petit bébé. Il est bien vivant, il découvre juste la brûlure d'un bon coup de pied au cul.

Mason tient Seth par la tête, le hors réseau à genoux.

— Comment as-tu découvert qui était Ariella ?

Les mains de Seth s'agitent et Mason relâche sa prise pour le laisser répondre.

Il tousse et halète, penché en avant, les mains sur les genoux.

— Au Lumberjack Shack, Ian et moi avons entendu deux types parler d'elle, qu'elle était pleine aux as. Emma a mentionné avoir pris un verre avec son amie Ariella. Nous avons mis deux et deux ensemble. Combien d'Ariella peut-il y avoir à Breckenridge ? Une recherche sur Google nous a donné le reste de l'information. Nous avons pensé que ce serait un jour de paie facile et un nouveau départ pour nous tous.

Mason se détend lentement et lâche prise, jetant le voyou au sol.

J'en profite pour faire un pas en avant et m'accroupir, en serrant sa chemise dans ma main, en grognant contre lui. J'ignore sa puanteur, l'odeur de pisse et de crasse qui me brûle les narines.

— Ariella est sous notre protection. Si tu la regardes de travers, tu te retrouveras dans une tombe non marquée.

— Vous avez été prévenu, dit Mason, debout à côté de moi. La prochaine fois, nous ne serons pas aussi gentils.

Il me tape dans le dos, un message silencieux indiquant que nous en avons fini et qu'il faut laisser partir ce connard.

La foule se disperse, n'étant plus intéressée si une bagarre ne s'ensuit pas. Je n'ai pas vu Emma. Jayden est probablement en train de s'occuper de ses blessures.

Notre message étant clair et net, nous quittons l'enceinte et nous nous dirigeons vers le camion.

— Ecoute, dis-je en montant dans le véhicule. Avec ce qui s'est passé ce soir, le fait qu'Emma était là-bas, fais-moi une faveur, et ne dis rien à Ariella. Elles sont toutes les deux amies, et je ne veux pas compliquer les choses.

Ariella est délicate, et bien qu'elle ait traversé l'enfer, je ne veux pas qu'elle s'interroge sur les raisons pour lesquelles Emma est son amie. C'est à moi de m'en occuper, pas à elle.

Mason démarre le moteur et appuie sur l'accélérateur.

— Ce n'est pas comme si je prenais un café avec elle tous les matins. En parlant de ça, je suis surpris que tu n'aies pas dit qu'on aurait besoin de quelqu'un comme elle dans notre équipe, ex-C.I.A., compétences en surveillance, et elle a besoin d'un travail.

— Ça m'a traversé l'esprit.

Je n'étais pas sûr que les gars seraient d'accord avec ça. Mais nous sommes toujours à la recherche de talents et de personnes de confiance.

— Je vais en parler aux autres, mais je pense que ça peut marcher à une condition.

C'est ça, le piège qui me donne mal au ventre.

— Laquelle ?

Au fond de moi, je connais déjà la réponse. On est propriétaires à part égale, les gars et moi. Elle serait notre employée.

— Vous deux devez rester professionnels. Si elle travaille pour nous, alors tu es son patron. Tu ne peux pas coucher avec elle et ne pas t'attendre à ce que les choses deviennent plus compliquées qu'elles ne le sont déjà en ce moment, dit Mason.

Ma mâchoire se contracte. Je n'aime pas ses règles stupides, mais il est raisonnable. Je dois penser à l'équipe et à Ariella, à ce qui est le mieux pour eux, pas pour moi.

— Juste amis.

Est-ce que je pourrais la laisser partir parce que c'est dans son intérêt ? Cette pensée me déchire de l'intérieur. Mais une relation est bien plus dangereuse. Elle sera au bureau, je serai sur le terrain, et nous ne pouvons pas laisser nos sentiments entraver nos missions.

Les erreurs peuvent coûter des vies.

Les distractions sont mortelles.

— Bien. Mason me lance un regard alors que nous tournons sur la route de ma maison. Tu pourras garder ton pantalon pendant que vous vivrez ensemble ?

CHAPITRE VINGT-CINQ

ARIELLA

Chaque centimètre de la maison sent Jaxson, musqué et intense. Ça me chatouille le nez.

Les immenses baies vitrées donnent sur la forêt, et à la nuit tombe, il n'y a pas grand-chose à voir.

Est-ce que quelqu'un qui voyage dans la montagne pourrait nous voir ?

Jaxson ne m'a pas prévenue de fermer les rideaux ou d'éteindre les lumières. Il a mis l'alarme de la maison. Nous sommes en sécurité. Je dois y croire, ou je ne pourrais jamais m'installer.

— Viens, dit Skylar, en montant les escaliers.

— Papa ?

Izzie arrive au coin de la rue. Ses yeux s'illuminent quand ils se posent sur moi. Elle crie et saute, les yeux écarquillés et les joues roses. Alors qu'elle jette ses bras en l'air pour que je la prenne dans mes bras, je me penche pour la serrer contre ma poitrine.

— Ton papa va bientôt rentrer, dis-je.

Elle me serre fort, mon corps fond sous son innocence.

Son monde est protégé grâce à Jaxson. Elle n'a aucune idée des dangers du mal et des horreurs dont les hommes sont capables.

— Joue avec moi ?

Sa main s'accroche à la mienne, m'entraînant vers sa chambre.

J'ai besoin de prendre une douche, de m'habiller et de me nettoyer, mais je ne peux pas lui dire non.

Skylar s'interpose entre nous, brisant la prise d'Izzie sur ma main.

— Isabella, je suis sûre qu'Ariel a mieux à faire de son temps.

— Tu es la Petite Sirène ?

Izzie se met à sauter dans tous les sens, en tapant dans ses mains.

— Est-ce que tu sais chanter ? As-tu une queue ?

Super. Maintenant, je dois décevoir un enfant en bas âge. Ma voix est atroce, et je n'ai pas de queue de sirène, ni aucune queue d'ailleurs.

— Je ne chante pas aussi bien qu'Ariel, dis-je. Je me tourne vers Skylar.

— Mon nom est Ariella.

— Bien sûr, comme tu veux.

Elle hausse les épaules et me lance un regard.

— C'est ce que j'ai dit.

— C'est pas ça.

Je me pince l'arête du nez, trop épuisée pour discuter. Laissant tomber ma main, je croise mes bras sur ma poitrine.

Quel est son problème ?

La lueur dans les yeux d'Izzie suffit à calmer mes nerfs et à apaiser mon sang bouillonnant. Je me penche à la hauteur d'Isabella, en établissant un contact visuel avec elle.

— J'adorerais voir ta chambre.

Izzie me prend la main et m'entraine dans le couloir. Elle se précipite dans sa chambre et attend que je la rejoigne.

J'allume la lumière et je suis accueillie par une abondance de sirènes partout dans sa chambre. Je couvre ma bouche avec ma main pour empêcher un sourire étourdi de s'afficher sur mes lèvres et j'essaye de ne pas éclater de rire.

Cette fille est obsédée par les sirènes.

Les murs sont peints en céruléen avec des bulles de mousse blanches et roses. Près de la fenêtre, une queue de sirène étincelle et brille, avec des teintes scintillantes de sarcelle et un fin contour argenté.

— Ton père a peint ta chambre ?

Impressionnant serait un euphémisme. Quelqu'un avec beaucoup de talent artistique a donné vie à sa chambre.

— Regarde en haut !

Izzie ponte les étoiles, et elle éteint les lumières, révélant leur brillance dans le noir avec le contour de la queue de la sirène.

— Ouah !

Skylar appuie sur l'interrupteur et se tient dans l'embrasure de la porte.

— C'est quelque chose d'autre, dit-elle. Un peu trop féminin à mon goût.

— Alors je pense que c'est une bonne chose que ce ne soit pas ta chambre.

J'aurais probablement dû tenir ma langue, mais je n'aime pas trop la façon dont Skylar parle d'Izzie, et encore moins comment elle se comporte comme si elle ne pouvait pas comprendre. Isabella a peut-être trois ans, mais les enfants sont intelligents. Ils comprennent tout.

— Tu es prête pour la visite ? Skylar ronge ses ongles, fixant ses mains.

— Je reviens, dis-je à Izzie et je suis Skylar dans le couloir pour la visite la plus brève possible. Elle ouvre la porte de la chambre de Jaxson.

— La commode est dans le coin. La porte de la salle de bain est à côté. Je vais te chercher une serviette.

— Merci.

Elle me frôle et frappe mon épaule. Je réprime un glapissement de douleur.

Cette femme ne sait pas ce que j'ai traversé, et je ne vais pas me confier à elle.

Elle me déteste. Je ne sais pas trop pourquoi.

C'est parce que j'ai couché avec Jaxson ? Est-ce qu'elle le sait ? Pourquoi s'en soucie-t-elle ?

La chambre est sombre, j'allume la lumière, et une chaude lueur ambiante se dégage du ventilateur de plafond et de la lampe.

Son matelas king size est appuyé contre le mur près de la fenêtre, le lit fait, la couette parfaitement centrée avec les oreillers duveteux. J'ai envie de m'allonger, de me blottir sous les draps, mais je ne peux pas m'inviter dans son lit.

Il m'a proposé de rester chez lui, pas dans sa chambre.

Mes dents tirent sur ma lèvre inférieure. Pourquoi Jaxson s'est-il enfui sans même un au revoir la nuit dernière ?

Pas de mot. Pas de coup de fil ou de texto. Je ne dois pas penser à ça en ce moment.

Mes paupières tombent, épuisées par les événements de la journée.

Je tire sur la poignée de la commode, le chêne, lourd, robuste. Les rails s'ouvrent en glissant, et le tiroir du haut me révèle ses caleçons et ses chaussettes.

Cela me semble bien trop intime après une nuit ensemble qui n'a même pas abouti à un réveil à deux. Je claque le tiroir et essaye de descendre le deuxième, prenant un t-shirt universitaire rouge foncé avec les mots *Montana Grizzlies*.

Le poing serré sur le t-shirt, je le porte à mon visage. La matière douce caresse ma joue tandis que je m'imprègne de son odeur. Bien que sa chambre ne sente que lui, le t-shirt est plus musqué, plus fort, et je m'y accroche.

Skylar se promène dans le couloir, et au son de ses pas qui approchent, je baisse le tee-shirt.

Elle me jette une serviette de bain moelleuse couleur menthe.

— Merci.

Je saisis le linge, surpris qu'elle ne m'apporte pas une serviette ou un gant de toilette à la place et qu'elle me dise que c'est tout ce qu'il y a de propre.

Avec la douceur de la serviette dans ma paume, ma prise serrée sur son tee-shirt, la digue est à deux doigts de céder. Personne ne verra ma chute, certainement pas une fille avec qui je n'ai pas passé plus de cinq minutes et qui ne veut rien avoir à faire avec moi.

J'ouvre d'un coup sec un deuxième tiroir contenant deux paires de pantalons de survêtement et j'attrape ceux du dessus avant de m'enfuir dans la salle de bains principale. J'allume la lumière et claque la porte derrière moi.

Ma poitrine se saisie et se serre. C'est comme si je me noyais, l'air ne trouvant pas son chemin assez vite dans mes poumons.

Je me déshabille, mes vêtements en tas, et je trébuche jusqu'à la baignoire. La pièce tourne, mes pieds sont instables sous moi. Le mur me soutient, je lui tourne le dos, ma respiration est longue mais superficielle, je cherche l'air.

Des points aveuglants parsèment ma vision. Je passe mon bras dans la baignoire, je pousse le rideau et je démarre la douche.

La seule chose qui compte est d'enlever chaque grain de poussière et de saleté de ces bâtards de mon corps.

Je frotte mes bras. L'eau est tiède. Je la mets plus chaude.

J'ai besoin de tout effacer, de détruire la saleté brûlée sur ma chair.

Avec ma paume vers le haut, je teste l'eau, heureuse qu'elle soit chaude. La vapeur recouvre le miroir, et j'entre dans la baignoire. La douche se met à pleuvoir.

Avec les jointures blanches, j'attrape le pain de savon, le frottant sur ma peau. J'ai besoin de me débarrasser de leur saleté. Je me lave à plusieurs reprises, la chaleur de la douche laissant une rougeur sur mon corps.

Ce n'est pas suffisant. La saleté ne disparaît pas. La vapeur dans la salle de bain brouille ma vision en tourbillonnant dans l'air. De la fumée.

Le savon glisse de ma main vers la baignoire. Je plonge dans la barre glissante, mes genoux embrassant la baignoire, l'eau brûlante se déversant sur ma tête, glissant sur mon dos.

Mes mains tremblent. Les larmes coulent et se libèrent, la douche se mélange à ma défaite qui glisse dans le drain. Je ramène mes genoux contre ma poitrine. L'eau bat contre moi, la pluie chaude contre mon corps.

L'odeur de la fumée se répand dans une rafale glacée. Je frissonne et j'enfouis mon visage dans mes genoux pliés.

Un courant d'air frais caresse ma peau, me donnant la chair de poule sous le jet d'eau. Je sens une ombre, un corps qui se tient au-dessus de moi. Les sanglots déchirent mon corps.

— Tache de rousseur.

Bien que j'entends sa voix, je ne bouge pas.

La douche s'arrête et une serviette chaude et moelleuse s'enroule autour de mes épaules.

Je tourne légèrement la tête pour le voir, pour reconnaître qu'il est réel et que je n'ai pas d'hallucinations.

— On va te sortir de la douche, chuchote-t-il.

Sa voix forte résonne dans la salle de bain mais ne me tire pas de mon enfermement dans ma tête.

— L'eau est glacée.

Je n'ai pas remarqué que la température s'est refroidie. Mes dents claquent.

Vidée de toute énergie, je ne peux pas parler. Je n'ai aucune capacité de mouvement, à part les tremblements que je ne contrôle pas.

Des larmes coulent de mon âme et glissent sur mes joues. La serviette chaude n'offre plus autant de confort que la chaleur de la douche qui se dissipe.

Jaxson me soulève et me met dans ses bras.

Je veux passer mes bras autour de son cou, mais cela demande plus de force que j'en ai. Mes paupières tombent et je pose ma tête humide contre sa chemise.

Il sent la fumée et ça me chatouille le nez quand je respire son parfum.

— J'ai besoin de te sécher.

Il me serre dans son étreinte et me guide doucement pour que je me tienne devant lui, les pieds sur le tapis de bain chaud et hirsute. Je fixe le marron qui correspond à la couleur de ma peau. Contusionnée, battue.

Son toucher est léger et doux, et il me soutient pendant que je me balance. Une main reste plantée sur ma hanche, l'autre me sèche avec la serviette couleur menthe.

Je veux demander pourquoi il a des serviettes vertes et des tapis rouges. C'est bizarre, mais les mots n'atteignent pas mes lèvres. Je suis coincée dans ma tête.

À chaque coup de serviette, je me balance.

— Ok, on a presque fini. Je vais te mettre ça et ensuite te mettre au lit, dit Jaxson en expliquant tout ce qu'il fait.

Il s'assoit au bord des toilettes et me rapproche. Chaque pas que je fais semble prendre des minutes dans ma tête, une vision en tunnel, un effet secondaire désagréable que j'ai expérimenté maintes et maintes fois.

Me poussant plus près des toilettes, ses jambes me chevauchent, me maintenant droite tandis qu'il guide son t-shirt universitaire sur mes bras et ma tête, le laissant tomber autour de ma taille.

— Je pense que le pantalon est trop grand pour toi.

Il me regarde fixement.

A quoi pense-t-il ?

Est-il dégoûté par mon incapacité à faire autre chose que de m'effondrer ?

CHAPITRE VINGT-SIX

JAXSON

Je soulève Ariella dans mes bras et la transporte de la salle de bain à mon lit. Avec une douce finesse, je l'allonge sur le matelas et l'aide à se glisser sous les couvertures chaudes et duveteuses.

— Tache de rousseur ? Mon estomac se sert. Tu vas bien ?

Elle ne va pas bien. Seul un idiot peut poser une question aussi stupide.

Je grimpe sur les couvertures. Mon corps se blottit contre le sien. Elle git calmement, immobile sur le dos, cocoonée sous la couette et les draps.

Je respire son odeur et je ferme les yeux, souriant et déchiré à l'intérieur.

Comment vais-je gérer le fait de la laisser vivre sous mon toit tout en gardant les choses platoniques ? Je n'ai jamais eu l'intention de faire d'hier soir un coup d'un soir, mais si nous ne pouvons pas être ensemble, je ne veux pas en finir avec cette pensée.

J'embrasse sa joue et je me lève.

Aussi silencieuse qu'une souris, je me glisse hors de la chambre, j'attrape une serviette dans la commode et je me dépêche de revenir pour éviter Skylar.

Je ne veux pas avoir affaire à elle ce soir. Je n'ai pas la force de répondre à ses questions ou de voir son regard désapprobateur traverser son visage.

Je sors mon téléphone de ma poche. Un texte de groupe s'affiche pour moi sur l'écran principal.

Ma vision se fige sur l'écran, les lettres se confondant. Je le lirai plus tard.

Je me déshabille et je jette mes vêtements sales dans le panier à linge. Faisant de mon mieux pour ne pas faire de bruit, je me dirige vers la salle de bain et je laisse la porte légèrement entrouverte. Si elle a besoin de moi, je veux l'entendre. Je commence la douche et je suis heureux que l'eau chauffe à nouveau.

Je frotte la fumée, le sang et les restes de saleté séchée dans l'évier et je laisse l'eau m'immerger comme si rien d'autre n'existait.

Une main s'appuie sur le carrelage froid tandis que l'eau frappe mon visage, ma poitrine, me trempant à l'intérieur et à l'extérieur. Mes yeux me brûlent et je repousse mon visage sous le jet chaud. Je me frotte les yeux et je termine ma douche.

Quand je finis, j''enfile un caleçon, je m'assieds sur le bord du matelas et je prends mon téléphone.

Je ne pourrai pas dormir sans savoir ce qui a été envoyé.

Lincoln a envoyé un nouveau message : Si tu peux la garder dans ton pantalon, elle est engagée. Pas de fraternisation avec le subalterne.

Le texte a été envoyé à tout Tactique de l'Aigle. De toute évidence, les gars ont discuté de son embauche. Je suppose que Mason est derrière tout ça après notre discussion dans le camion plus tôt.

Le soulagement devrait m'envahir, mais ce n'est pas le cas.

Conflictuel, blessé, le désir refoulé en moi doit être étouffé. Nous devons garder les choses platoniques.

Ils ont raison, c'est mieux comme ça. Si elle vit sous mon toit, nous ne pouvons pas commencer une relation et travailler ensemble, pas si je suis son patron.

C'est par rapport à elle. Ce qui est dans son intérêt. Ariella vient en premier.

Je me glisse sous les couvertures à côté d'elle. Ce sera la dernière fois qu'on pourra partager un lit.

Demain, je devrai la conduire à la chambre d'amis, mais ce soir, je savourerai la chaleur de son corps et la douce odeur de son parfum sur mon oreiller.

Quand j'enroule un bras autour de sa taille, Ariella ne bouge pas. Elle est sereine dans son sommeil et j'espère que ses rêves lui offrent la paix.

————

— Papa !

Le cri d'Izzie me fait sortir du pays des rêves.

La lumière du soleil entre à travers les rideaux. J'enfouis mon visage dans l'oreiller. L'aube est levée. Je ne suis pas prêt à affronter la journée, mais mon petit bout de chou s'est assuré que je sois au courant de l'heure.

Je frotte le sommeil de mes yeux et je réalise qu'Ariella est endormie à côté de moi dans le lit. Je lève un doigt sur mes lèvres pour indiquer à Isabella de se taire.

En sortant du lit, le sol froid provoque un frisson le long de ma colonne vertébrale.

Les yeux d'Izzie sont grands et brillants. Je la suit hors de la chambre et ferme la porte, en posant une main sur le bois pour l'empêcher de claquer, en la stabilisant.

Elle s'accroche à ma main et je prends ma petite chérie dans mes bras, la portant dans l'escalier.

— Petit-déjeuner ?

— Oui, je vais te faire un petit-déjeuner, râlé-je.

J'essaye de ne pas réveiller Skylar non plus.

Quand prévoit-elle de partir ?

Izzie se tortille hors de mes bras et je l'assois sur le comptoir.

— Des crêpes, papa ?

J'ouvre le garde-manger, je sors la préparation pour crêpes et un bol.

— Oui, je peux te faire des crêpes ce matin.

J'embrasse sa joue.

Des pas feutrés dévalent l'escalier de service. Je connais Skylar, elle dort tout l'après-midi. Elle s'est levée tôt hier pour aider Izzie, mais si elle n'est pas obligée, elle ne le fait pas.

— Bonjour, salue la douce voix d'Ariella.

C'est de la musique à mes oreilles.

Je pourrais m'y habituer, mais les choses doivent changer.

— Bonjour, dis-je.

Mon ton sort plus bourru que prévu.

Elle fronce un sourcil et je lui offre un sourire, sans vouloir l'alarmer.

— Tu as l'air d'aller mieux.

Son regard tombe sur le sol, une rougeur se répand sur ses joues. Ariella se mordille la lèvre inférieure, évitant mon regard.

Je veux tendre la main et guider son menton vers le haut pour voir son regard.

Les gars ont raison, je dois garder les choses platoniques entre nous.

— J'ai de bonnes nouvelles. Tu veux t'asseoir ?

Elle se perche sur le tabouret du comptoir, assise près d'Izzie. Elle émet un léger soupir avant de croiser mon regard.

Je mesure la préparation pour crêpes, en la versant dans le bol, puis je mesure l'eau.

— Bien sûr, dit-elle, en s'installant confortablement.

Elle semble se détendre en voyant que je ne mentionne pas le fait que je l'ai trouvé recroquevillée sous la douche hier soir.

En ouvrant le tiroir, je sors une cuillère et la pose sur le comptoir.

— J'ai parlé avec les gars hier soir.

Techniquement, j'ai parlé avec Mason, et Lincoln a répondu au nom de l'équipe, mais je ne ressens pas le besoin de m'étendre.

— Oh ?

Elle essuie ses paumes sur ses jambes nues.

Mon tee-shirt tombe jusqu'à ses genoux comme une chemise de nuit. Elle nage dans ma chemise et réaliser qu'il n'y a pas de culotte en dessous fait s'emballer mon cœur.

La cuisine semble plus chaude que d'habitude. Je dois remercier Ariella pour cela ; mon corps réagit à son sex-appeal et elle ne fait que s'asseoir innocemment sur le tabouret, en m'écoutant.

— Oui. Nous aimerions t'inviter à travailler pour Tactique de l'Aigle, dis-je.

Les yeux d'Ariella s'illuminent.

— Vraiment ?

— Oui.

Isabella m'arrache la cuillère avant que je puisse mélanger les ingrédients. Elle veut aider.

— Nous devons discuter de certaines choses, cependant, concernant ton emploi.

Je laisse la cuillère à Izzie et je pousse le bol vers elle. Si elle veut aider, ainsi soit-il. J'ai besoin de toute l'aide possible, mon estomac se crispe.

Mon cœur n'arrête pas de battre contre ma cage thoracique. C'est ce qu'Ariella ressent tous les jours ?

Sa langue effleure sa lèvre supérieure.

— Oui ?

Le son le plus doux et le plus timide sort de sa bouche. Ariella a une voix angélique et si j'ai reconnu qu'elle avait été à la C.I.A., j'ai aussi compris qu'elle n'était pas un agent de terrain. Sa responsabilité au sein de notre équipe serait dans le bureau, où elle serait en sécurité.

— J'aimerais que tu restes ici, sous mon toit, au moins jusqu'à ce que tu aies réglé tes problèmes.

Je ne veux pas qu'elle pense que je la mets à la porte ou qu'elle ne se sente pas la bienvenue avec ce que je dois dire ensuite.

Son regard passe de moi à Izzie.

— Ok.

Après un moment, elle jette un regard en arrière vers moi.

— C'est tout ?

J'aurais aimé que ce soit tout, mais les gars ont raison. Pour protéger Ariella, je dois la faire passer en premier.

— Nous devons garder les choses platoniques entre nous. Je serai ton patron à Tactique de l'Aigle.

Une bouffée d'air s'échappe de ses lèvres. Son visage devient d'une pâleur fantomatique.

— Oh. Elle sourit, ses lèvres sont serrées, ses yeux étroits. Bien sûr. C'est bon. Je ne m'attendrai pas à un traitement spécial. Ce ne serait pas juste pour tes autres employés.

Elle se pousse du tabouret et passe une main dans ses cheveux non coiffés.

— Je devrais probablement trouver quelque chose à porter. Ce n'est pas approprié pour moi de ne porter qu'un tee-shirt devant mon patron.

Ça ne me dérangeait pas, en fait, ça me plaisait beaucoup, mais je dois la laisser partir.

— N'hésite pas à emprunter ce dont tu as besoin dans ma commode. Nous pouvons aller en ville plus tard dans la journée et faire du shopping pour de nouveaux vêtements."

Elle se frotte les yeux.

Je prie pour qu'elle ne soit pas sur le point de pleurer.

En traînant les pieds, elle désigne derrière elle les escaliers d'où elle est descendue quelques minutes plus tôt.

— Je vais prendre quelque chose dans ta commode et je te laisse tranquille.

Ariella se retourne pour s'enfuir.

Je m'éloigne du comptoir et l'attrape par la taille. Je la retourne pour qu'elle me fasse face, une main posée sur sa hanche, l'autre dans ses cheveux.

Je veux l'embrasser, serrer son corps contre le mien et glisser mon genou entre ses cuisses. Je la regarde dans les yeux, nos respirations correspondent, lourdes et profondes.

— Je croyais qu'on devait garder les choses professionnelles ? chuchote Ariella, le souffle coupé.

Je déteste les gars. La facilité avec laquelle je les ai laissés se mettre entre la femme que je désire et mon travail. Ils font ça pour nous protéger tous, mais pourquoi est-ce que je me sens aussi mal ?

Pourquoi dois-je choisir ? Je peux avoir les deux, mais pas de la manière que je souhaite.

Le besoin m'envahit, prend le dessus sur chaque once de pouvoir en moi.

Je me penche, exigeant un dernier goût, un baiser, une baise brutale si elle me laisse l'avoir.

Ariella guide une main vers ma poitrine. Mon cœur bat contre sa paume.

— Nous ne pouvons pas faire ça. J'ai besoin de ce travail, je veux travailler pour Tactique de l'Aigle, dit-elle me fixant de ses puissants yeux olive. C'est un rêve qui devient réalité.

Je veux faire partie de ses rêves, le genre de rêves sales qui impliquent de la baiser sur mon bureau.

— Tu es toujours la plus raisonnable, dis-je, incapable de détacher mon regard d'elle.

Quelque part entre le moment où je l'ai trouvée sur la route et celui où je lui ai sauvé la vie, je suis tombé amoureux d'elle, très fort.

ÉPILOGUE

Hazel

Si j'avais su ce que ce matin allait apporter, j'aurais couru.

— Viens avec moi.

Nikolaï me tire par le bras, sa prise marque ma peau, laissant derrière elle un bleu durable.

— Non. Je me dégage de son emprise. Lâche-moi. Je ne vais nulle part avec toi.

Ce n'est pas parce que nous sommes liés par le sang que je dois me plier à ses règles.

Nikolaï Agron, le chef de la mafia russe, est mon crétin de demi-frère.

— Le marché a déjà été conclu. Il prendra soin de toi et tu lui donneras des enfants.

— Je ne vais pas me marier avec quelqu'un parce que tu l'as décidé. Dans quel siècle croit-il que nous vivons ? A-t-il perdu la tête ?

— Tu feras ce qu'on te dit, Hazel.

La façon dont il dit mon nom me fait frissonner.

Il s'élève au-dessus de moi et attrape mes cheveux.

Tirant sur mes longues boucles, il ramène mon visage vers le sien.

— Tu vas épouser Franco Ivanov et tu vas lui obéir.

Je me moque de son idée de mariage et dès qu'il relâche sa prise sur mes cheveux, je lui crache au visage.

— Je ne suis pas à toi, ni à donner ni à vendre.

Il me donne un coup de poing sur le visage.

— Tu m'appartiens ! N'oublie jamais ça, petite sœur.

———

Merci d'avoir lu Révélation : Jaxson !

J'espère que vous avez aimé Ariella et Jaxson.

Leur histoire continue dans Furtif : Mason !

Vendue à la mafia. Je ne suis rien de plus qu'une propriété pour mon frère. Forcée de faire un mariage arrangé, je demande l'aide de Tactique de l'Aigle.

Ariella

J'ai emménagé avec Jaxson après l'attaque. C'est difficile de ne pas le toucher, mais c'est mon patron. Il m'a donné un travail à Aigle Tactique en tant que subordonnée.

Je n'accepte pas bien les ordres, surtout d'un patron grincheux. Il est aussi grincheux que son enfant quand elle saute sa sieste de l'après-midi.

Jaxson

J'ai juré de protéger Ariella. C'est ce qu'elle représente pour moi, mais elle me tape sur les nerfs avec son attitude « je sais tout » et son déhanché insolent qui met mon corps en ébullition.

J'ai juré que je ne ferais jamais de coup d'un soir. C'est ce qu'elle pense qu'on a partagé ? C'est pour ça qu'elle me déteste ?

Je ne sais pas combien de temps encore je pourrai me réveiller sous le même toit, aller au travail avec elle et ne pas la jeter sur le lit.

Nous avons une mission qui est prioritaire, mais comment puis-je garder mon esprit au travail quand elle est toujours dans la pièce et que j'ai envie de la faire plier sur le bureau ?

Cliquez sur Furtif : Mason maintenant !

Et inscrivez-vous à ma lettre d'information pour être informé des nouveaux livres, des concours et des offres gratuites : www.authorwillowfox.com/subscribe.

Je vous remercie de m'aider à faire passer le mot, y compris en parlant à un ami. Les critiques aident les lecteurs à trouver des livres ! Veuillez laisser une critique sur votre site de livres préféré.

DES CADEAUX, DES LIVRES GRATUITS ET BIEN D'AUTRES CHOSES ENCORE !

J'espère que vous avez apprécié Révélation : Jaxson et que vous poursuivrez le voyage avec Jaxson, Ariella et l'équipe de Aigle Tactique.

Bien que ce soit mon premier roman en tant que Willow Fox, je publie professionnellement depuis 2013.

Inscrivez-vous à ma newsletter Willow Fox

Si vous avez apprécié Révélation : Jaxson, prenez un moment pour laisser une critique. Les avis aident d'autres lecteurs à découvrir mes livres.

Vous ne savez pas trop quoi écrire ? Ce n'est pas grave. Il n'est pas nécessaire de s'attarder. Vous pouvez raconter comment vous avez découvert mon livre : un ami ou un club de lecture vous l'a recommandé ? Faites savoir aux lecteurs qui est votre personnage préféré ou ce que vous aimeriez voir se passer ensuite. Lisez-vous habituellement des HEA ? Que pensez-vous du HFN ? (J'espère que vous serez satisfaits mais je vous promets que je vous livrerai un HEA à la fin de la série !)

Merci de votre lecture ! J'espère que vous envisagerez de vous inscrire sur ma liste de diffusion pour recevoir des livres gratuits, des promotions, des cadeaux et des informations sur les nouvelles parutions.

À PROPOS DE L'AUTEUR

Willow Fox aime écrire depuis qu'elle est au lycée (il y a bien longtemps). Ses romances sont le reflet de la vie dans une petite ville de l'Amérique rurale.

Qu'elle écrive des romances ou qu'elle s'assoie près d'un feu de camp pour lire un bon livre, Willow aime la magie des mots écrits.

Elle aime rêver et espère faire rêver ses lecteurs !

Visitez son site Web à l'adresse suivante

https://authorwillowfox.com